ハヤカワ文庫JA
〈JA1276〉

P・O・S

キャメルマート京洛病院店の四季

鏑木 蓮

早川書房
7980

目次

P・O・S

キャメルマート京洛病院店の四季

プロローグ

転勤が決まった送別会の会場に小山田昌司《おやまだしょうじ》はいた。去りゆく者としての言葉を求められ、立ち上がった。自分がいままで働いてきた結果、思い至ったこと、信じていることを言えばいい。

「コンビニエンスストアは、とにかく利便性が大事です。お客さんがいつきても、ほしい物、ほしいサービスが店にないといけません。そのための有効なるデータがPOS、〝Point of sale system 販売時点情報管理〟です。いつ、どんな人が、何を買ったか。その季節、時間、性別、年齢等々。このシステムに集約された情報を基にして、店舗の売り場面積に見合う、可能な限りの商品を展開する以外に、効率的な運営はあり得ない。そう思って、毎日POSデータの分析に力を注いでまいりました」と言ってから息継ぎをして、静かな口調で続けた。

「人は嘘をつくが、データは、数字は嘘をつかないからです」

昌司はまたここで言葉を切り、みんなの顔を見渡す。そこにいる人たちが、真剣に耳を傾けてくれていると感じた。

第一話　さびしいサッカーボール

1

小山田昌司は京洛病院でタクシーを降りた。病院の玄関で携帯を取り出して東京の自宅にかける。

「いま着いた。こっちは暑いな、もうフラフラだ。俺が医者にかかりたいよ」携帯電話の向こうの妻、咲美《さくみ》に言った。

「新幹線で眠れなかったのね？」

咲美は昨夜、単身赴任の準備で昌司がまんじりともしないで夜を明かしたのを知っている。緊張すると眠れなくなるのは、子供の頃からの癖だ。考えなくていいことが頭の中をぐるぐる回って一向に眠気が起こらない。

人生の局面、受験や面接試験ではいつも寝不足だった。大手コンビニエンスストアのキャメルマートに就職し、スーパーバイザーの仕事をやりだしてから十二年、ぐっすり眠れた夜は数えるほどだ。

「観光客だらけで、ざわついて本だって読んでられなかった」昌司は最近とみに広くなった額の汗をハンカチで拭う。ついでに眼鏡を外してレンズも拭いた。

「観光客か。この暑いのに、さすが京都ね。今度のお店はお医者さんだらけなんだから、冗談抜きで一度ちゃんと診てもらったら?」

「落ち着いたらな」

「落ち着いた頃には戻ってくるんでしょう」咲美が笑った。

「いや次の店長が決まれば、すぐ帰れる。俺は繋ぎだ」

咲美にはそう言ったけれど、いま以上に赤字が続けば院内店舗は撤退を余儀なくされる。

「フランチャイズ」「ボランタリー」「レギュラー」の各チェーンと「単独店」の四形態があるが、昌司が赴任したのはレギュラーチェーン、つまり直営店だった。直営店はロイヤリティーで利益を上げるのではなく、店の売上げが本部の利益となる。そのため、少なくともプラスマイナスゼロにまで経営を立て直せというのが至上命令だった。失敗すれば、東京本社に昌司の椅子があるかどうかは分からない。

「晃昌《あきまさ》が心配してたわ。急に肩が痛いってうずくまったんだって?」

「四十肩だろうな」小学校六年生の息子が野球に興味を示した。控えの投手とはいえ高校球児だった昌司は、嬉しくて息子をキャッチボールに誘った。球威はなかったがコントロールのよかったところを見せようと五、六球投げたときに右肩で変な音がした。以来、肩が痛くて上がらない。その痛みも手伝い、一層睡眠は浅くなった。

「時間が治してくれるだろうって、あいつに言っておいてくれ。心配ないって」

「分かった。ねえ、あの子となんかあった？」

「……あ、いや」

「松岡修造みたいで、ついていけないって」

「俺が？」ピッチングフォームやボールの握りをやかましく言ったのは確かだ。

「とにかく何でも完璧にしようって思うのやめてね。そんなことできっこないんだから。熱くなるから、身体壊したんじゃないの」

「日頃の運動不足が祟っただけさ」

「仕事も、ほどほどにね」

「ああ」といっても、これから行く店は九回二死満塁のピンチといえる。

「じゃあ気をつけてね。おちついたら、本当に嵐山辺りでも案内してよ」

「そうだな。じゃあまた電話する」昌司は電話を切って、病院を見上げた。

十五の診療科を備えベッド数六百床を超える総合病院に二十四時間のコンビニエンスストア、利益が出ないはずはない。これまでのやり方のどこに間違いがあったのだろう——。

大きなため息をつき、昌司はショルダーバッグを担ぎ直した。

2

もうPOSは古い。上司の本宮《もとみや》からそう言われた。

POSは、ポイント・オブ・セールシステムの略で、物品販売の売り上げ実績を単品単位で集計できるシステムのことだ。小売店舗のほとんどが導入していると言っていい。

商品に付けられたバーコードには、その商品の詳しいデータが入力されていて、それをいつ、どれだけ、いくつぐらいの人が購入していったのかなどの情報が、レジの読み取り機で集積されていく。商品データを経糸《たていと》、消費者の情報を緯糸《よこいと》にして密度の濃いマーケット情報に仕上げていく。それらのデータは商品の仕入れに役立つだけでなく、年代別や季節別の人気商品をはじき出すことができ、プライベート商品の開発にも活用できた。

昌司がスーパーバイザーとしてフランチャイズの店舗を指導する際、POSの分析は欠かせない仕事だった。POSデータを睨み、雨が降ったとき、また暑くて汗をかく日は梅干し入りのおにぎりがよく売れると分析して商品の発注をしたり、店内POPで「さっぱり味」という言葉を強調したりする。それが売り上げアップにつながったときの店長たちの嬉しそうな顔が、やりがいになっていた。

にもかかわらず今回の赴任前、それらを否定された。

「じゃあ何を指標にすればいいんですか」いままで上司に不満を漏らしたことはなかった。嫌な顔をしたこともないと自分では思う。しかし、このときの自分の顔には自信がない。

「ふくれないの」チャンネル争いで負けたときよく言われる、咲美の言葉が頭を巡った。

「『らくだカード』の活用だ」本宮は五年前から導入したポイントカードの名を出した。

「買い物が楽だの『らくだカード』だよ」と言って豪快に笑って続けた。「いまやカード会員数は二千万人だ、二千万。これを使わない手はないじゃないか」

「それはいままでも活用しています」どこに住む誰が、何を好んで買っているかなどが分かるため、POSと並んで消費者好みの新商品開発の基本情報源だった。

「よく考えてくれ、年齢なんかレジの人間の判断だ。間違っているとは言わないけれど、正確さに欠ける。その点、ポイントカードの情報は信用していい。店舗の商圏に住むユーザーの買い物傾向をつかんで、来店の機会を増やすよう仕掛けるんだ。そうすればおのずと廃棄ロスを少なくできる。それを京洛病院店でやってほしい。お客さんのほとんどが院内にいるんだから、システム構築には格好のプロトタイプだと思わないか」

「お客さんは、たまたま入院して必要に迫られうちに来店してきた人です。カード会員の比率がそれほど多いとは思えないんですが」

「当たり前だろう、そんなこと。動いていける場所にうちの店しかないからこそ、会員にして抱えこむんだよ」

いま思い出しても釈然としない。スーパーバイザーの仕事は、現状をどう打開するかであって、現状そのものを作るのは店長の仕事だ。昌司の店長経験は、半年かそこらだった。膨らむのは期待ではなく不安ばかりだ。

キャメルマート京洛病院店は院内の廊下から入店する入り口と、中庭側からの入り口の二つがあった。院内側はコンビニであることが分かるくらいのロゴだけで、中庭側は通常の店舗と同じように電飾看板と幟《のぼり》を出していた。

昌司はスーパーバイザーの癖で、とりあえず周辺を見て歩きクリーンネスをチェックする。さすがに病院店だけあって、店の前もゴミ箱周辺も清掃は行き届いていた。

店内に入って雑誌コーナー、雑貨、ソフトドリンク、チルドケース、米飯、そしてレジカウンターと壁際に沿って周回して基本レイアウトを見る。売れ筋商品の陳列の仕方、補充状況を確認してから、二名のアルバイトの接客態度に目を移す。

「接客」「清掃」「品揃え」は合格だ。

昌司は男女二名の正社員に事務室に集まってもらった。レギュラーチェーンでは基本的に正社員を採用している。

「私は本部からまいりました小山田昌司といいます。若松《わかまつ》店長が、来月いっぱいで他店へ移ることになり、私がしばらくのあいだ引き継ぐことになりました。よろしくお願いします」

昌司はお辞儀した。

店長の若松研一《けんいち》と西野緑《にしのみどり》が立ち上がって会釈した。当然、二人に歓迎ムードはない。それはスーパーバイザーとして慣れている。

「あの、小山田さんはスーパーバイザーをされているんですよね」痩軀で顔色の悪い若松が口を開く。昌司より十歳年上だから五十二歳のはずだけれど、白髪混じりの頭のせいでもっと老けて見えた。

「ええ、十二年ほどになります」

「他に病院内店舗を担当されたことはおありですか」と訊く若松は、探りを入れるような目つきだった。

「いいえ、私の担当したエリアにはありませんでしたから」

「そうですか。院内には何かと気を遣うことがあります」

「それは当然です」

「私も一所懸命頑張ったんですが」

「成果主義ですから、この業界は」

「研修通りにはいかないことが、ここでは多いんです」若松は渋い顔で言った。

「その辺りも改善しないといけませんね」

「あの、次の店長は？」若松の隣に立つ緑が訊いてきた。

「そのことも追々。決まるまでは私が務めます」

「結局、私が悪いんです」と若松がため息をついた。

若松は真面目な人柄だと聞いていた。それだけに利益が出せずに苦しんだようだ。悩み抜いた末に、他店への異動願いを提出してきたのだった。

「若松店長、自分を責めていても何にもなりません。本部はPOSデータ、それだけでなくカード会員を増やして、そこで得たデータを用いて顧客の囲い込みをやろうとしています」

「カード会員ですか」若松の顔がいっそう曇った。

「ええ。入院患者の多くは、主にこの店を使うんでしょう？」

「病院の外に出歩けない方がほとんどですから」

「それならカード会員になってもらいましょう。会員になってもらうことで情報を得、少しでもニーズに応えるんです。いま言った戦略の深化、それをこの店から始める方針です」本宮の顔がちらつく。

本部の方針は絶対だ。そう自分も店長に言い続けてきた。それをきちんと伝えるのが、いま昌司に与えられた仕事なのだ。

「はい。ポイントがたまることはお客様にとって利点です。ただ会員というのが、院内では勧めにくくて」

「どこでも使えるカードなんです、そこまで気にすることはありませんよ。西野さんも、よろしくお願いしますね」

「……よろしくお願いします」と眉間にしわをよせて、小さく頭を下げた西野緑は三十三歳。小柄ながら肉感的で若く映る。

緑は、三年前に飲料メーカーの営業マンと結婚し、子供はいないと本部からの資料にあったのを思い出していた。

「何か言っておきたいこと、あります？」反発の芽は早いうちに摘む。スーパーバイザーの指導の鉄則だ。

「いまニーズっておっしゃいましたけど、お客さんは病人さんなんです。とてもデータ通りにはいかないと思うんです」言い方は穏やかだったけれど、緑の視線は鋭かった。

「データ通りにはいかない？　それはデータの分析ができてないからです。私の経験から言わせてもらえば、データに裏切られたことは一度もない。困りますよ、社員さんがそんな認識では。病人なら病人なりのニーズがあって、それはきちんと数値化できるんです。そうでしょう？」

緑からの返事はなかった。

「データ分析をいちから指導していきますので、お願いしますね」

早速、本部から持参したPOSデータに基づき売れ行き判断の作業に入った。

スーパーバイザーとしては、競合店や商圏の見直しなどから始めるのが通例だが、院内のお客さんがメインだからそれは必要ないだろう。

売り上げ調査は、ABCZ分析という方法をとる。Aは売れ筋商品。立地や季節に差はあれど、売れていくものだから品切れに注意を払わなければならない商品だ。店の約七割をこれで占めることが必要条件と言われている。B、Cについては、各店長の判断が物を言う。どんな商品にも導入、成長、成熟、衰退がある。新しいものは売れて当然で、徐々に動きが鈍っていく。それを見極めて発注調整をするのが店長の役目だ。そのうちまったく売れなくなったものがZランクとされる。売れ筋に対して、死に筋商品と呼ばれることもある。

「病院で死に筋、なんて言葉は使いたくないんですが、それについては意外に多くないですね」昌司は、分析結果をプリントアウトしたものを見せて言った。「問題は季節催事ものが売れていないのと、弁当類の廃棄が多い点です。おにぎりとサンドイッチ、パン類はまずまずなのに」

「夏限定冷やし中華、スパイシーカレー祭りはさんざんでした。他店はどうでした？」緑が尋ねた。

「雨の日が多かったんですが、京都の他の店舗では大ヒットしてますね」タブレットを見ながら、昌司は答えた。

「そうですか。こちらは、去年より悪いという印象でした」緑は昌司の手にあるタブレットを覗く。

「病人の気分は、天気だけでもずいぶん左右されます。雨だと落ち込みますので」

若松の言葉にチラッと目をやって、昌司は話を進める。「正月限定祝い弁当、節分恵方巻、お花見幕の内、わくわくゴールデンウィーク麺紀行も伸び悩んでますね」

「やっぱり病院という場所のせいだと」若松が再び口を挟む。

「その認識、改めませんか。だいたい恵方巻なんて関西発祥でしょう？ ましてや節分なんですから、悪い鬼、病魔退散って感じでいけば受けると思うんですがね」

「丸かぶりとなると分量が多かったり、糖分が気になったりするんです」今度は緑が口を出した。

「西野さんの恵方巻きのノルマは何本だったんですか」

「それは」

言いよどんだ緑の代わりに若松が「うちではノルマは決めなかったんです」と言った。

「やっぱりそういうことでしたか」大手のコンビニエンスストアでは季節商品において、従業員にノルマを課すことがある。キャメルでも数年前から、節分、バレンタインデー、土用の丑《うし》、ハロウィーンの関連商品では店ごとにノルマを決めるよう店長に通達していた。店舗へのノルマはそのまま従業員へと波及する。「アルバイトにまでノルマを課せと言っているんじゃない。社員に売り上げ目標を課すのは、流通の基本でしょう。そうですよね、若松さん」

「言い訳になりますが、西野さんが言ったように、院内では塩分や糖分、量の制限を受けている方も多くて、季節商品の数を売るのは難しいんです。付き添いの人も遠慮の気持ちがありますし」

「だからといって目標を決めないやり方は承知しかねます。そのあたりも改善していくとして。当面はPOPでフォローするしかないでしょう。平《たいら》さんの報告では店長おすすめPOPが結構効くようだとありましたんでね」昌司は京都市内北部担当のスーパーバイザーの報告書に目を落とす。

平は頻繁にコンサルティングを行っていたようだ。添付されているPOP実施写真を開いた。

若松の書いたPOPは、『添加物に気を配ったヘルシーコーナー』『塩分控えめのラインナップ』などほとんどが健康志向の文言だった。AKB48を思わせる服装の少女が笑顔で語る感じに仕上がっていた。その商品の中には、本部の「ヘルスケア事業部」が病院の管理栄養士とタイアップして開発した減塩やカロリー制限、糖質制限商品も混じっていた。病院店で成功すれば高齢者向けのデリバリー商品として全国展開する予定だ。

「なるほど。これが不振の原因のひとつか」昌司は声を上げた。

「好調な品ですけど」緑が不満顔で言う。

「病気の方はこういう文言に食指が動く。それはよく分かるんです。ご家族も健康が一番大事だって、心底思ってますからね」

「それが、うちの特徴でもありますし……」

「POPを書かれたのは西野さんですか」緑に目をやる。

「書いたのは私です。イラストとか好きなんで。コピーは店長です」緑は不安げな目で、隣の若松を見る。

「イラスト、かわいいと思います。明るくヘルシーさをアピールできてもいる」

「ほな、何なんですか。不振の原因って」

「これらのラインナップは合格です。お客さんのニーズにも合ってます。ただ、こちらでヘルシーさを強調すると、その他の食品はどうなのっていう疑問がわくんですよ。じゃあ他のものは身体によくないのかって、ね」

「カップラーメンはドクターに人気があります。甘い健康ドリンクを毎回買ってくれるお医者さんだっています。本当に身体に悪いものだと思っていたら、先生方も買わはらへんのとちがいますか」

「西野さん、ここはお医者さんよりも患者さんとその家族の方が多いんですよ、分かってますか。多数の方たちの購買意欲を削《そ》いでしまうのは、得策じゃない」ため息が出た。平の報告に、やる気の欄に乏しいとあったのもよく分かる。利益追求を悪いことのように思っているのだろうか。

「削ぎますか」緑が首をかしげた。

「ええ、削ぎます。人一倍健康を気遣う方々は、極力いいものをと思うんです。まずは商品のグルーピングから見直しましょう」

テーマに合わせて商品をグループ分けし、そのコーナーにある商品をひとつ買うと、関連するものもついでに買ってしまうように仕掛ける。その際、ＰＯＰは有効打になる。緑がやる気をなくさないようにして、彼女のイラスト力を最大限活用したい。

むろん改善しなければならない点は他にもたくさんあった。ただ一度に指摘すると、混乱が生じ来店客にもそれが伝わってしまう。

「明後日、九月からは秋の行楽フェアですね。キノコの炊き込みご飯弁当と、三種のコロッケパンがメインです。それに合うような非デイリー商品を、西野さんがピックアップしてください」

「アルコール類がないんですけど」

「それはノンアルコールビールで代用してください」

緑は声にせず小さくうなずいた。

打ち合わせを終えて、レジにいる学生アルバイトを紹介してもらった後、バックヤードの点検をする。

在庫置き、飲料用冷蔵庫《ウォークイン》を見て回ったが、検品の精度に問題はなかった。

今度はロッカールームへ移動する。そこを見ればアルバイトの質が分かる。それは正社員もしくはシフト（バイト）リーダーの指導力の査定にもつながるのだ。

整理整頓されていて、ここも及第点を付けられると思い、ふと多目的棚を見ると、鮮やかなブルーのスポーツシューズと網袋に入った青いサッカーボールがあった。

シューズを手に取って見てみると、新品でサイズは二十三だった。ジュニア用だ。

昌司は晃昌の日に焼けた顔を思い出した。秋の運動会用に買った晃昌の靴のサイズは二十四だと咲美から聞いた。

ボールを入れた網袋には公式用というタグが付いている。これも新品のようだ。

取り寄せでもあるまい。もしそうなら、ロッカールームに置いているのは変だ。

誰のものだろう。

昌司は本部からの履歴書を思い出していた。

若松には娘がいるがもう成人している。ただまだ若くサッカーをするほどの孫がいるとも思えない。緑には子供がいないはずだ。子供がいるパートタイマーがいるという報告はなかった。

事務所に戻り、デスクにいた若松の元へ行き尋ねた。「店長、ロッカールームにあるサッカーボールとシューズは、誰のものですか」

「あれは、お店に関係ないので……」少し慌てた様子で若松が言った。

「個人のものですか」

「ええ、……預かりものです」

何かを隠していると昌司は感じたが、それ以上は訊かず、若松に院内を案内してくれるよう頼んだ。主立った医師や看護師に挨拶をしておきたかった。

昌司は名刺入れを手にし、ネクタイを締め直した。

ほとんどのドクターが忙しく、会うことができなかった。なんとかいくつかのスタッフステーションで看護師長と話した。十月から次の店長が決まるまで自分が代行すると挨拶しただけだったが、顔合わせにはなった。

若松が看護師長や看護師たちに親しまれていたことは、接する態度や会話からよく分かった。本部の勤務評価とはずいぶん違う印象だ。

人物評価の欄には、コミュニケーション能力不足で、内外の信頼やや薄い、とあった。そこまで書くのなら、店長としての資質に欠けている、とはっきり言った方が本人のためではないか。

平の報告から作成された評価だから、彼にも確かめた方がいいかもしれない。

「若松さん、聞きましたよ。お店変わるんだって」と廊下で駆け寄る作業服の婦人がいた。

「ああ村瀬《むらせ》さん、お世話になりました。こちらが私の代わりの店長で小山田さんです」若松が笑顔で紹介した。「この病院が依頼している清掃会社のチーフで、村瀬さんです」

「お世話になっています」昌司が名刺を手渡す。

村瀬はそれを一瞥して作業着の胸ポケットにしまいながら、「こちらこそよろしくお願いします」とお辞儀をした後、すぐに若松に向き直った。「そうだ若松さん、あれどうなりました？」

「あっ、まだ分かりません」若松は昌司を気にしながら村瀬に言った。

「そう、真《ま》っ新《さら》みたいやし、気になるのよ」

「そう、そうですね」

「誰や知らんけど、ほんまにもったいないことするわ」

昌司が、二人に割ってる。「何のことです？」

「ゴミステーションに捨ててあったサッカーボールですやん。ピッカピカの真っ新」村瀬が顔をしかめた。

「サッカーボールって、若松さん、ロッカールームにあったものですか」

「ええ、まあ……」と若松は茶を濁し、村瀬に声をかける。「じゃあ村瀬さん、また」

新参者には言いたくないことがあるのだろう。徐々に信頼関係を築いていくしかない。

店内に戻ると、いままであったヘルシーさをアピールしたコーナーを売れ筋に差し替え、深夜までフェイスアップし、昌司の一日は終わった。

3

店の分析に手を付ける間もなく、行楽フェアに続き秋の栗づくし企画が本部から提示された。栗ご飯弁当とマロンチーズケーキを中心にした商品、スポーツの秋に相応《ふさわ》しい商品として蜂蜜レモン飲料の新発売のポスターが届いた。ポスター掲示の前にまずは社員で試食し、京洛病院店独自のPOPづくりをしてもらう。

長い人で入院期間は約三ヵ月、短い人は半日で病院を後にした。ただ単に購買意欲を喚起しても、食事制限のある患者もいれば、飲料すら喉を通らないという人もいる。

この店が通常の店舗と違うことを、昌司はデータから思い知らされた。入会を勧めてもカードを作る人は少ない。

しばらくはあがいてみるしかない。

試食は若松と緑の二人に任せて中庭へ出る。

外から見てポスターなど張り出し物に傾きがないか、催事の告知漏れがないかを見て回り、空を見上げる。先日までの入道雲ではなく鰯雲がゆっくり動いている。残暑が厳しい京都だったが、確実に季節は移ろおうとしていた。看護師に付き添われて何組かの患者が芝の上のベンチに腰かけたり、散歩したりしていた。

やはり通常店とは違う光景だった。店舗の上に七階建ての病棟がそびえるここは、いわば

「院内施設の一部」にちがいなかった。京洛病院が建て替えをする段階から、本部と病院との交渉が始まっていたと資料には書いてあった。最初からコンビニエンスストアを完備するために設計されていたため、レイアウトに無駄も違和感もない。

キャメルマートが撤退すれば、別のコンビニエンスストアが代わって営業するだけだ。そうなれば明け渡したというイメージは拭えない。

野球でも数多くの負け試合を経験してきた。「勝ちに不思議な勝ちあり。負けに不思議な負けなし」という江戸時代の剣豪の言葉を野球理論に取り入れたプロ野球の名監督がいた。昌司の座右の銘でもある。

負けるのには必ず理由がある。そこを見つけて効率的に改善すれば――。

事務所に戻ると、若松と緑がぱっと別々の方向に顔を向けた気がした。

「どうかしたんですか」気になって近くにいる若松に訊いた。

「いえ、何も」と若松は首を振った。

「ごまかさなくてもいいでしょう。空気は伝わりますよ」

「すみません。ちょっとした相談です」緑がこちらを向いた。

「相談ってお店のことですか」

「いえ、個人的なことで」

「勤務時間中ですよ」と言って、緑のタブレット画面を見ると、そこにはサッカーボールの写真があった。「またサッカーボールですか。いったい何なんです？　お二人とも子供じゃないんですから、きちんと仕事をしませんか」

「……」緑がうつむきタブレットをスリープ状態にした。

「あの小山田さん、私がいけないんです」若松が口を開いた。

「なんですか」

「例のボールとシューズの事が気になって、西野さんに価格を調べてもらっていたんです」

「気になっても、仕事とは関係ないでしょう」

「じゃあ休憩時間にやります」緑が吐き捨てるように言った。

「ちょっといいですか。お二人とも勘違いされてるようだ。何を思って捨てたのか知りませんが、そんなことに時間をとっても一円の利益にもつながりません。この店はいま正念場なんです」

「お言葉を返すようですが、もし病室へのお見舞いの品で、それを誰かが盗んで捨てたとしたらどうします？　捨て場所にうちを選んだんですよ」緑が甲高い声を出した。

「うちを？　病院のゴミステーションじゃないんですか」

「それはボールの方です」

「じゃあシューズは、お店のどこに？」

「ゴミ箱です、三日ほど前の朝、私が」緑が朝の清掃時に、ゴミ箱から顔を出したシューズを発見したというのだ。

「それならお店に大いに関係しているじゃないですか。新品の靴を処分するのは何か理由があるはずです。うがってみれば、どこかのスポーツ用品店で万引きして見つかり、逃走中に盗品を捨てたということもあり得る。万引き犯の多くは、馴染みのある店を狙うと言われてます。訪れたことのない初めての店より、何度か足を踏み入れた場所をターゲットにするんだそうです。店のレイアウトや従業員のシフト、逃走経路までを事前に考えておけますからね。この店に捨てられたというのは、やっぱり問題だ」

「悪事に利用されたってことですか。私、そんなの嫌です。ここはほっとできる場所でありたいと思ってるのに」

「それで、値段はどれくらいするんです」

「シューズは四千円ほど、ボールは4号というサイズでこれだって三千円ほどです」

「それを捨てるのは、やっぱりおかしい。問題は潰しておかないと」

「防犯カメラを確認したらどうでしょう」若松が言った。

「そうですね……」特別な理由がない限り、キャメルマート本部では原則として防犯カメラ映像を見ることを禁じている。特別とは、警察から請求されたときと、店舗が不利益を被る場合のことだ。確認作業は店長の裁量で、他一名以上の正社員の同席があれば行える。

真新しいサッカーシューズを捨てたことぐらいで、映像確認はやり過ぎかもしれない。本部に知られたら、単に興味本位だととられかねなかった。

「少し考えさせてください。まずは仕事に戻りましょう」

4

栗づくし企画に手間取り、雑用を終え業務日誌を付けると結局徹夜になっていた。社宅として借りているワンルームマンションに戻ったのが、午前十時前。

POSとカード会員データの分析を急がなければならないけれど、さすがに疲れていたのか久しぶりに眠気が襲う。エアコンのスイッチを入れて蒸し暑さをとり、馴れないベッドに横たわった。

目を開けたとき長く眠ったと思った。けれど、はめたままの腕時計を見ると正午にもなっていなかった。

携帯電話には咲美からメールが入っていた。時間は昨日の午後五時と深夜二時だ。一つ目は梅干しをタッパーに入れてあることと、市販の睡眠導入剤を忘れていったこと、二つ目のメールは、夏休みの課題で晃昌が提出した読書感想文が校長賞をもらったというものだった。

昌司は咲美の携帯電話の短縮ダイヤルをタップした。

「あなた、徹夜したんでしょう」咲美は電話に出るなり言った。

「いろいろ問題があってね」少しでも愚痴を口にするととまらなくなりそうだったので、「思ったより病院ってのは特殊みたいだ」とだけ言った。

「無理しないでよ」咲美の背後から明るい調子のスーパーマーケットのジングルが聞こえる。

「買い物中か」

「そうキャメルじゃないけどね」咲美が笑った。

「曲を聴けば分かるよ。でもうちは青物にも力を入れてるんだぞ」

「もちろん知ってるわ、とくに卵が新鮮なんだってことも。でもね」

「値段の問題なんだろ？」取引業者との関係で簡単に値下げできない。定価に近い価格は、主婦層に値頃感がないのを昌司もよく分かっていた。

「まあね」

「晃昌、校長賞だって？　よく頑張ったな」

「ええ、とても面白い感想文よ」

「そうか、うんと褒めてやってくれよ」

「ちょっと、直接あなたが褒めてやらなきゃ」

「そうだな、分かった」

「どうしたの？　その話をするために電話してきたんじゃないでしょう。それとも早速ホームシック？」

「バカな。いや、あのな、ゴミ箱に新品らしいサッカーのシューズとボールが捨てられていたんだ。それが気になってね」昌司は少年野球でレギュラーになれなかったとき、悔しくてグラブをゴミ箱に放り込んだことがある。本当に捨てる気はなかった。それを見た母が、必ず慰めてくれるという甘えからの行動だったのだと咲美に話した。「咲美ならどう思うかなと」

「いまは、あなたの子供時代とちょっと違うけど、気持ちは同じようなものじゃないかしら。ようは見つけてほしかったってことでしょう?」

「怒られたいんじゃないんだ。上手く言えないけど、短気を起こさず、もう一度頑張ってみればって、慰めてほしかったのかな。自分でもよく分からないんだ」昌司は電話を持ったまま寝返りを打った。

「何となく分かるけど、ものに当たり散らす感じなの?」

「当たる、か。確かにそんな感じもあるけど、それだけじゃないんだよな。俺は、グラブを叩きつけられなかった」

「そっと、ゴミ箱に捨てたってわけ?」クスッと咲美が笑った。

「おかしいか」

「屈折してるわね。ああ、でも発見してくれることが前提なんだから、それもありか。やっぱり本人じゃなきゃ分からないわよ」

「そうだよな。いやすまない買い物を邪魔して。梅干しありがとう」

「あなたお腹弱いから」

「睡眠導入剤はこっちで買うよ」

「お医者さんに診てもらえばいいのに。ずっと病院にいるようなもんなんだから」

「そうだな」昌司は生返事をして電話を切ると、小腹が減っていることに気づいた。

賞味期限で廃棄するカツカレーを持って帰ってきていた。それを備え付けの電子レンジで温めて、ちゃんと自腹で買った炭酸飲料で食事を済ませた。鍋やフライパンはまだ段ボールに入ったままだ。

冷蔵庫とテレビは揃っている。小ぶりのテーブルにノートパソコンを置き、立ち上げた。

POSデータの画面を呼び出し、院内店ならではの需要を探る。

非デイリー商品では他店ならそこそこ出るスナック、チョコレート菓子が売れていない。下着類、歯ブラシや石けんなどがセットされたトラベル用品は、入院患者が買ってくれるからむしろ好調だった。

スポーツ紙、雑誌もまずまずだ。サッカー専門誌『Jリーグサッカーキング』の名を見て、また捨てられたサッカーボールが頭をよぎる。

グラブを捨てたときの自分だったらどうするか想像してみた。

朝早くキャメルマートにやってきた昌司少年の手にはシューズとボールがある。悔しさと一緒に何もかも捨てちゃえとゴミ箱の前にくる。一見してボールはゴミ箱の口に入らないことが分かり、シューズだけでもと思って捨てる。病院の裏に大きなゴミ箱があったことを思い出し、病院の中を通ってゴミステーションまで行き、ボールを放り入れた。

緑がいつものように中庭に面している店の前を掃除し、ゴミ箱の周辺を点検していて鮮やかな色の靴の踵が投げ込み口から覗いているのが目に入ったと言った。ボールにしても、大きなゴミ箱から網の部分が飛び出して垂れ下がっていたという。

やはり、どちらも捨て切れない印象を持った。〝彼〟は、昌司のようにレギュラーになろうとしていたが叶わず、自暴自棄になったのだろうか。入院患者なら、怪我か病気のせいだ。誰かに自分の悔しさを知ってほしかったのかもしれない。

転任早々、こんなことで時間を取ってどうする。

昌司は大きく伸びをして、ぬるくなった炭酸飲料を喉に流し込んだ。

らくだカードのデータとPOSとをクロスさせて重なりを見る。年齢、性別それぞれの志向性が見えてきた。購入時間帯別に並べ直せば欲しい商品を手にする機会を捉え、いわゆる機会ロスを最小限に食い止められる。

この時間にお店を覗けば、自分のほしい商品が必ずある、という印象を持ってもらうことは信頼感を生む。それはそのままキャンペーン商品やプ《P》ライベートブ《B》ランドへの信用に直結していくはずだ。

やる気が出てきた。

データを八月から徐々に遡っていく。そして五月のゴールデンウィークあたりまで目を通したとき志向性の妙な法則に愕然とした。院内という限定された狭いマーケットなのに、お客さんの志向性が二週間と続かない。季節ものが振るわないのも当然の結果だ。

世の中の流行を生かせないし、テレビなどの媒体を使った広告宣伝もそれほど効かない。

これではAランク商品の比率が五十パーセントを切ってもしょうがないということだ。

戦略の問題でも、ましてや若松の読み違いでもなかった。

昌司は洗面所へ行き、鏡に映った自分の顔を見た。眼鏡を外し、流水で顔を洗う。水の冷たさが心地よかった。タオルが一昨日のままだったのに気づき、濡れたままの顔に眼鏡をかけた。

これでは、俺が店長になっても――。

いや、きちんとデータ解析を行い、対応策を講じればピンチをチャンスに変えられるはずだ。昌司は、へその辺りに力を入れた。

5

昌司と若松が休憩に入れたのは、午後三時過ぎだった。

若松にいつでも見られますと声をかけられ、バイト主任に居場所を伝えてバックヤードへと向かった。昌司は防犯カメラの映像を見ることを決心したのだ。

大きな冷蔵庫の裏手がバックヤードで、そこに品物がストックされている。缶やペットボトルの飲料は冷蔵庫の裏から補充できるようになっていた。バックヤードに入ると正面に商品のストック棚、左手に更衣室、そして右端に機械室がある。キャメルマートではオーソドックスなレイアウトだ。

三畳ほどの狭い部屋に電気機器の制御パネル、防犯カメラのモニターがある。映像は問題がない限り四週間経つと上書きされるようにしてあった。

パイプ椅子は一脚しかなく、若松は昌司に譲ろうとした。モニターに繋いだパソコンを操作してもらうために、それを断り若松の背後に立つ。

「では靴があった日の朝六時くらいから再生します」椅子に腰掛けた若松は早速キーボードを叩く。

早朝だが全身から疲労感を漂わせた白衣の男性が三人、何やら話しながら来店する。

「あ、この子ですね。ボールを背負うようにして持っています」若松が声を上げる。狭い機械室に低い声が妙に響いた。

「女の子?」昌司は画面に顔を近づける。

画面のフレームに入ってきたのは、白っぽいTシャツにピンク色のスカートをはいた少女だった。背中のボールが大きく映るほど小柄だ。もう片方の肩にかけたトートバッグには猫の柄が付いているのが見える。

「この子小学校四、五年生くらいですか」若松が画面を凝視する。

「小柄だけれど、それくらいですね。靴のサイズと色でてっきりサッカー少年だと思ってたけど、女の子のサッカーチームだってありますからね」

フレームから出たり入ったりしているのは、少女が店の様子を窺っているからなのだろうか。

そのあいだに男性三人は出ていった。

別の男性が、少女を気にしながら店内に入った。

「ああ、外科の霧島《きりしま》先生です」

「ご存知なんですね」

「常連客です」霧島医師は、ほとんど毎日疲労回復のドリンクを買って、店内で飲んでいくのだそうだ。

「お疲れなんだ」

「霧島先生、ちょっと変わったお医者さんです。神経質で、外科医だからいうんじゃないんですがカミソリみたいな方です。切れ者というか、切れすぎるっていうのか、近寄りがたい感じです」

「スリムでかっこ良さそうに見えました」

「よく見えなかったでしょうが顔もハンサムです。ロボット支援手術では日本でも屈指のお医者さんだそうですから女性にもてそうですが、四十七歳で独身です」

「ロボット？　何だかSFみたいですね」

「私も本当はよく知らないんです。あっ物忘れ外来の戸叶《とがのう》先生も、やっぱりおいでになったんだ」と若松は言った。「戸叶医師は神経内科の先生で、たまに飲みに誘っていただくんです」

「ご友人ですか」

「同世代なんで、話が合って」若松は、どうも物忘れがひどくなったと感じたので、念のため戸叶の診察を受けてから何かと相談するようになったのだそうだ。「先生は、毎朝のコーヒーを飲みに来られるんです」

「キャメルコーヒーはうちの売りですからね。正直、どこの店のよりも旨い」

「そうですね。戸叶先生も気に入ってらっしゃるんです。先生、いまは熊みたいな身体をされてますが、昔はスポーツ万能選手だったそうです。柔道でいいところまでいかれたと聞いてます」

「あっ」昌司が映像を止めてと声をかけた。

「どうしました？」

「いま、店内に向かって女の子が手を振った気が」

「巻き戻します」

画面が後戻りしていく。ボールのネットを肩にかけている方の少女の手のひらが左右に揺れて閉じる。再生すると、手のひらが開き、店内に向かって左右に振られる。

「確かに手を振ってます。誰にですかね」

「このときのお店のシフトはどうなってますか」昌司が訊く。

「西野さんと、もう一人は石毛《いしげ》さんだったはずです」よどみなく若松は答える。シフト管理ができている証だ。

「女性アルバイトの石毛さんですね。どちらかが、この子を知っているということか」

少女はゴミ箱に近づいた。が、そのまま通り過ぎて店の端っこの方へ移動する。

ドリンクを飲み終わった霧島が、外に出てきた。その後を追うように緑が入り口に現れ、手際よく幟の位置を直して引っ込む。ちらっと店の端に目をやったが、緑に何かを気にする様子は見られなかった。おそらく、そこからはゴミ箱が邪魔で背の低い少女は見えなかったのだろう。

その直後、少女がトートバッグから例のサッカーシューズを出してゴミ箱に入れて走り去った。

「間違いないです。この子が靴を捨てたんですよ」

「でも自分の靴じゃないんじゃないかな。この子だと、サイズは二一、二センチ」

「じゃあ誰の靴を捨てたんでしょうか」若松はそう言った後、「下駄隠しでもないでしょうに」とつぶやいた。

「下駄隠し、か。私たちは靴隠しって言ってました」懐かしい言葉に思わず反応した。

「京都では、『下駄隠し九年母《ちゅうねんぼ》橋の下のねずみが草履をくわえて』って歌詞の途中で下駄が草履になります」わけの分からないのは唐突に、「ちゅうねんぼ」という蜜柑の一種が登場することだと若松は笑った。

「そうですか。歌はよく覚えてないけど、私の方は『くねんぼ』って歌ってた気がします」

子供の頃、昌司は新潟にいた。京都から離れているのに似た言葉を使っていたことに驚いた。

結局のところ歌は、鬼を選ぶためのものだった。だから終盤に『表の看板三味線屋、裏から回って三軒目』と言ってみんなが指さした人間が鬼となる。鬼以外の者は履き物を一足、どこかへ隠し、鬼に探し当てさせるというゲームだ。下駄を鬼に見つけられた者が、今度は鬼となる。

「でも下駄隠しは片方を隠すんですよね。だからみんな片足で立って鬼を見守る」と、若松は実に嬉しそうだ。

「そんな遊び、いまどきしないでしょうし」目的は靴を捨てることだ。

「この子も、靴をほかすのが悪いことだって分かってるみたいです」再び画面に目を移すと若松が言った。

「ほかすって、捨てることですか」

「あっすみません、そうです」

「でも、自分から誰かに手を振ってますよ」

「そこが子供なんでしょうね。ですが、ゴミ箱に近づいたとき、人の目を気にしているように見えました」女の子はゴミ箱の端に隠れたのではないかと、若松が言った。

「捨てる瞬間を誰にも見られたくなかったってことですか」

「そんなふうに見えます。足早に去っていくところも、逃げるような感じです」

「まずは西野さんにこの子を知っているか確かめましょう」

「静止画をプリントアウトしてもいいですか」

「お願いします」

休憩に入って緑が事務室に戻りデスクに着くのを待って、若松の用意した二枚の写真を彼女に見せた。写真は斜め上からのアングルだからはっきり顔が映っているわけではないが、知っている人間ならば判別がつくはずだ。

「知りませんか、この子を」昌司はデスクの前に立ったまま尋ねた。

「う〜ん、これではなんとも」緑は首をかしげながら写真を近づけたり離したりする。

昌司は映像で観た少女の動きをできるだけ忠実に話した。

「この子が、私に手を？」手に取った二枚の写真を交互に見て訊いてきた。

「ええ、店内の誰かに手を振ったように見えました」

「それは私ではないですね。この日、子供さんから手を振られた覚えないです」仲良くなった長期入院の子供は何人かいて、その子たちが手を振ってきたのなら忘れない、と緑は言った。

「じゃあバイトの石毛さんでしょうかね」

「私が店内とファサードを見回ってる時間ですので、石毛さんには、レジに入ってもらってましたから、そうかもしれません。今日はきてませんが、明日は朝から入ってもらってます」

「じゃあ明日訊いてみましょう」

「でも、女の子だったなんてね。何か事情がありそう」緑がまた写真の女の子に目を落とした。

「自暴自棄になっているんだったら……」昌司は少女の親の気持ちを想像して、ため息をついた。単純にシューズとボールの落とし物です、と病院に届けるだけでは済まない何かがあると感じていた。「可哀相だから……」

そう言葉を漏らした昌司を、緑が不思議そうな顔で見た。

「時間をロスさせてしまった。さあ仕事に戻ってください」

6

次の日の朝、事情をかいつまんで話し、防犯カメラが捉えた少女の写真をアルバイトの石毛茉麻《まあさ》に見せた。

「見たこと、あるようなないような……もうちょっと正面やったらはっきりするんですけど。けど私は手を振られてないです」と首を振った。茉麻はマッシュショートボブの髪型で、大きなイヤリングが揺れていた。昨年美大を卒業して、アルバイトをしながら画家を目指していると聞いている。

「ドアの斜め前に立っているこの子から見えるとすれば、コピー機とアイスボックス、コーヒーメーカーとレジか」昌司は店内レイアウトを思い浮かべながら言った。

「商品棚でしたら、ドアに近いのが季節商品とその隣の列のガムとキャンディのお菓子棚までが精一杯かもしれません。光の反射で朝は案外奥まで見えないもんですから」

「この子が手を振ったのは、その辺りにいたお客さんにということか。君は霧島先生、戸叶先生を知ってる?」

「はい、毎日こられます。というか日に何度も来店されることだってあります」

「あの日、二人とも飲み物を飲んでいたんだよね。霧島先生が栄養ドリンクで、戸叶先生はコーヒー」

「そうです、判で押したように」

「二人がいた場所は、この子がいたところから見えるよね」

「コーヒーが一番近いですね。レジ前の霧島先生も見えるでしょうけど」茉麻の顔が歪む。

「どうしたんですか」

「霧島先生に手を振ることはないと思います。先生と子供が結びつかないんです」

「切れ者だって聞きましたが」

「店長がそう言ったんですか」

「ええ。ロボット手術では屈指の医師だと訊きました」

「確かに外科医としては凄い方なのかもしれないですね」その後の言葉を茉麻が呑み込んだように思えた。

「問題がありそうな人なんですか」言葉を選んだ。

「私の口からはちょっと。店長に聞いてください」茉麻が困った顔を見せた。

「分かりました」むやみやたらにお客さんの噂話を吹聴しない、というアルバイトへの指導も浸透しているようだ。

昌司は、ノルマを課していない点を除いて、若松の店長としての取り組みに大きなミスはない、と思い始めていた。緑も茉麻もその他のアルバイトも一定水準以上の接客を実践しているし、商品陳列や清掃にも気配りができている。

やはりこの店の売り上げ低迷の理由は、もっと他のところにあるようだ。

「休憩時間にすみません」

昌司は事務所を出て、院内の廊下を進み防災センターに向かう。そこは面会受付もしていて、警備員が常駐していた。入院患者への面会者は正面口の開いてない時間はここを通るようになっている。

「キャメルマートの小山田です」胸のIDカードを見せた。IDカードは、あらかじめ病院関係者に配布されている。「物忘れ外来の戸叶先生と連絡をとりたいのですが」

霧島と子供が結びつかないという茉麻の言葉に従い、コーヒーを飲んでいた戸叶に話を訊いてみようと昌司は考えた。

「ちょっと待ってください。内線で呼び出し、コールバックしてもらいますので。何時の約束でしたか」制服に制帽の警備員が、内線電話の受話器を取り上げて聞いてきた。

「いや約束はしてないんです。どうしても確認したいことがありまして。ただ急ぎではないので先生がお手隙のときにお店に連絡いただけるとありがたいと伝えてください」昌司は名刺を差し出した。

「分かりました」ネームプレートに坂本《さかもと》とあった彼は、内線番号を確認しプッシュした。

「戸叶先生でいらっしゃいますか。わたくし案内警備の坂本です」どうやら戸叶本人と繫がったみたいだ。坂本は昌司の言ったことを相手に伝えてくれた。

「ええ、小山田さんは現在こちらにおられます。よろしいんですか。分かりました」と受話器を押さえながら坂本が、「いまなら話せるそうです」と言った。

「お願いします」昌司は、坂本から受話器を受け取った。「すみません、キャメルマートの小山田です。来月より院内店の店長をさせていただくことになっております」

昌司は六日前の朝に、新品とおぼしきサッカーシューズの忘れものがあったことを話した。少しでも興味を抱いてほしくて、ゴミ箱に捨ててあったとは言えなかった。

「ほう、サッカーシューズの忘れ物ですか」

「そうなんです。店にきた小学生くらいの女の子の靴のようなんです」

「女の子がサッカー。時代ですね」昌司もそうだけれど、若松と同世代の戸叶もサッカーと聞くと少年を連想したようだ。

「その女の子のことを、先生がご存知ではないかと思いまして連絡させていただいたんです」

「サッカー少女を、私が？」

「先生が、うちの店でモーニングコーヒーを召し上がっているとき、店の外から手を振った子なんです」

「女の子が、私に手を振ったと言われるんですか」

「誰に振ったのか分からないんですが、お心当たりありませんか」

「私の患者さんはだいたい高齢者ですからね。少女から手を振られれば覚えてます。私に手を振ったんではないでしょうね。残念ながら」戸叶が笑った気がした。

「そうですか」残るは霧島医師ということになる。

内線を切った昌司は、ロボット手術の霧島に繋いでほしいと坂本に頼んだ。他のスタッフが電話に出て、霧島は手術中で不在だと言われた。六日前の朝、霧島先生に手を振った少女について訊きたいので、手が空いたら昌司の携帯に電話をしてほしいと伝言した。

携帯番号を告げて電話を切り、「坂本さんに伺いたいことがあるんですが」と内線の受話器を返しながら訊いた。

「何でしょう？」

「坂本さんの会社は病院のすべての警備をされているんですよね」

「はいそうです」

「いま電話で話した女の子は、シューズの他にサッカーボールも落としたんです。それが見つかったのは駐車場の向こうのゴミステーションなんです」

「あんな場所に？」制帽の鍔を持って位置を直す。

「子供が行くには危ない場所ですよね。もしかすると、何かあったのかもしれない。それでボールを落としたとも思えるんです」

「事故かもしれないとおっしゃるんですか」

「まあ、そんな可能性も……」茶を濁すしかない。

「医療廃棄物もありますから本当に危険ですよ」

「あそこに防犯カメラがありますよね」昌司はゴミステーションに行ったとき何気なく防犯カメラを見ていた。「どこまでカバーしてます？」

「駐車場が主ですが、ゴミステーションも映してると思います。何かあったときのために」

「それを確認するにはどうすればいいですか」

「防犯カメラの映像を閲覧するには事務長の許可が要ります」

「そうですか。ありがとうございました」昌司はそこまで大ごとにしたくはなかった。

7

この春から始めていた院内ワゴンサービスの現状分析を、若松と行うことにした。スタッフセンターや談話室、場合によっては病室までワゴンで出向いて販売するこの方法は、入院患者や看護師に大評判で、今後最も期待できるサービスだけに慎重に拡大させたいと昌司は思っていた。

院内ワゴンサービスの問題点として、醬油や塩、減塩ではないふりかけ、お菓子類への対応が挙げられる。病院食が薄味であることもあって、リクエストが多い商品だった。むろんそれらが絶対に禁忌である患者のリストはあらかじめもらっていてきつく断ることができるが、そうではない患者の場合、求められれば販売を拒否できない。

「入院患者さんは、看護師さんの目がないと、どうしても味の濃いものを買われますから」

若松が気の毒そうに言った。

「それもニーズですよ。神経質になる必要はないです」

「若松さん、欲しいものを提供する、それがコンビニの仕事です。仕事に徹しましょう」

「はあ、しかし……」

「はい」若松はうつむいた。

「梅雨からスタミナ弁当がよく出てますね。反面、うちのヘルスケア系のお弁当はワゴンでは人気ないな。店頭と正反対の売り上げを示してます」昌司のノートパソコンと若松のタブレットはデータを共有していて、二人は売り上げ比較表を開いていた。

「ワゴン販売の商品が適切ではなかったんでしょうか」

「売れ筋のウエットティッシュ、無香料除菌剤、薬用石けん、うがい薬はこのままで、やっぱりデイリーのセレクトですね。お客さんの欲しがるものばかりだと看護師の目もありますから厳しいけど、ヘルシー一辺倒ってのも入院患者には息が詰まりますよ」

「栄養士の田伏幸子《たぶせさちこ》さんに相談しましょうか」

「そうそう、実は、社のヘルスケア推進部と、この病院の栄養士さんとの共同開発の話も持ち上がってきてまして、栄養士さんも推薦しないといけないんです。若松さんから見て、その田伏さんという方はどうです?」病院に勤める何人かの栄養士の名前が会社から届いていた。その中に田伏も入っているが、実際の現場の声が重要だ。

「気さくな方ですし、三人のお子さんを育てた経験がありますから、適任だと思います」

「お幾つぐらいですか」病院への勤務年数六年としか記載されていない。

「小山田さんと同じぐらいだと思います」

「四十歳代前半ですか」とうなずいたとき、携帯電話が振動した。「すみません」と昌司は若松に断り、電話を手にした。見たことのない番号で、予想通り霧島医師からだ。

「僕に手を振った少女のことをお尋ねだとか」霧島の言い方は迷惑そうだった。

「そうなんです。お忙しいのにお手数をおかけしてすみません。先生の知っている子かな、と思ったもので」

「知ってますよ。僕の患者です」

「その子の忘れ物だと思われるサッカーシューズを届けたいんですが」

「昨日、退院しましたんで、ここにはいません。それにサッカーシューズを忘れたとおっしゃいましたが、彼女は球技はしません」

「そうなんですか」

「断言します」

「差し支えなかったら、理由を教えてもらえないですか」

「バレリーナを目指していて、怪我をするようなスポーツはしないと言ってました」

「それじゃ何かの間違いですね。お手間を取らせて申しわけございませんでした」昌司は電話の向こうの霧島に頭を下げていた。

携帯をしまうと、若松が声をかけてきた。「霧島先生ですね」

「ええ。手を振った少女を知っていました。ただその子はバレリーナを目指しているらしく、球技はしないとおっしゃってました」

「ますます妙な話ですね」

「少女の名前でも分かればな」

「霧島先生の患者だということは、たぶんロボット手術をしたんですよ。内視鏡か腹腔鏡ロボットを使っての手術があるんです」若松が長い指でロボットアームを操作する格好をした。

「なるほど、通常なら小児外科。ロボット手術の霧島医師が小児外科に出張ったってことか。小児病棟で話のできる方いませんか」

「小児科じゃないんですけど、産科の佐賀《さが》先生が店の常連さんです」産科と小児病棟は同じ棟の二階と三階だ、と若松が説明した。

「写真を見せれば、分かるかもしれない。紹介してください」

「分かりました」

「もちろん休憩時間に、です」昌司は自分に、釘を刺した。

その日の夕方、産科病棟に佐賀医師を訪ねた。昌司は挨拶と自己紹介をすませると早速本題に入った。

「ああ光莉《ひかり》ちゃん。田所《たどころ》光莉ちゃんです」写真をみるなり佐賀千明《ちあき》はうれしそうに微笑んだ。

「田所光莉」やっと会えた気持ちになった。

すよね」
「でも、どうしてこの子の写真を？」千明が眉をひそめた。「これって防犯カメラの写真で
「これには事情がございまして。写真ではサッカーボールを持っているでしょう？ それに
トートバッグの中にはサッカーシューズが入っているんです。実は靴をうちの店のゴミ箱に
捨てたんです。ボールも病院のゴミステーションから見つかりました。どちらも新品同様の
ものだったので」昌司は事情を詳しく話した。
「うーん、光莉ちゃんが、そんなことを？」写真を凝視する千明の眉間に深い皺が寄る。
千明は目鼻立ちが整っていて、やや広い額が理知的な印象を与えていた。肩までの髪を後
ろで纏めぴょんと突き出た耳のピアスが見える。銀色の、どうやら猫をあしらったもののよ
うだ。光莉のトートバッグも猫柄だった。猫がブームとニュースで聞いたが、アクセサリー
の柄にも使われているのか。
「霧島先生にお話を伺ったんですけど、球技はやらないということでした。でもボールを担
いでる。しかも真新しいものなんです」
「光莉ちゃん、ご両親から厳しくしつけられているようで、小四ですが礼儀正しくていい子
です。ものを粗末にするようなことはないと思うんですが」千明は産科だが、小児科を掛け
持ちし頻繁に行き来していたという。バレリーナを目指しているけれど、医者にも憧れを抱
いているらしく、医者に何でも質問する子だったそうだ。「私だけではなく、医師とはよく
話していましたから、みんな同じような印象を持ってるんじゃないかしら」

「光莉さんはどこが悪かったんですか」

「それはちょっと」

「守秘義務ですか」

「ええ、まあ。とにかく早くバレエの練習ができるようにと、予後の傷が目立たないように霧島先生に執刀していただいたんです」検査を含めて入院期間は一週間ほどだったそうだ。

「彼女が入院していた病室は小児外科ですか」

「ええ、この上の階です」

「入院中、光莉さんが親しくしていたお子さん、ご存知ではないですか」靴もボールも光莉と無関係なら、同じように入院している友達の持ち物かもしれない。

「さあそこまでは分かりません。光莉ちゃんが捨てたとしたら、よほどなにか事情があったんやないですかね。あまり詮索するのは……」

「もちろん、そうです。ですが新品同様のものを捨てる行為はどうしても気になります。うちの店のゴミ箱ですから」

「確かに捨てちゃうのはね」

「それに、おせっかいかもしれないですが、ちょっと心配でもあるんです」昌司は自分が自暴自棄になった経験を千明に話した。

「もし小山田さんのおっしゃるように何もかも嫌になってるとしたら、治療にも影響しますね。それは大変だわ」千明がこぼれ落ちそうな目を向けてきた。「スタッフには、治療に万全を期すよう申し伝えますので」これ以上患者に関することは話したくない、という雰囲気が漂っていた。

「お願いします」昌司はお辞儀をした。

「それにしても変わった店長さんですね」

「いやまだ、店長じゃないんですが」

そうだここでは自分は新参者だ。いったい何をしているのか。売り上げを伸ばすために単身赴任してきたはずだ。こんなことに時間を費やしても利益に繋がらない。

「若松さんはお辞めになるんですか」

「私と入れ替わる感じです」

「そうですか、寂しくなります」

「変わらず、ごひいきに」と言うと慌てて店に戻った。

8

茉麻がワゴンサービスから戻り、もう一度光莉の写真を見せてほしいと言ってきた。

「何か分かった?」病院側の守秘義務の壁を感じていた昌司は、シューズとボールの本来の持ち主を探すことを半分諦めていた。

「小児病棟の談話室を回ってきたんですけど、私、思い出したんです」

「それを確認するために談話室に行ってみたんです」茉麻の話では、小児病棟の談話室は一部の壁がホワイトボードのようになっているのだという。「子供たちが自由に落書きしてもいいようにしてあってそこに女の子が白鳥を描いてたのを思い出したんです。まだその白鳥が残ってて、今日、そこにいた子供に聞いたんですよ。この絵かいたん誰やったって」

「田所光莉ちゃんだって答えた子供がいたんだね」

「そうです。その小学二年生くらいの女の子からいろいろ話が聞けました」光莉と仲がよかったのは、話をしてくれた女の子と中一の女の子、そして小六の男の子だったという。「この男の子がサッカーをやっていたんやそうですけど……もうできなくなったんだと言ってたそうです」

「もうできない。重い病気なんですか」

「車椅子で足には包帯を巻いてたって言ってました。一週間ほど前に救急車で運ばれたと聞いたそうです。でも、私が談話室で販売してるときに車椅子の少年は一人いましたけど、足に包帯を巻いた子は見ませんでした」

「ワゴンの買い物をしなかったんだ」

「ですね。その子も男の子の病室は知らないって。中学生の女の子ならもっと詳しい事情を知ってるかもしれません」

「いや、あんまり患者さんのプライベートに立ち入ると、問題があるでしょう。ナーバスになってる患者さんやご家族もおられるだろうし」

先月足を怪我して救急車で運ばれ、車椅子を使っている少年。彼はもうサッカーはできないと嘆いていた。

昌司はデスクのパソコンに向かった。地元紙のデジタル版を呼び出し、ニュースの検索をする。八月、小学生、事故、救急搬送という語句を入力した。

どこの街にも事故は溢れていた。全国的なニュースになったものの中に、地方ならではの不幸も数多い。さらに小学生が事故に巻き込まれた記事に絞り込んでいくと、自転車にはねられた小学三年生、量販店の駐車場で母親の車に轢かれた低学年、バイクとタクシーの接触でバイクの後部座席に乗っていた小学六年生の男児が重傷を負った事故、スイミングスクールに行く小学生の列に車が突っ込み二人が怪我をしたものが表示された。低学年の事故は除外してもいいだろう。

「若松さん、これらの事故ご存知ですか」昌司はパソコンの画面に表示されたバイクと小学生の列に突っ込んだ事故の記述をさっと読み上げた。

「ああ、覚えてます。子供の列に自動車が突っ込む事故はこのところよく聞くなと思ってましたし、バイクの方は何となくですが。バイクの方の事故現場は河原町丸太町の交差点ですから、病院に近いですね。小学生の列の方は伏見桃山だから、かなり遠いです」

昌司にはまだ京都の地理が分からない。

「じゃあ、バイク事故の方を詳しく調べますね」事故の記事にある文言を検索ワードに加えて、事故を取材したいくつかの記事を見つけた。

『バイクの後部に乗車していた男児（一二）は車道に投げ出され後続の車に接触、脚の骨を折る重傷を負い、市内の病院に搬送されて入院した。なおバイクは男児の兄（一七）が運転、男児が所属するサッカーチームの試合会場に向かっていた途中の事故だった。運転の兄は幸い軽い怪我で済んだ』

「サッカーの試合に出る途中だとあります。この事故の被害者の可能性が高いですね」昌司が声を出した。

「車椅子、足の包帯、きっと女の子の言っていた少年ですよ」茉麻が言う。

「サッカー選手が試合に行こうとして脚を折ったんだから、それは自暴自棄にもなりますね」若松がため息をついた。

「だから捨てたのか。でもサッカーを諦めるほどの怪我だったのかな」

「女の子がもうできなくなったって言ったとき、これからずっとできないというニュアンスがあったように感じました」茉麻が女の子から聞いたときの印象を話した。

「村瀬さんなら、どこの病室か分かるんじゃないかな」若松がふと漏らした。

「清掃会社の？」

「病棟、病室の清掃も手がけてて、情報通です。お仲間も多いですし」

「なるほど。でも……」患者のことを探っていることが分かると、店の信用に傷がつく。病院からの信頼の上に成り立つテナントなのだ。

「村瀬さんは従業員の束ね的な存在ですし、プライバシーに関していえば、人一倍神経を使ってると思いますけど」

それ以外の方法を新入りの昌司に思いつくはずもなく、若松の言葉を信じるしかなかった。

そして、その日の夕刻には、若松の期待通り村瀬は交通事故で運ばれてきた少年の病室番号を突き止めた。

小児病棟三〇七号個室タイプ、庄内海斗《しょうないかいと》、十二歳。

車椅子に座る海斗の右足は膝から包帯でよく分からないが――。

たぶん切断されているようだということだった。

9

その夜、マンションに帰った昌司は、咲美に電話をしていた。

「晃昌、どうしてる?」

「あなた校長賞のこと、まだ褒めてやってないでしょう。すねてるわよ。野球も作文も別にうまくなりたくないって」

「何ぜいたく言ってるんだ、あいつ」

「仕方ないでしょう、まだ子供なんだから。パパに褒めてもらえなくて寂しいのよ。どうしたのムキになって」

昌司は海斗の足のことを話した。

「咲美、どう思う？」

「切断……よほど酷い事故だったのね」

「その村瀬さんが看護師さんから聞いた話では、脚がつぶれた状態だったんだって」

「切らないといけなかったってことだわね。ああ……やるせないわ。やっぱり晃昌と重なっちゃう」

「俺、顔も見られない」

「海斗くんには、会ってないの？」

「どんな顔で会えるってんだ」昌司は晩酌の缶ビールを飲んだ。

「飲んでるの？」

「つい手が出ちゃって」

「飲み過ぎないでよ。後厄なんだから」

「分かってる」

「でも、どうしてその女の子が捨てたのかしら」

「そりゃ頼まれたんだろう。もう見たくないって。自分では捨てにも行けない身体なんだ……」空になった缶が手の中でへこんだ。

「で、どうするつもり、靴とボール」

「本人に確かめるような残酷な真似はしたくないしな。かと言って新品同様のものを処分するというのも……」

「ゴミ箱にあったといっても、本心から捨てたんじゃないって思うから？」

「ああ、怪我したのが、何でサッカー少年の脚なんだよ」吐き捨てる。

「本当よね。音楽家が難聴になったり、料理人が味覚障害になったりするのをテレビで観るじゃない？　皮肉だなって思ってたけど、実際に身近でそんなことがあると何も考えられない」

「テレビに取り上げられているのは、すでに乗り越えた人だもんな」

「乗り越える、か。そう簡単じゃないわよ」と咲美は漏らしてから「We Shall Overcome」とつぶやいた。

「何だそれ？」

「うちのお母さんが口ずさんでいた昔の歌よ。我々は勝利するって訳されてるけど、乗り越えるっていうニュアンスの方が強いんだって。だからお母さん、父さんと離婚したとき、ずっと口ずさんでた」元は賛美歌で、アフリカ系アメリカ人の公民権運動のときに歌われたという。

「We Shall Overcomeで、我々は乗り越えるか。いい言葉だな。勝つとか勝利なんてそんな単純じゃないよな」

「うん。どうにかして乗り越える方法、ないかしらね。というより手助けできないかしら」

「……智恵を絞ってみるか」

「利益に繋がらないのに、いいの？」咲美は意地悪そうに言った。昌司がよく口にする「利益に繋がるかどうか」という言葉を揶揄したようだ。

「人を守銭奴のように言うなよ」

「だって、休みの日でも、家でPOSデータと睨めっこしてたじゃない。データは嘘をつかないって言って」

「事実データは嘘をつかないさ。だけど、子供が絡むとビジネスライクにはいかない。俺も親父だってことかな」

「私はそういうの嫌いじゃないけど。じゃあ晃昌にも電話してやってよね」

「あ、どんな歌か少し聴かしてくれないか」

「うーん、ちょっとだけね」電話から流れてきた、妻の優しい歌声が耳から離れなかった。

10

We Shall Overcome――。

昌司自身もどこかで聞いたようなメロディだった。そのせいかすぐに覚えて、知らぬ間に口ずさんでいたようだ。若松に古い歌をよくご存知ですね、と尋ねられて鼻歌にしていたことに気づいた。

仕事が手につかないということはない。けれど海斗のことが頭をよぎる。彼のこの先の人生はとても長いのだ。

海斗の病室の前まで行ったこともある。リハビリ室にも顔を出さず病室に閉じこもりっきりの状態だそうだ。村瀬の話では坊主頭の日に焼けた顔はまだ幼ないという。清掃スタッフは部屋の掃除のときに使い捨ておしぼりを補充しに行くが、その際も携帯ゲーム機を手にしたままで、言葉を交わすこともない。つきっきりの母親とたまに顔を見せる父親とのやり取りから類推して、海斗は友達の見舞いも断っているそうだ。殻に閉じこもっていく息子を、沈痛な面持ちで見守る両親を見るのは辛いと村瀬は言った。

何とかしてやりたい、と真剣に考えた。

正社員三人の定例会議でも、最後は決まって海斗の話題になる。数値目標以外の話で締めくくるなんて、初めての経験だ。

「昔なら身体の不自由なヒーローもいたんで、ずいぶん励まされたもんです」若松が、京都文化博物館にはフィルムシアターというのがあって、古き良き時代の日本映画を上映しているという話をした。彼は春にそのフィルムシアターで「丹下左膳餘話《たんげさぜんよわ》 百 萬 両《ひゃくまんりょう》の壺《つぼ》」を観たのだと振り返った。

「丹下左膳、名前は聞いたことあります。十年ほど前にリメイクされませんでしたか」そのヒーローは右目と右腕をなくした侍だ。

「ありましたが、私は何と言っても大河内傳次郎の左膳ですね」

「両方ともよく知らないな」

「圧倒的に不利なのに腕が立つんですから凄いですよ」悪者は丹下左膳の弱点をついてくるのだそうだ。「見えない方向から斬りかかったり、使える腕に鎖をかけたり」

「卑怯なり」本気とも冗談ともつかぬ声で緑が言う。

「古い時代劇はハンディキャップを跳ね返すものが多いんです。座頭市もそうでしょう」目の見えない市は居合いの達人だ。部屋のロウソクを仕込み杖で切って消し、闇の中で無敵の動きを見せた。

「弱点を強みに変えてるんですね」コンビニエンスストアでもけっして恵まれた立地でない店舗が、それがゆえに競合他社が出店しないことを利用してタイムリーな販売促進を展開し、繁盛店にした例をいくつか知っていた。

「まあ時代劇だからってところもあります。現実社会じゃそう簡単にはいかないんでしょうけど」若松は自分のネームプレートを直した。

でも、ずっとへこんでいても……かえって惨めになる。昌司自身がそうだった。

「実際のところ、海斗くんはサッカーが本当に好きなんでしょうか」若松がひとりごとのように言う。

「どういうことです？」

「逆説的になってしまいますが、脚を失ったことできっぱり諦められたのなら……それでいいんじゃないかと思ったりもします」

「つまり、捨てることで、未練を断ち切ったということですか」

「小山田さんの野球のグラブの話を聞いたんで、やけくそになっているだけだ、とはじめは思いました。でももうサッカーができないと悟り捨てたとなれば、覚悟の上の行為なんじゃないかと」

「若松さんの意見も一理あります」と言ってから、いや違うと確信した。「でも、もしそうなら、自分で捨てないですか。光莉ちゃんに頼んだのは、それだけの決心、若松さんの言う覚悟ができていなかった。だからいま引きこもってるような気がするんです」

「なるほど、そういう考えもありますか」

「まだサッカーがやりたいんだ、きっと」

「車椅子サッカーはどうでしょうね」若松は自分のタブレットで検索を始めた。「電動車椅子のサッカーがありますね」

昌司と緑も自分のパソコンで彼と同じサイトを見る。足を使わずにできるサッカーで、電動車椅子の操作さえできれば参加できる。

「ただ海斗くんは右足以外どこも悪くないからね」車椅子サッカーでは首より下が動かない重度の障害者も参加している。

「あっ、これはどうですか」若松が早口で「アンプティサッカー」と検索ワードを言った。それをそのまま検索すると、ずらずらっとアンプティサッカーに関する項目が表示された。

「松葉杖を用いて行うサッカー」そんな競技があること自体知らなかった。アンプティとは切断者という意味らしい。つまり上肢や下肢の切断障害をもった人のためのサッカーだ。

「障害を持つ人々のスポーツではありますが、従来のような障害者用スポーツに必要とされた専用の器具を必要としていません、と書いてありますよ」タブレットを見ながら、若松が言った。

「移動するのに松葉杖、クラッチを使うけれどボールは脚で蹴らないといけないんだ。ピッチに立ってサッカーができる」昌司も手元のパソコンに目を落とす。「国際連盟もあるし、あっ、関西にチームがあるな」

「本当ですね、ワールドカップもありますよ」

「関西のチームに所属している選手、病院にきてくれないかな」

「きてもらうというのは、どういうことですか。講演会とか？」

「そうですね、体験とデモンストレーションがいいでしょう」ホームページには、クラッチというのも元々リハビリ用の松葉杖だという記載がある。「選手のリハビリ体験を聞いてやる気を出す患者さんもいるはずです」

「リハビリという切り口、いいですね。病気の人だけでなく高齢者にも役立ちますし」

「あとはどうやって利益に結びつけるか」イベント企画は本部を通さねばならない決まりだ。ただ事故で足を失った少年を励ますという理由だけでは、本部が首を縦に振るはずはない。

本部がビジネスとして許可を出し、なおかつ海斗に希望を与えねばならない。いや、病院の協力を得るのも至難の業だ。京洛病院が院内に入っているコンビニエンスストアの利益に手を貸すなどという話は聞いたことがない。

「三方よしでないと、いけないんですね」若松が唸り声を上げた。

「いえ、本部、病院、海斗くんに加えて入院する患者にも喜んでもらわないといけません」

「四方よし、なんて……」ため息交じりに言ったのは、黙って昌司と若松の話を聞いていた緑だった。「それを三人で考えるんですか」

「そうです。もはや一人の少年を励ますというのではなく、京洛病院店独自の企画を本部に投げかけるんです。本部が今後も院内コンビニを展開していくための成功例をつくる」

We Shall Overcome――。

この歌は、差別的な扱いを受けたローザ・パークスの、バスボイコット運動のときにも歌われた。浮ついたものは必要ない。一歩、また一歩と乗り越えていくことを具現化する企画だ。

もう少しで必ずいい企画になる。そんな予感がしていただけに、昌司は言葉にできないもどかしさと闘っていた。

三日にわたり、時間を見つけては話し合った。それでも形にならず、京都の残暑と慢性的な不眠の疲れから気分はすぐれない。食欲が落ち、熱もないのに冷房の効いた部屋にいると寒気がした。

アンプティサッカーの関西チームに、打診してみた。こちらの企画意図をかいつまんで伝えると、感触はよかった。

海斗と同じように中学生のとき交通事故で利き足を失った真木祐《まきたすく》というプレイヤーがいて、彼が適任ではないかというところまで話が進んだのだった。真木がチームに入ったのは五年前で十九歳、チームの要で、人前で話すことも厭わないそうだ。

病院の事務長には、それとなく企画主旨を話した。キャメルマートが前面に出なければ、理学療法室で毎月行う催し「健康体操教室」のゲストとして真木を招いてもいいと言ってもらった。この教室は入院患者だけでなく近隣の町内会なども参加できるものだ。

まさに外堀は埋めつつある。

病院内におけるコンビニエンスストアの役割とは何だ？

そこに行けば欲しいものがあるという商品力も重要だが、それだけでは病院という空間の特色を生かしきれているとは言えない。

現場力、そうだ現場力だ。病院内店だからこそ、食や嗜好品が制限されている人向けにヘルスケア商品があり、来店が困難な人向けにワゴン販売がある。この患者のためになる現場力を敷衍していって、真木の体験談と何かをカップリングする方向で考えていくのはどうだろう。

昌司は会場現場である理学療法室を見学した。この現場で必要とされるものを見つける。

部屋は五十畳ほどの広さをパーティションで六カ所に区分けされていた。中央の通路には腰ほどの高さの平行棒が設置してあり、そこをスタッフに付き添われた初老の男性がゆっくり歩いていた。各パーティションではそれぞれ異なる器具が置かれ、そこでもマンツーマンのリハビリが行われている。さらに奥の柔道場のような畳が敷かれた場所では、仰向けになった患者が療法士に施術をされていた。

方々から聞こえてくるのは、療法士たちの「いいですよ。その調子」という励ましの声だ。患者は痛みに顔を歪めているが、励ましの言葉には笑顔で応えようとしているのが分かる。

上手くなるための練習は、昌司も経験してきたから分かっている。だが、失われた機能を回復するための訓練は、それとは違う。生きている証のような重みをひしひしと感じた。

生きている、そして生きていく証――。

「昨日はここまでだったのに、今日はここまで歩けました。いいですよ、一歩一歩で」平行棒で、またそんな声が響き昌司は我に返った。

足跡？

そんな商品があるだろうか。高価なものではなく、また使い方を限定しないもの。理学療法士の手元を眺めていて――あるアイデアがひらめいた。

11

イベント企画は、昌司のアイデアによって病院をはじめ、各方面の協力を得られたことが功を奏し、本部の承認を得ることができた。

ワゴンサービスの際、海斗の部屋へイベントの詳細を書いたチラシと招待券を届けた。そしてそこに真木の手紙を添えた。

手紙にはこう記されていた。

僕はアンプティサッカー日本代表選手の真木祐。中二のとき君と同じように事故で右足を失い、普段は義足を付けて暮らしている。いまだに五年前の絶望の瞬間、地獄の日を思い出し、夜中に飛び起きることがあるんだ。でも義足を外し、サッカーをプレーして生きる喜びを感じている。アンプティサッカーのメンバーの全員、片足で走り片足でボールを蹴る。どれほど激しく、豪快で、エキサイティングなゲームなのか、海斗くん、君に見てほしいんだ。今日は映像も交えてこのサッカーの素晴らしさを紹介する。君がほんとうにサッカーを愛しているなら——もどってこいよピッチに。片脚なくしただけで両脚なくした気になるな。残った脚でゴールは狙える。海斗くんに会えるのを待ってます。

真木祐より。

「きてくれますよね、きっと」昌司は不安を振り払おうと、理学療法室で準備をする若松に話しかけた。

「ええ。サッカーが好きなら、またボールを蹴りたいのなら」

事前の打ち合わせ通り、スクリーンやプロジェクターの準備を終え、昌司は真木を出迎えに病院のエントランスへ向かう。

真木を伴い会場に戻ると、実施までの約一週間、院内の告知も院外の宣伝も周到に行ったこともあり、用意した五十席はすぐに埋まった。車椅子用のスペースにも十三名の患者が付き添いと一緒に座っている。

その中に海斗がいるかどうか、ワゴン販売の茉麻に尋ねた。

茉麻は首を振った。

定刻の三時になり司会を務める事務長が登壇した。健康体操の特別篇だという趣旨を説明した後、リハビリをやりきりアンプティサッカーの選手として再び国際舞台に立とうとしている真木祐を紹介した。

会場が拍手に包まれた。

真木は、義足を外しクラッチで壇上へ向かう。

彼が自己紹介をしてから実際にプレーする様子をプロジェクターで鑑賞するために少しだけ場内の明かりを落とす。

打ち合わせでも見たが、選手の動きは通常のサッカーの試合を見ているのと変わりなくスピーディで面白い。敵味方七人同士がピッチを縦横無尽に駆け巡る。

クラッチで故意にボールに触れるとハンドになる。そのため素早く一本の脚でボールをキープしないといけない。ボールを巡って反転、回転、また反転とめまぐるしい動きを見ているだけでも、汗がにじんでくる。自分も映像に合わせて、手や足に力が入っているのだった。

映像はダイジェストで真木のシュートが決まって、選手たちが彼を称える場面で終わった。会場の明かりを元に戻すと、茉麻が昌司の腕を叩いた。「一番うしろ、入り口付近を」そこには、日焼けした坊主頭の少年が車椅子に座っている。それが海斗であることはすぐに分かった。

「やっぱりサッカーを捨てたわけじゃなかったんだ」胸が熱くなるのを悟られたくなくて、昌司は言葉を発した。

真木の講演は、事故の後から苦しいリハビリの日々を振り返った。大方が弱音を吐いた日々だと正直に話してくれた。

「何気ない一歩、それがどれだけ大きいことか、脚を失って知りました。だから人よりこの一歩を大事に、大切にしたいんです。みなさんのリハビリも、なんだ一歩しか進めないなんて悲観しないで、その一歩こそが重大な意味を持つと思ってください」と真木は締めくくった。

始まったときよりも、いっそう大きな拍手が起こった。

握手会にも多くの人が参加してくれた。遠巻きにしていた海斗は、近づこうとしない。それを見ていた緑が、車椅子を強引に操り真木の前に連れてきた。海斗は驚いた顔つきになったが、抵抗する様子はなかった。

「手紙読んでくれたか」真木が言った。

海斗は何も言わずうなずくだけだ。

「手紙なんて書いたの何年ぶりかな。やるんだろう、サッカー」

海斗は唇を噛んだ。

「このサッカーの面白さ、半端ないぜ」

「あの、松葉杖に、すぐ馴れますか」海斗は小さな声だった。

「リフティング、すぐにできたか」

「練習しました」

「なら同じだよ」

「僕に、できるかな」

「海斗くん次第だ。やるのは俺じゃないから」

「……やって、みたい」

「そうか。じゃあ、いいものをあげる」と言って真木は昌司に目配せした。

昌司はあらかじめ用意していた革製のボールケースとキャメルマートのレジ袋を真木に手渡す。

「これを」

「開けていいですか」

「ああ」

膝に載せたボールケースを開いた瞬間、海斗の顔つきが変わった。目を見開いて真木の顔を見る。

「海斗、ボールを大事にしろ。キャメルマートの人がとっておいてくれたんだ」真木がレジ袋に鋭角的な顎を向ける。

反射的に海斗は袋の中身を見た。「それもな」「これ……」

「左足のシューズはピッチで活躍する。右足のシューズはお守りにするんだ」真木はそう言ってサッと片足で立ち上がると、手を出した。

海斗が怖々手を出し真木と握手をした。

「じゃあな」真木は義足を装着し、昌司にお辞儀して会場を後にした。

ボールとシューズの入ったレジ袋を膝においた海斗に昌司が近づく。「君は、それを自分では捨てることができなかった。だから田所光莉さんに頼んだんだろう？」

「あの子が渡したの？」

「いいや。君の望み通りゴミ箱に捨ててあった。光莉さんに、どうしてあんなひどいことを頼んだんだい？」

「ひどい？」

「彼女は、捨てると、悪いことをしたように逃げていったよ。これからがんばろうと思っていた子に、君は諦めようとする姿を見せてしまったんだ。卑怯じゃないか、自分の辛さを人に押しつけるなんて」

「……あのときは靴もボールも見たくなくて」海斗はうつむいた。

「そうか。でもおじさんは、君のシューズとボールがあまりにさびしそうだったから、どうしても君に返したかったんだ。レジ袋にもう一つプレゼントが入ってる。見てごらん」

海斗が袋を探って取り出したのは文庫本くらいの大きさのメモ帳だ。

『やること手帳』っていうんだ。中には日付と罫線しかない。そこにその日にやること、やりたいことを書き込んで、できたらハンコを押すんだ。スタンプも入れてある」

昌司が見つけたシンプルなＴｏＤｏリスト用メモ帳だった。入院患者の薬管理や日記、さらにリハビリの目標を書き込むのに最適だと思った。それと達成感を醸し出すための数種類のスタンプも店に用意した。病院内コンビニエンスストアならではの商品展開になると信じている。

「僕、光莉ちゃんに謝りたい」海斗が昌司の目を見てつぶやいた。

12

「やること手帳」の評判は上々だ。あの日イベントに参加した全員にサンプルを手渡していたが、何より海斗が小児病棟で自慢して歩くのが効いている。子供たちは、手帳に押すスタンプ集めを楽しんでいた。またリハビリが必要な患者の間でも徐々に浸透し始めている。

本部の承認には条件があった。「やること手帳」を五百部さばくことだ。昌司は無理を承知で約束した。

冷静な昌司が初めてとった、計算上の答えとは反対の行動だった。

しかし計算になかったことが起き始めていた。手帳は海斗のチームメイトや真木の所属チームのサポーター、医師や看護師も購入してくれた。村瀬からも清掃会社の人たちに宣伝してるよ、と肩を叩かれた。

一週間を経て、ついに非デイリー商品の中でAランクの仲間入りを果たした。

警備の坂本さんの前を通ると、「やること手帳」に何かを書いていた。本部からのノルマにはまだまだだが、悲観はしていない。気持ちを引き締めて、店に入った。

「あのう」高齢の婦人が声をかけてきた。パジャマの上にベージュのカーディガンを羽織っている。冷房対策だろう。

「やること手帳ですか」昌司が尋ねた。

「それはもう持ってます。お願いがありまして」八十歳代くらいの女性がはにかんだ。

「どういったことでしょう？」

「わたくし、どうしてもほしいものがありますの」丁寧な言葉遣いだ。

「はい」昌司は婦人の背の高さまで膝を折って、耳を近づけた。

「猫缶なんですのよ」

「猫が食べる？」

「ええ、そうです」

「ああ、それならこちらに」院内店では常備していない。しかし、ワンストップサービスを掲げるコンビニエンスストアとしては近年ペットフードには注目していて、ペット用品のカタログを用意していた。「この中からお好きなものを選んでください」と昌司は冊子を差し出した。

「こんなんじゃなく、もっと、もっと……」

「もっと、なんでしょうか」

「上等の、いいものがほしいんです」

「ここに載せているものは、種類こそ少ないですが、悪いものではないですよ」

「悪いものとは思っておりません。けれどもっと上等のお品がどうしてもほしいんです」婦人は丁寧に頭を下げたかと思うと、うつむいて嗚咽を漏らした。

「どうされたんです？」

婦人は昌司の手を両手で握った。「後生です、後生ですから……」と今度は泣きじゃくり始めた。

「お客さん……」困った昌司はレジにいる緑を見た。

第二話　にがい猫缶

1

八十歳は超えているだろう婦人が、昌司の手を握ったまま頭を下げ、泣いている。猫缶がほしい、普通のではだめだと言って動かない。

「九月三十日に」唐突に婦人はそう告げる。

「三十日がどうしたんですか」そう言いながら婦人のパジャマのズボンを持って身体を起こす。

「その日に猫缶を」と婦人は涙声で訴える。

「カタログにあるものではダメなんですか」

「もっと、もっと上等のものがほしいんです」

「上等なもの……」パッケージに高級とか贅沢なとか、また料亭の味だとか記されたものがあることは知っている。そういう意味なのだろうか。「おばあちゃん、その猫缶の銘柄はわかりますか」とできるだけゆっくりと訊いた。

「銘柄？　そんなのは分かりません。とにかく上等の、一番高級なものをあげたいんです。ここじゃ新鮮なお魚も、つぶしたてのかしわも手に入らないから」悲しそうな目を向けてきた。化粧っ気のない顔に口紅だけ差してある。

「新鮮な……分かりました、少しお時間をいただけますか」

「間に合いますか」

「三十日とおっしゃってましたね」五日しかない。

「ええ、三十日。その日にあげないと」

「探してみます。ただお取り寄せになりますので」

「かまいません。フミの喜ぶ顔がみたいの」

「猫ちゃん、フミっていうんですか」

「そうです、フミちゃん」婦人が、涙目のまま嬉しそうに微笑む。

「じゃあ上等のものを探して、見つかったらお知らせします。病棟と病室を教えてください」昌司はポケットから「やること手帳」を取り出した。

「……？」婦人は瞬きを繰り返し、何度も入り口を振り返る。

「こちらに入院されてるんですよね」露骨にならないよう婦人のパジャマを確認する。

「入院？　私、ハウスに帰らなくちゃ」

「ハウスというのは？」

「一年前から、お世話になってますのよ」

「それはどこにあるんですか」

「………」また入り口を見た。

緑がレジから飛び出し、「私、病室までお連れします」と声をかけてくれた。

「病室……？」婦人は緑の顔をキョトンと見る。

「いっしょに行きましょう」緑は婦人の手をそっと握った。

「頼みます。私がレジに入ります」

婦人は緑に手を引かれて、病院側の出口へ向かう。

ほっと息をつき、昌司はレジの周りを整理する。

思い立って、タブレットの商品仕入れリストを呼び出す。キャメルのPB商品群にも最近ペットフードが加えられていたはずだ。ただ製粉メーカーのOEMのドライフードがメインとなっていた。ウエットタイプすなわち猫缶は、廉価タイプしかない。

そもそも猫缶に婦人の言うような上等のものが存在するのだろうか。

ネットで高級猫缶を調べている途中で、四、五人のお客さんのレジを済ませた頃、緑が戻ってきた。

「病室、分かった？」と声をかけながら、レジを替わる。

「いえ、途中で竹谷さんをご存知の看護師さんと会って、あ、あのお婆ちゃん竹谷《たけや》伸子《のぶこ》とおっしゃるんです。後は看護師さんに任せたんで。でも主治医は戸叶先生だと聞きました」

「そう、じゃあ認知症か」

「入院されたのは肺炎みたいです、けど」緑の片方の眉が微かに動いた。「肺炎が良くなったのにまだ入院したまま、それに主治医が戸叶先生ということは、やっぱり認知症の可能性がありますね」

「それで病室も分からなかったのか」

「一緒に歩いてるときも、毎晩おとろしー夢を見てるとか、フミが怒ってるとかって話をしてました。なんでもお巡りさんに……」少し間を置いて、緑が「やること手帳」を開いた。

「『じらくんなっちゃ』って怒鳴られたんだそうです」

「じらんく……？」

「じらくんなっちゃ。うまく再現できないですけど、アクセントが独特でした」

「メモするくらい気になったんだね」昌司は緑の手帳を見た。

「ええ。どこかの地方出身なんじゃないかな。うちのお店でも紅葉シーズンになると、ご当地食材フェアやるじゃないですか。出身地で売れてる猫缶なのかもしれないと思って」

「ローカル商品か……」

「特徴的な言葉だから、すぐ分かるかもしれません」緑は従業員専用の掲示板に載せてみると言った。全国の正社員がPCから閲覧できて、自由に意見交換ができる。

「病気になられても昔のことはよく覚えているっていうからね。しかし、いくら高級なものとはいえ猫缶ひとつだけじゃ商売にならないな」

「放っておけと？」緑の目が鋭くなった。

「かかわらない方が、いいかもしれない」

「じゃあ、どうして見つかったらお知らせします、なんて言ったんです？　竹谷さん、期待するじゃないですか」

「認知症だとは知らなかったから」

「そうだと決まったわけじゃないし。たとえそうだとしても、ご本人は真剣でした」

「……切羽詰まった感じはあったけれど」昌司も、婦人のまなざしにただならぬものを感じてはいた。

「お客さんのニーズにはお応えするんですよね」

「だからといって」

「小山田さん、お客様に嘘をついたことになるんですよ。若松店長は嘘をついたことは一度もないと思います」緑は抗議口調だった。

「私も嘘は嫌いですよ」とにかく店頭での諍いは、何があっても避けないといけない。「ちゃんと対処しますから、レジ、お願いします」と言って事務所に戻ることにした。

　嘘はつくな。

　昌司が父親から言われ続けてきたことであり、いまは息子の晃昌にやかましく言っている言葉だった。

　高級な猫缶か。

昌司は、午後の休憩で午前中にあったことを若松に話すと「その患者さんのことなら、戸叶先生から聞いてます」と言った。

「聞いてるって、どういうことです？」

「北白川にある『安らぎ苑』という高齢者施設からの救急搬送だったらしいんです」

「肺炎だって聞きました」

「ええ、一時は重篤だったそうです」

「でも元気そうでした」

「薬が効いてよくなってきたんですが、どうも記憶が曖昧で自分がどこからきたのか分からないんだそうで、困っていました」

「ちょっと待ってください。施設にいたんですよね」病院を出て、元いた施設に帰ればいいだけではないのか。

「それが、そういうわけにもいかないんです。よくはなってきてますが弱ってるようで。それにどうやら一年ほど前に徘徊していたところを保護されて、身元が分かるまでいまの施設で預っているんだそうです」

「徘徊……」何年も行方不明になっていた高齢者が、テレビ放映をきっかけにして家族と再会したというニュースを数年前に見た記憶がある。「つまり身元不明者ということですか」

「名前は、持ち物に書いてあったから判明したんだそうですが、その他に身元を特定できるものは持っておられなかったんです」病院も伸子の身元を探しているが、いまのところ手がかりがないのだそうだ。「公開捜査というと大げさですが、地元新聞社に顔写真を掲載しようかなんて話も持ち上がっているようですよ」

「道理で今回は、病気や名前をすんなり教えてくれる訳だ」昌司は緑が伸子のことを看護師から聞いたときから抱いていた疑問を口にした。「西野さんが言うように、方言も手がかりになるかもしれませんね」

「昔話も。フミって猫のこともヒントになります」

「そうか。じゃあ上等な猫缶をあげたいのも、昔飼ってた猫ってことなんだ」

「ただ、九月三十日という日付が気になります。妄想にしては具体的すぎませんか」若松は痩せた顔を向けた。

「かなり焦っていたように見えました」昌司の手に伸子が強く摑んだ感覚が蘇った。

「どこかのペットショップで少し高い猫缶、買ってきましょうか」そうすることで何かを思い出すかもしれないと若松が言った。

「いや、猫缶が必要だと思ったのも一時的なものかもしれませんし、そこまでする必要はないでしょう。どうしてもってことになったら、私がなんとかします。ただ竹谷さんのいう上等なものがあるのかどうか分かりませんが」猫缶さえ用意できれば、嘘をついたことにはならない。

休憩後は伸子のことを忘れ、本部が提案してきた幕の内風の「紅葉狩り弁当」とカップリングするスイーツ企画を考えていた。

定番のマロン系で行くのか、あえて甘酒風味の和風テイストでインパクト勝負に出るか。方向性で意見が分かれており、冒険を望んだのは緑だけだった。

その場では結論が出ず、決断は昌司にゆだねられていた。タブレットにキーボードを接続して企画書と格闘すると時間の経つのも忘れる。

午後十一時半を回った頃、再び伸子が店に姿を見せたと深夜帯の男性アルバイトから事務室に連絡が入った。混乱を避けるため申し送り事項に加えておいてよかったようだ。

「こんばんは」顔を見ながら昌司が声をかけた。

「ああ、小山田さんですね」伸子は昌司の名前を呼んだ。

胸のネームプレートを探った。いまは付けていない。「覚えていてくれましたか」

「わたくしのお願いも覚えていただいているかしら」パジャマの上にカーディガン、午前中と同じ服装だ。違うのはくたびれたハンドバッグを腕にひっかけているところだった。

「覚えていますよ猫缶でしたね。上等のものがまだ見つかってないんです。もう少し」

伸子は昌司の言葉を遮った。「小山田さんは、わたくしが認知症だとお思いなのでしょう？」

「あ、いえ、けっしてそのような」思いがけない質問にたじろいだ。

「分かっております。ここの皆さんがそう思ってわたくしと接していることを。もしや小山田さんもそういうことなら、真剣に猫缶を入手してくださらないのではと心配になって参りました」

「ちょっと事務所にきてもらえますか」昌司は他の客の視線を感じた。

「ええ。きちんとお話しいたしましょう」滑舌のいい話し方は熟練のアナウンサーのようだ。とても認知機能に障害が出ているとは思えなかった。

2

「同席してもかまいませんか」昌司と伸子とが席に着いたところに、若松が声をかけてきた。

「ええ。こちらは店長の若松さんです。一緒に話を伺ってもいいですね」昌司は伸子に尋ねた。

「はい」伸子が笑顔を見せた。

その表情は昌司の思う認知症患者のものとは違って、確かに柔らかい気がする。

昌司はキャメルのプライベート商品のアイスティーをコップに注いで伸子に出して、彼女に言った。「竹谷さんとおっしゃるんですね。お加減はよろしいのですか」

「あっ、ええ。みなさんによくしてもらって」

「それで猫缶ですが、正直言ってまだ……」

「三十日に間に合えば私の方は構いませんよ」伸子は目を細めた。

「高級なものというご要望ですね」

「ええ。新鮮なお魚を使った美味しいものをお願いします」

「探してはみますけれど」

「ぜひともお願いします。でないと私、フミに申しわけなくて。ちょうど三日ほど前にも病室の窓のところまできました。寂しげな表情でこちらを見てたんですよ」伸子は手に持っていたタオル地のハンカチで目頭を押さえた。

「フミというのは竹谷さんが飼っていた？」恐る恐る尋ねた。

「そうです。白地に大きめの黒い斑《ぶち》が頭と背中に一つずつある女の子です。そうそう写真を持ってるのでご覧に入れましょうね」伸子は首から提げたお守り袋を手にとって、中からしわしわの写真を昌司に差し出す。

「拝見します」そのまま朽ち果てそうな白黒写真だった。おかっぱの少女が猫を抱いている。女の子は着物姿で、背後に幹の太い木が映っていた。写真の劣化の様子から、相当古いものであるのが分かった。

「抱っこしているのが私です。確か七つだったんじゃないかしら」伸子は懐かしげにため息をついた。

「で、この猫が」

「そうです。フミです」

「この猫のために猫缶をお買い求めになるということですね」

「ええ。でないと鳴き止んでくれないんです。夜も眠れなくて」この時期になると毎年、フミが自分を訪ねてきて、朝まで泣き続けるのだそうだ。

仲子の顔に冗談を言っている様子はない。目つきは真剣そのものだ。

「フミに似た猫ではなくて?」仲子は猫の幽霊が出ると思っているのだろうか。

「見間違えるもんですか。フミには本当に申しわけないことをしたんですもの。謝っても許されることではないけど」仲子は声をあげて泣き出した。

「分かりました。そのフミのことをお聞かせください」と言って、昌司は若松と顔を見合わせた。

仲子は数分泣き、アイスティーを口にすると静かに話し出す。「フミは、私が生まれる前からうちにいました。だからきっとお婆ちゃん猫」仲子は農家で生まれ育ったという。「主に蕎麦を作ってました。蕎麦の実やその他の穀類をネズミから守るためにうちでは代々猫を飼ってるんです。その猫、フミは昭和十七年の九月三十日に突然連れて行かれてしまいました」

「昭和十七年というと、まさに戦時中ですね」若松が、自分の父親から戦争中の苦労話を聞いたことがあると言った。「しかし一体誰が、何のために猫を?」

「回覧板で……お国のためだって」

「回覧板?」昌司には回覧板とお国のため、そして猫が結びつかない。

「村というか町全体、いえ日本全国で同じようなことがあったみたいです」その回覧板には、飼っている犬や猫を九月三十日の午後一時に近くの神社に連れてくるように書かれていた。

「そこにお巡りさんがいた」

「本で読んだことがあります」若松が言った。「馬なんか軍用馬として兵隊と一緒に出征していったって」

「それでお国のため、か」

「ええ、軍用犬というのもあったんです。けど」若松が首をかしげた。

「猫はね」昌司が若松の顔を見る。確かに大型犬なら寒冷地でソリを引いたりできる。戦地の軍の役に立ったかもしれない。

「小さかったから戦争のことは分かりませんでした。けれど、連れて行かないとお巡りさんが取りにくるからって。ただただ怖いという思いばかりで……フミを守ってあげられなかったことが忘れられないんです」伸子はまた言葉を詰まらせた。

七十年以上経過しているにもかかわらず、悔しさや悲しさは当時のままのようだ。刻まれた顔の皺はそのままで、七つの女の子のように声をあげて泣いた。

残業の緑も事務室に様子を見にきた。声が店にまで漏れているそうだ。

緑は困るんですけど、というような目で昌司を一瞥して、伸子の隣に座った。そして手慣れた様子で背中をさすると、伸子の泣き声は徐々に小さくなっていく。

「大丈夫ですよ、竹谷さん」緑は優しく声をかける。

「ごめんなさい。私、フミのことを思い出すと悲しくて、悲しくて堪らなくなるんです。いなくなったって言って、納屋にでも隠せば……連れて行かれなかったんじゃないかって。何もしてやれなかったことが悔しくて」

「まだ小さな子供だったんです。仕方ないですよ」緑が机の上の写真を見ながら伸子の耳に向かって、静かな声を出す。

「そうですよ、わずか七つだったんです」昌司は、むしろ平気で嘘がつける方がおかしいと緑を援護した。

「怖い、本当に怖いんです」

「どうしても分からないな。なぜ猫まで」昌司が疑問を口にした。

伸子は固く目を閉じたまま、ハンカチで顔を覆っている。

「みんな……」口元にやった伸子の手が震えている。「お巡りさんだけじゃない、おじさんもおばさんも、村中の大人はみんな……恐ろしくて……妹なんか引きつけを起こすくらい」

伸子が脱力したようにテーブルに突っ伏した。

「どうしました?」緑が伸子の身体を支え、背中に添えた手のひらでさする。「竹谷さん、大丈夫ですか」

伸子の様子がおかしい。「竹谷さん」昌司も呼んだ。

伸子は動かない。手からハンカチが落ちたと同時に、パジャマから覗く腕が床へだらりと伸びた。

「竹谷さん」今度は叫んだが反応はない。

その様子を見ていた若松が、戸叶の院内PHSに連絡した。

駆けつけた戸叶と看護師によって伸子をストレッチャーに乗せた。すると伸子は寝起きのように辺りを見回す。「フミ、フミちゃん……ごめんね。フミちゃん寒いの、可哀想。おいで、お膝に……」うわごとを口にした。

戸叶が太く短い指にペンライトを持ち、伸子の目を覗き込む。「竹谷さん、私が分かる？」

「せ、ん、せ、い」弱々しい声だが、正気を取り戻したようだ。

昌司は小さく息を吐いた。

戸叶が声をかけた。「うん。それじゃね、ここはどこか分かりますか」

「びょういん」

「そうです、京洛病院です。そしたら病院のどこにいたのか分かりますか」戸叶が優しく微笑みかける。

伸子はわずかに首を振った。

「そういいですよ。僕の手を握って。それから膝を立ててみましょうか」緩慢ではあったけれど伸子は両膝を動かした。「竹谷さん、いまから検査します。そのまま楽にしてて」戸叶が看護師に目配せするとストレッチャーごと院内側の扉から出ていった。

「先生、大丈夫ですか」昌司が戸叶の丸い背中に訊いた。

腰に手を当てた戸叶が振り向き、「詳しく検査しますが、一過性脳虚血発作の可能性がありますね。歩きながら、どんな様子だったのか聞かせてください」

昌司は、伸子が高級猫缶を求めた理由を話している途中で目を閉じ、突然デスクに突っ伏したことを早口で言った。「あの、先生、一過性脳虚血発作ってどんなものなんです？」

「簡単に言えば、脳血管障害で一時的に気を失ったんです。ただ脳梗塞に移行してしまうこともありますから精密検査をします」

「脳梗塞、ですか」昌司の幼いときに、祖父は脳梗塞で亡くなったと母から聞いている。

「小山田さん、竹谷さんは話の途中で興奮しましたか」戸叶は太っているが足は速かった。

「ええ。かなり感情が表に出ていた気がします」脚に自信のある昌司だったが、ついていくのがやっとだ。

「昔飼っていた猫を守れなかったことが、相当な精神的打撃になってるみたいだな」

「でも七十年以上も前のことらしいですよ」

「それだけ傷ついたんでしょう。認知機能はかなり落ちていて、いま現在のことになると意思の疎通すらままならないことがあるのに、猫のことはしっかり覚えているんですから」

戸叶はストレッチャーを先にエレベータの中に入れて、昌司にも乗るよう手で促した。

「猫が鳴き止んでくれないんだと言ってましたけど、それは妄想ですか」と訊いたときエレベータが動き出した。

「幻聴、幻覚でしょうね」

三階でエレベータを降り、戸叶は看護師に指示して検査室に伸子を運び入れる。

検査室の前で立ち止まった戸叶は昌司に言った。「レヴィー小体型認知症ではよくある症状なんです。お店にきていろいろ話すかもしれませんが、否定しないでください。否定するとかえって混乱してしまいますので、安心させるように話を合わせてあげてほしいんです」

「分かりました」

昌司は検査室へ戻る戸叶の姿を見送り、小さく吐息をついた。

否定しない、か。

3

「小山田さん、本部の紀田《きだ》さんという方からお電話です」緑がバックヤードで検品中の昌司に声をかけてきた。

「こちらでとります」バックヤードの電話機につないでもらった。

「小山田さん、例の件、値段のことを考えないなら、可能ですけど。そんなの絶対売れないってペットフード部門の方からは猛反対されました」紀田麻里《まり》は受話器の向こうで笑った。

麻里は、三十三歳ながらレトルト商品開発部門のチームリーダーを務めるエリートだ。以前二度ほど会議で一緒になった。リケジョで取っつきにくい感じは、言葉をかわすとすぐに消えた。ポジティブな言葉しか口にしなかったからだ。

かしこまった会議では、企画の欠点を指摘されるのを嫌って、どうしても言いわけがましくなる。欠点やデメリットを潰しておいてから本論に入るせいか、暗く重苦しい空気が漂うことが少なくない。そんななかにあって麻里は、世の中失敗のない成功なんてないというスタンスで実作し、店頭に並べるという選択を主張した。潔さが、強気のリードをするキャッチャーのようで頼りがいがあった。

会議の休憩で、そんな話をしたらキャッチャーってよく女房役って言われますが、自分には務まらない、と大笑いした。あとで分かったが、麻里は一度結婚に失敗していた。

「コンビニエンスストアにはそんなニーズはないってことですね」

「彼らはそう思ってるんでしょう」

麻里の言い方に、自分はそう思わないというニュアンスを感じた。

「紀田さんなら買います？」

「ペット飼ってる友達がいるんですけど、健康志向の餌ばかりを与えています。あっいけない、ご飯をあげているって言わないと怒られちゃう」

「健康志向って、ペットの健康ですよね」分かっていながら確認したくなる。

「もちろん、そうです。彼女サプリメントまであげてますよ。自分はコンビニ弁当ですませるのに。いやいや、また失言しちゃいました。コンビニ弁当だって変わりつつあります。いや私たちが変えないといけないんですけど」また豪快な声で笑った。

「なら、商品としての可能性はあるってことですか」

「ええ。人間より動物の方が人を癒やしてくれる。これからますますそんな世の中になっていきそうですもの。ニーズはあります」

「少し安心しました。無理だろうなと思ってたから」

「自信のないものを、私に開発させようとしてたんですか」

「すみません。実は、そうなんです」昌司は伸子のことをかいつまんで話した。

「ひどい時代……」麻里の声から明るさが消えていた。「いいえ、いまでも紛争地域では人間だけでなく、多くの動物が被害に遭ってる。トルコの人なんて本来とっても野良猫を大事にしてるみたいですよ、写真集で見たんですけどね。なのに人間同士の争いに巻き込まれて。なんか人間の身勝手もそこまできたかって感じ」温暖化だけでも許せないのに、とリケジョらしい表現で、麻里は怒った。

「お医者さんが、おばあちゃんの言うことを否定するなって言うんですよ。だからフミって猫がいることを前提に対策を考えているうち、万に一つでも商品化の可能性がないかなと思って」

「私を思い出してくれたってことですね。光栄です、面白そうです」

麻里は社内の猛反対の声が大好きなんだと言った。

「私は、好きじゃないですけど」昌司の本音だ。今回の院内コンビニエンスストアへの転任もデータに基づき粛々と実績をあげることを期待されたからだ。系統だった方針転換にはつきものの不協和音を納める調整能力を見込まれたと思っている。

「何言ってるんですか。ダメだって言われた方が、成功したときのインパクト強いじゃないですか。同じ悩むんだったら、より鮮烈なことをしないと。いいです、超高級猫缶。私、気に入りました。三十日までにとりあえず試作品を作ります。むろん無駄な経費はかけません。レトルト食品で余った材料を流用します。缶詰は無理かもしれないですが、竹谷おばあちゃんを唸らせてみせます。故郷を思い出すくらいのインパクト、期待してでください」張りのある声で麻里は電話を切った。

とても彼女には敵わない。

昌司は首を小さく振って飲み物のケースを開き、冷蔵庫の背後からお茶のペットボトルを補充した。

事務室に戻ってデスクの椅子の下を見ると、伸子のお守り袋が落ちていた。検査直後、戸叶の予測どおり軽い脳梗塞を起こし、集中治療室のベッドにいる。

財布は元いた一般病棟の看護師に預けたが、お守りには気づかなかった。古びた写真もデスクの上に置いたままだ。

昌司はお守り袋に写真をしまおうと巾着を開く。中にセピア色に変色した紙が見えた。伸子の断りもなしにそれを見るのは気が引けたが、身元に関する何かヒントになりはしないかと紙を取り出した。

折りたたまれた紙は慎重に開かないと写真以上に崩れ落ちそうだ。開いてみると新書判ほどの大きさの紙は、途中で破れていて縦書きの文章も所々消えていて分かりづらい。

ハンコのような書体で一番大きな文字「畜猫　壹匹」が目に飛び込んできた。

飼い猫のことか。仲子の飼っていたフミのことにちがいない。

それは「受領證」で、「右軍需毛皮拠出トシテ正ニ用受領候也　昭和十七年九月三十日」とあった。

猫の毛皮――。

まさか、そんなバカな。あんな小さな身体からどれだけの毛皮が取れるというのだ。

弱いもの小さいものを守るのが強いものの務めではないのか。当時の日本の軍人、兵士は、そこまで……。

戦時中、悪逆非道な行為をしたと耳にすることはこれまでも何度かあった。それでも日本という国、日本人ということに誇りを感じていた。なのにこの一枚の紙切れには、胸くそを悪くする程の卑しさを感じさせられる。

猫の毛皮を纏う兵士がどれだけ強いというんだ。

この紙切れを写真と共に七十年以上も肌身離さず持ち歩いていた仲子の心情を考えると、三十日に猫缶を間に合わせてやりたい気持ちが強くなった。これをお守りにして過ごした七十余年、フミのことをずっと思い続けていたのだろう。認知能力が落ちても負い目だけは忘れずに、それだけ強烈に記憶されている出来事が、九月三十日に起こったということだ。

同時に戦後どのような人生を歩んできたのかも気になり出した。家族がいるはずだ。連れ合い、子供、兄弟姉妹、いや友人だって彼女が突然いなくなったことを心配しているにちがいない。

とにかくお守りは伸子の元に届けよう。

昌司は夕方に約束しているバイト応募者の面接を若松に任せ、伸子の病棟へ行くことにした。

肺炎で入院していたのと同じ棟の五階、スタッフステーションの受付で、伸子の忘れ物を届けにきたと告げると、奥から戸叶が顔を見せた。

「先生。ちょうどよかった。竹谷さんの具合どうですか」「小山田さん」昌司はスタッフルームから巨体を揺らして出てきた戸叶に尋ねた。

「意識は戻っています。脳梗塞のダメージは最小限に食い止めてもらったんで」

「話はできますか」

「いや、それはまだ。朦朧とした状態でね。はっきりしたことは言えないんですが、やっぱり認知症の方がねえ」

「進むってことですか」

「言い切れないですが、意識を失ったりすると格段に悪化することがあります」

「身体の方は」

「動脈硬化が進んでいて、年齢的に治療は難しいです」血液が凝固しない薬を使って血栓を予防すると、加齢によってもろくなった動脈の解離や脳血管からの出血の危険が増すそうだ。

「動脈も狭窄部分がいくつかあって、それをカテーテルで拡張することもできるんですけどね。それが引き金で血栓が飛ぶケースもあります。当人に検査や処置の説明をしたくても…

…お身内の方が見つかれば相談できるのに」

「ご家族を見つけてあげないといけませんね」

「いま収容されている施設の方も懸命に探しているようですが」戸叶は腕組みをする。肩と胸の筋肉が盛り上がった。

「うちの店のネットワークを使えば……」昌司は思いつきをふと口にした。

「それはいい。キャメルマートなら全国にありますもんね。竹谷さんの場合、住んでいた場所とか家族に関することは覚えていないし」

「ヒントがないとまったく雲を摑むような話ですね。あの、このお守りを」昌司は戸叶から伸子に返してほしいと言った。

「お守り。何か身元を特定できるようなもの入ってないですかね」

「先生に中身のこと、お話ししてなかったですね」昌司は伸子が自らお守りを開いて、中にあった写真を見せてくれたことを伝えた。

「猫に関するものをお守りにしているのだろうとは思っていましたが、そんなものが入っていたんですか」戸叶は猪首を振る。

「実はもう一つ入っていたんです。ただ当人の許しをもらって見たわけじゃないんで」

「身元が分かるなら、何でもやらなくちゃ。それで写真の他に何が入っていたんです？」

昌司が軍への拠出を証明する受領証だと言ったとき、再び小さな国への情けなさが蘇った。

「猫を軍用に……」

戸叶も衝撃を受けたようだ。何度かそうつぶやいたのが聞こえた。

「竹谷さんの九月三十日へのこだわりが分かりますね」

「ええ。幻聴幻覚もうなずけます。他の記憶が薄れてより鮮明になったんだと思います。肺炎を起こして入院し、環境が著しく変化したことをきっかけに、かなりの精神的なストレスが竹谷さんを襲ったんです」

「一過性脳虚血発作も、やはりストレスが原因ですか」

「そう言ってもいいでしょう」

「じゃあこれ以上ストレスを感じさせてはいけないですね」

戸叶はうなずく。

「明後日が三十日です。高級猫缶をやりたいんだっていう日です」

「たぶん飼い猫の供養をしたいんじゃないかな」医師の口から出た供養という言葉が、なぜか胸に響いた。

「集中治療室からは出られそうですか」

「脳外の先生に確かめます。もし一般病棟に戻れたら、猫缶を用意してあげるつもりですか」

「できるだけのことは、やってみます」昌司は言葉にした。

けっしてマイナスを口にしない、そんな気持ちになっていた。麻里と話した影響だろう。

優しく苦笑いする昌司を不思議そうに戸叶が見ていた。

4

マンションに帰って、シャワーを済ませると、昌司は戦時下の犬猫拠出を調べようとテーブルに着いた。

賞味期限切れ直前のスタミナ弁当をつまみに発泡酒を飲みながら、ノートパソコンを開く。事務室では九月初旬から用意されていたおでんの評判がよくないことへの対処法をまとめねばならず、ネットを見る時間もなかった。

玉石混交のホームページの中から、言葉使いや資料などを見て信用できそうなページを探す。弁当を食べ終え、発泡酒が四缶目に入った頃、静かにページを閉じた。

どうやら当初の軍への拠出と、昭和十六年辺りから各都道府県で起こった献納運動とはわけて考えた方がよさそうだ。

軍用犬の歴史は明治や大正まで遡り、犬を調達することを商売にした人たちが存在している。ある意味、双方が納得する商取引だ。その後、それだけでは毛皮などが不足したため都市衛生と皮革増産を目的として野犬と鹿を利用するようになる。

問題はその後、昭和十六年頃に起こるペットの拠出「犬猫献納運動」だ。昭和十八年に軍需省へと変わる前の商工省管轄下で一部の地方自治体が始めたものらしい。

ただ、この辺りから当初の目的から少しずつずれていく。実際、家畜が減り野生の獣も減っていたのだろうが、人々が声高に飼い犬を使えばいいじゃないか、と言い出すのは昭和十四年から始まり十五年に本格化した節米運動からだという記述もあった。つまり人間も食べるものが不足しているご時世に、ペットに餌などやっている場合ではない、ということだ。

事実、こんな記事を新聞が掲載しているのを見つけた。

『軍需毛皮革ノ増産確保、狂犬病ノ根絶、空襲時ノ危害除去ヲハカルタメ、一切ノ畜犬ハ、アゲテ献納、モシクハ供出サセルコト』

こんな通達文書が国から出されていたのだ。シェパード、ドーベルマン、エアデールなどの軍用もしくは警察犬種、天然記念物の指定をうけたものおよび猟犬登録したものを除く一切の畜犬ということになっていたから、一般家庭で飼われている犬を対象にしていることは明らかだった。

人々のイライラや不満が、犬を飼う家、いやペットを飼う家族に向かうのは必至だろう。小さくて役に立たない、と思われた犬にしてそうだから、猫は言わずもがなだ。伸子が「お巡りさんがくるから、ただただ怖いという思いばかりで……フミを守ってあげられなかった」とか「お巡りさんだけじゃない、おじさんもおばさんも、村中の大人はみんな……恐ろしくて……」と言った意味が分かってきた。

子供だった伸子からすれば、可愛がっているフミを大人たちが奪っていったとしか思えなかった。みんな鬼のように映ったにちがいない。説き伏せる父母兄弟ですら、敵に見えたことだろう。

なぜなら、献納された犬や猫がどうなるのか、子供たちも知っていたはずだからだ。恐ろしい情報は噂話という形であっという間に広まる。それは子供社会も大人社会も同じだ。

一ヵ所に集められ、棍棒や木刀で撲殺されたという記述もあった。大事な軍用資源だとして、傷つけることなく一撃で殺すように指導された当事者の言葉も見つかった。

殺された犬や猫の毛皮は、航空帽、飛行帽、防寒具となって共に戦地へ行った。その証拠として福岡県嘉麻市では実際に犬の毛皮を使って作られた防寒服を展示している。防寒服の後ろ身ごろの裾内側の一部が犬の毛であることが分かっているそうだ。

また北海道では昭和十九年度だけで犬皮一万五千枚、猫皮四万五千枚を集めたという記録もあった。

毛皮の数だけ、可愛がっていた人の悲しみと悔しさがある。不満のはけ口が小さきものに向かうのを、当時の日本は抑えられなかった。それを知るのが辛い。

昔の記憶の方が鮮明になった伸子が、九月三十日が近づくにつれフミの幻影を見るのは、それほど不思議なことではない気がしてきた。

昌司は午後十時を回っていたけれど、我慢できず携帯を手に取った。

「夜分どうもすみません、小山田です」電話がつながると同時に謝った。

「いいですよ。まだ研究室なんで」麻里の声には疲れがにじみ出ている。

「あの、急かすつもりはないんですけど、例のキャットフードの方はどうなってるかな、と思ったもので」

麻里がクスッと笑って話し出す。「猫ちゃんは真性肉食動物なんです。生きた動物を捕らえて、まだ温かいうちに食べちゃう」

「まさかそんなのをレトルトに」

「それは無理です。死後時間が経過し過ぎで必要な栄養素がなくなりますから。ただ肉食に近づけるために炭水化物を入れない方がいいと思うんです。人間に必要だといわれている五倍ほどの量が要るんですよ」麻里はチキンとサーモンを主成分にすると言った。「どうしても補わないといけないのがアルギニンとタウリンというアミノ酸です。その他、脂肪酸は魚油と数種の植物性オイルから、ミネラルは海藻で、ビタミン類は野菜から抽出したものを配合しようと考えています」その上でマグネシウムを抑えると説明してくれた。

「よく分からないけど、なんか凄そうです」

「この内容でむろん人工添加物は使いませんから、凄いキャットフードになりますよ。お値段も」

「だいたい幾らぐらいになります？」

「大量生産できないでしょうし、七十五グラム入りのレトルトパウチで概算ですが七百円前後でしょうね」

「七百円、ですか」声が大きくなった。

「生産ロットが少ないので。もっと増やせば五百円くらいまで下げられると思います」

「うちの食卓に並ぶマグロの缶詰でも、三缶で四百円台のを探して買ってくるのに……」

「そこは工夫ですね」

「工夫で何とかなるレベルですか」

「弱気ですね」麻里が強い口調で言った。

「そういうわけでは……」

「いいえ、いくら高級ったって、上限というものがあるでしょう」

「いや、腰の引けた声にしか聞こえません」

「本格的に商品化となるとレトルトパウチは安っぽいイメージがありますから、パッケージもかなりお金をかけないといけません。全国同時展開でロットを増やし、ワンコインは死守したいですね」

「猫ちゃんの一食分で五百円、ですか」

「ええ。竹谷さんのフミちゃんもこれなら満足する内容です」

「とりあえず竹谷さん用に送っていただけませんか」もう日がない。まずは伸子のために高級キャットフードが必要なのだ。

「パッケージはどうします？」

「適当につくってもらえると助かります」

「任せていただけるんですね」

「お願いします」

「必ず間に合わせます。適当ではなく完璧に」麻里の言葉には自信がうかがえた。

やや心が軽くなった昌司は、いま調べた戦争に巻き込まれた動物たちの悲劇を麻里に話した。なぜ麻里にそこまで伝えたのか、自分でも分からなかった。麻里には知っておいてほしかったのかもしれない。

その夜、少しも眠れなかった。何か重要なことを見過ごしている。それが何なのかを考え出すと、仲子が店にやってきて目の前で倒れるまでの場面が何度も頭を巡った。

東の空が明るくなったとき、どこからか野良猫の声が聞こえてきた。仲子が聞けば、フミの鳴き声に聞こえるのかもしれない。

仲子が肺炎を起こす前にいた高齢者施設の周辺も野良猫はいたにちがいない。そこでは、フミの幻影は見なかったのだろうか。

聞いておいた戸叶のメールアドレスにこうメールした。

〈おはようございます、キャメルマートの小山田です。朝早くにすみません。竹谷さんがいた『安らぎ苑』にお知り合いがおられたら、紹介してください。猫缶のことで伺いたいことがあります〉

二時間ほど仮眠をとらないと身体が持たない、と思いベッドに横になったとき、戸叶からメールが届いた。

〈当方早朝の散歩中。二日酔い以外は実行中のダイエットですが……。安らぎ苑の施設長、梅影国男《うめかげくにお》氏とは懇意にしてます。私の名前を出してもらえば話は早いと思います。そうそう竹谷さん、明日には一般病室に移せそうです。ではでは〉

5

その日の正午、PCで「安らぎ苑」の場所を確認していると、若松に、私が訪問しましょうかと声をかけられた。職場で誰かに仕事以外のことを頼んだことはない。躊躇したが、「休憩時間ですから、それに京都の道で迷うことはありません」という言葉で任せることにした。

お互いの勤務時間が終わるのを待って、昌司は若松のデスクの側に椅子を転がし、腰を下ろす。

「助かりました。で、どんな感じでした？」

「なかなか興味深い人にお目にかかることができました」若松が静かに語り始めた。

「私は車で、一旦今出川通まで北上して右折し白川通まで行き、再び北へ向かいました。道路の案内板に、詩仙堂、曼殊院が表れた後、東に折れしばらく走るとブラウンを基調にした三階建ての建物が見えてきました。

七十代だと聞いていたけれど、梅影さんはがっしりした体軀で若々しい人でした。

「お電話でも申し上げましたように、ここから京洛病院に搬送された竹谷伸子さんのことで伺いたいことがありましてお邪魔しました」

「徘徊しているところを警察が保護して、一時的に当施設でお世話しているだけなので、竹谷さんに関する情報はほとんどないんです。身元が分かるのなら協力は惜しみません。戸叶先生には私どもの施設もお世話になってるんです」

「身元に関して何が分かったということもないんですが、キャメルマートは全国にネットワークを持ってますので何かできないかと思っております」

「ほう、コンビニエンスストアのネットワーク、ですか。考えもしませんでした。手助けになる情報が私の方にあるといいんですが」

「実は竹谷さんはある商品がほしいとうちの店にお見えになりました」私は、伸子さんが店にやってきたときから、現在までの様子を話しました。

「そんなことがあったんですか」

「フミという猫のことを、スタッフのどなたかが聞いてないでしょうか」

「分かりました。スタッフに声をかけましょう」

早速、梅影さんの指示で、三人のスタッフから話を聞くことができました。三人とも三十代と若く、猫の話を聞いていたけれど、重要だと思わず聞き流していたということでした。否定せず聞き役に徹するようにしていたため、ほとんど覚えていない、それでも九月三十日という日付は記憶に残っているそうです。

「よかった。猫のことを話していたんですね」

「変な言葉を使ったこともありますよ」介護士の一人が思い出してくれました。

「どんな言葉ですか」

「じらくか、じだらくか、そんな感じの言葉です。猫を隠さなくちゃとか、お巡りさんから逃げないとって」

「お巡りさんから逃げる？」

「見つかったらせっかんされるって。仲子さんは、時折当時のままの景色を見てるんだと私たちは思ってました」そう思って話を合わせていたから、深く考えなかったのだそうなんです。「ここにはお巡りさんはいませんよと言うと、そのうち落ち着きを取り戻して、上品な仲子さんが現れます。その繰り返し」その話に他の二人もうなずいたのです。

「この施設では野良猫の鳴き声は聞こえませんか」

「たまに聞こえます。苑の周りの駐車場に住みついてる猫ちゃんがいるんです」

「それは竹谷さんの部屋でも？」

「ええ。仲子さんは聞き分けができるみたいで、それぞれに名前をつけてましたよ」

我々は思い違いをしていたようです。認知機能が低下して野良猫の声をフミが責め立てる声と思い込み、それが幻聴や幻覚に結びついていると考えていましたが、仲子さんは野良猫だという認識があったんです。

「去年の九月三十日には、もうこちらで保護されてたんですよね」

「そうです。その日が近づくととてもナーバスで困りました」フミがきて眠らせてくれないと言って介護士たちや他の入居者を困らせたという。

「高級猫缶についてはどうですか」

「猫缶？　それはなかったですね」

「話にも出なかったですか」

「ええ、私たちには。その辺は仲のよかった滝本由希さんならご存知かもしれません。滝本さんも猫好きですし」

「その滝本さんとお目にかかれますか」

「ええ。外部からの訪問者は大歓迎のはずです」滝本由希《たきもとゆき》さんは元時代劇女優だったそうで、社交的なのだそうです。

「あの、この苑に入所されている方は、ここのことをハウスと呼ぶんですか」ととっさに思いついたことを口にしました。

「いいえ、ハウスなんていいません。みんな、苑っておっしゃいます。もしくはホームですね」

「ホームではなく、ハウスに帰らないと、と竹谷さんが言ったもので」

「こちらで保護して一年と少しですが、ハウスと言ったのを聞いたことはないです」他の二人も一緒にうなずきました。

「病院の病室をハウスとは言わないでしょう？　だからこちらをそんな風に呼んでいたのかと。そうでないとすれば、ここに保護される前にいた場所のことかもしれませんね」ふと忘れていた記憶が蘇ってくることがないとはいえません。風景、匂い、音、何かに刺激された可能性もあります。

「あり得ますよ、それは。ある認知症で寝たきりになったご婦人がお部屋のベッドから夕焼けを見ていて、私がふと『遠き山に日は落ちて』を口ずさんだんです。そしたらその方も一緒に歌われて……十三歳の頃に住んでいた場所や一緒に遊んだ友達のことを細かいことまですらすらと話し出したんです。それがきっかけでベッドから起き上がれるようになって、いまは車椅子ではありますけど自分のことは自分でできるまで回復されました」

「遠き山に日は落ちて、星は空をちりばめぬ」と歌ってしまいました。「新世界よりですか、私も好きな曲です。そこまでよくなるなんて、音楽の力は凄いですね」伸子さんが来店したとき、店内ではどんなBGMが流れていただろうと、ふと思いました。

伸子を保護したときの服装や持ち物を写真に収めたカルテがあるとのことで、そのコピーを提供してもらっています。

足の不自由な滝本さんが苑内を散歩したいと言ったので、車椅子で中庭に設えられたビオトープのベンチまで連れて行きました。

職員から八十歳だと聞いてましたが、滝本さんは女優魂とでもいうのでしょうか、六十代にしか見えません。色白の顔には張りがあり、黒い日傘を差し椅子に座る姿勢が美しく、そのまま初老の婦人を主人公にした映画のポスターに使えそうな佇まいでした。

「まだ日差しが強いですね。外は暑いですか」

「いえ、私も冷房の効いた店にばかりいますんで」

「エアコン、ずっとはしんどいでしょう。暑いですけど、私はここにいるのが好きなんです」天気のよい日はここで二、三時間過ごすという。最近は視力が弱くなって少なくなったけれど、それまでは文庫本を片手に物語の中に浸っていたそうです。「主人公になりきると、思わず台詞を声に出してしまうから、誰もいない方がいいんですよ」

「竹谷伸子さんとお親しいと伺いました」私は本題に入りました。

「よくおしゃべりします。たぶんここでは私が一番お話をしてるんじゃないかしら。彼女、まだよくならないの？」

「ええ、もう少しかかりそうです。それで伺ったんです」

「そうなの、まだ……」

「あの、猫の話なんですが」伸子さんが猫缶を買いに店にやってきた話をしました。

「伸子さんの猫缶のためにここにいらしたの？ 何にでも熱心な方、私は好きです。錦《きん》さまみたいに。あ、ごめんなさい、いまどき錦さまと言ってもご存知ないかもしれないわね。萬《よろず》屋《や》錦之介《きんのすけ》さんのことなんだけど」

「いえ、錦之介さんなら一心太助《いっしんたすけ》や宮本武蔵《みやもとむさし》、子連れ狼が好きです」

「よくご存知なのね。うれしい。じゃあ鬼気迫る立ち回りもご存知ね。錦さまは、私みたいな下っ端女優もそれは温かく声をかけてくれる。切られ役の大部屋俳優さんも大事にしてた。だから熱心に食事や飲み会を催すの。疲れているだろうに自ら場を和ませる。すべてに真剣だったわ。だからそれが立ち回りに出るのね。カメラに映らない場所でもなんとか錦さまを盛り立てたいって気持ちに溢れた現場。懐かしいわ」

「いい話ですね。滝本さんはずっと女優を？」

「生まれたのが太秦だから、何だか自然に憧れてしまって。時代劇の話をしたら幾ら時間があっても足りませんよ。伸子さんのことでいらしたのに」

「実は入院していることを身内の方にお知らせしたいと思ってます」

「身元は警察でも分からなかったんじゃないんですか」

「そのようです。ただうちは大手ほどではないですが、全国に約九千九百店のネットワークがあります。それを活用して何とか身元を明らかにしてあげたいんです」

伸子さんが「ハウス」と言ったことで、以前住んでいたのもどこかの町の高齢者ハウスではなかったか、と自分の推論を話しました。

「なるほどね、確かに伸子さんが、ここをハウスと言ったことはなかった」

「それになぜ急に猫缶って言い出したのかも気になります」

「猫缶だなんて伸子さんの口から聞いたことないわ。でもフミのことなら……。昨年の九月の半ば頃だったかしら、伸子さんの様子が変だったのよ。ふさぎ込んでいて、音楽でも聞きましょうと私の部屋に誘ったんです。クラシックが好きなので……」

「スタッフの方に聞いたんですが、音楽っていいそうですね」滝本さんが記憶をたどるのを待ちながら、私は先程聞いた、音楽で寝たきり状態から身の回りのことができるまで回復した入所者の話をしました。

「そうなの？　じゃあ私の誘いも悪くはなかったんですね。ともかく堰を切ったように昔飼っていた猫ちゃんの話をし出したの」

伸子さんはその日お使いに出されたが、フミのことが気がかりで納屋に隠れていた。空襲が激しくなると犬も猫も爆弾の犠牲になるから、軍の施設へ避難させるということだった。ただ大きな犬は軍用として働けるが、小さい犬や猫は殺されるんだとガキ大将から聞いて知っていたといいます。

「そんなことをしたら、猫は……ええっと、そう、『ごんごちになるんだ』って。そう言ってガキ大将も震えてたんだそうよ」

「ごんごちって、なんですか」

「面白い言葉でしょう。伸子さんに訊いたら、お化けとか妖怪のことなんだって」

「どこの言葉なんですか」

「尋ねたんだけど、伸子さんきょとんとした顔をしてた」滝本さんはそのときの伸子さんを真似たのか、ぱっと目を見開きました。

「うーん、もどかしいですね」

「とにかく怖かった伸子さんは隠れていた。そこからは家の玄関が見えたんだそうよ。そこへ巡査がやってきた。非国民と呼ばれたくなければすぐにもってこいと言う声が聞こえた。その声に足がすくんで動けなくなってしまったと言ってました。父親がふくれた頭陀袋《ずだぶくろ》を巡査に手渡したとき目が合い、恐ろしい声で……何とかかんとかって言ったそうなの」

「ちょっと待ってください。その言葉というのは『じらくんなっちゃ』ではないですか」私は西野さんから聞いた言葉を言ってみました。

滝本さんが眉をひそめたので、さらに大きな声ではっきりと言いました。「じらくんなっちゃ」

「そんな感じの言葉だったと思うわ」

私が西野さんに電話して『ごんごち』がどこの方言なのか調べてくれるよう言うと、『じらくんなっちゃ』が山口の言葉だと分かったと教えてくれました。

「山口地方の方言かもしれません。山口県と聞いて何か思い当たることはありませんか」

「……私自身が京都から出たことないから、山口県と言われても」滝本さんは首を横に振りました。

話し終えた若松が大きく息を吐き、続けた。

「もし『ごんごち』もそちら方面で使用される言葉だったら、かなり絞り込めます。ハウスと呼ばれている施設で、急に行方が分からなくなった女性を探せばいいわけですからね」

「大きな収穫ですよ、若松さん。時代劇に明るい若松さんに行ってもらってよかった。私じゃうまく話を訊き出せたかどうか」

昌司は若松の人柄を評価し始めていた。

6

翌朝、一番の便で本部から『ペットの健康最優先シリーズ』というパッケージの試作品が届いた。試作品ではあったが、レトルトのパッケージにはこんなコピーが印刷された手作りのシールが貼ってあった。

「愛する家族に安心という贅沢をあげたい」

麻里の気持ちがこもった言葉だ。

麻里は大胆にして、繊細な神経の持ち主、改めて優秀なキャッチャーだと思った。そんなことを考えていると、砂埃とグラブの革の匂いが蘇ってきた。高校球児だったあの頃、どうしてあんなに野球にのめり込めたのだろうか。

「小山田さん、本気だったんですね」若松が他の荷物を検品しながら言った。

「えっ」

「上等な猫缶を用意するって」

「まあ、缶詰じゃないけど、こちらの思いは通じるかな」昌司は三袋あるうち一袋を若松に差し出した。

「一つが五百円、か」若松が製品の裏を見た。

「七百円じゃないと無理だって開発部は言ってました」

「企業努力が必要だってことですね」

「ええ。これから本当に大変な努力をしないといけないでしょう。しかしまずは、竹谷さんに気に入ってもらわないと」

「これから病室に？」

「そうしたいんですけど、大丈夫かな」

「今朝早く、いつものように戸叶先生が来店されましてね。竹谷さん、意識レベルがはっきりしてきたんだそうです。歩けるまでにはなってないんだそうですが、ベッドを起こして話すことはできるんじゃないですか。反応を確認したいので、猫缶の準備ができたら、連絡してほしいとおっしゃってたんですよ」

「そうですか。じゃあ西野さんが出勤したら、店長も一緒に」今日で若松は店長でなくなる。辞めていく店長の最後の仕事としては異例だろうが、顧客との寄り添い方という点で若松らしいかもしれない。

ほどなく緑が出勤してきた。昌司が若松を伴って伸子の見舞いに行くことを伝えると、緑は喜んだ。キャットフードを手に取り材料欄に目を通してうなずいてから言った。「私の方も、店長から頼まれた『ごんごち』の件で収穫がありました。やっぱり山口県の子供たちが使うんだそうです。キャメルマート周南市内の二店舗から、そういうメールが届きました」

「山口県内の高齢者施設で名称にハウスか、通称でハウスと言われている場所を探すか。その上で一年前に施設を飛び出した女性がいないか尋ねれば、あるいは」

「かなり絞り込めます」

「九月三十日にこだわっている高齢女性という情報も添えて、施設にメールとファクスの両方を送ってみようか」

「それは私がやっておきます。小山田さんは店長と一緒にお見舞いにいらしてください」緑はそう言って、山口県の高齢者施設をネットで検索し始めた。

昌司は戸叶に連絡を取り、キャットフードを手にして若松と事務室を出た。

まずは戸叶が様子を見に行く。その間、昌司と若松は持参したフードと瀬戸物の茶碗とスプーンを確かめた。

「どうぞ」開いた病室のドアから戸叶が顔を出した。

昌司はうなずいて、中に入る。

すぐ左手が洗面所で小さなテーブルと椅子が一脚、その奥にベッドがある。戸叶によってリクライニングされたベッドに座った伸子が微笑んでいた。

「顔色がいいですね」昌司がベッドに歩み寄る。

「ご迷惑をおかけして」

「とんでもない。でも病院内でよかったです」と笑ってみせた。

「わたくし、目を開けたらここにおりました。どうなったのか何も覚えてないんです」伸子は部屋の中を見回す。

「いやいや、私や小山田さんたちのことを忘れていないだけでも、優秀なんですよ」戸叶がベッドサイドモニターに気を配りながら微笑む。

戸叶の言うように、自分や若松の顔を覚えていないかもしれないと不安があったのは確かだ。

「竹谷さん、今日はご注文の商品をお届けにきたんです」まずはそれだけ告げて様子を見る。

「昨日目が覚めて一番に、看護師さんに伺いました。今日は何日ですかと。そしたら二十九日だって。だから明日が三十日。フミちゃんの命日」伸子は少し鼻声になった。

「つまり今日がその三十日というわけです。それでお約束通り最高の猫缶を用意しました。といっても缶詰じゃないんですが。猫の生態から健康をとことん追求したものです」昌司はラクダのマークの付いたレジ袋からレトルトパウチを取り出した。

伸子はキョトンとした顔つきだ。

やはり缶詰でないことがよくなかったのだろうか。昌司はパウチの裏面に書かれた原材料欄を読み上げた。

「竹谷さんが望まれた高級品だと、私どもは自信を持っています」と昌司は伸子の顔を見つめる。

「フミは、お魚が大好きでした。喜んでくれると思います。小山田さんありがとうございます」伸子は掛け布団のかかった膝に両手をついた。頭は動かせないようで目を伏した格好だ。

「お碗を用意しましたんで、フミちゃんにあげませんか」昌司はテーブルを伸子の見える位置に動かし、その上に瀬戸物茶碗を置いた。「お守りの写真はどちらですか」

「引き出しに」伸子が目をやったベッドの右際にテレビがあり、それが載っている台に三段の引き出しがあった。

「写真立てもあります。「一番上です」

「まあ、うれしい。これまでこんなにしていただいたことなかった」伸子は顔をゆがめて泣き出した。

昌司もこみ上げてくるものがあった。数字を追う毎日だった自分に、まだこんな感情があるのかと、戸惑った。

笑顔を見れば楽しく、泣き顔を見れば涙腺が緩む。自然に伝播するものだと何かの本で読んだことがある。つくづく生き物は不思議だ。

涙があふれ出す前に、昌司は引き出しのお守り袋から子供時代の伸子の写真を取り出し写真立ての中にセットした。古いモノクロ写真だったけれどフミの白い顔と右目の上にある黒い楕円の斑はよく分かる。カメラに驚いたのか、目が真ん丸だ。

写真の前に茶碗を置き、レトルトの封を切った。仕出し弁当に似た匂いが病室に広がる。

「ありがとう、ありがとう」伸子が何度も何度も礼を言って、泣きじゃくった。「フミちゃんがのどを鳴らしながら茶碗に顔を突っ込んでます」と、じっと茶碗を見つめている。

「……そう、ですか。それはよかった」

「たんとお上がり、フミ。よほどお腹が空いていたのね。ご飯が美味しいんだわ。そちらの方にお礼言わないとね」伸子は細めた目を昌司たちに向けた。

「喜んでますか……フミちゃん」

「グルグル言ってます。忘れないうちに、お代を」

「お代はいただけません。実はこれ、まだ試作品なんです」

「それはいけません。フミがこんなに喜んでますのに」仲子は何もいないテーブルの上を見た。

昌司は仲子と同じ方向を見て言った。「フミちゃんが喜んでくれれば、他の猫もきっと喜んで食べてくれるでしょう。それが分かっただけでも私どもには成果なんです。言葉は悪いですが、フミちゃんに味見をしてもらったようなものなんです」

「それなら大丈夫ですわ。フミちゃん満足して、顔を洗ってますよ」またテーブルに目を向けた。

「私どもも、それでよろしいんです。ねっ店長？」昌司が若松を見た。

「ええ、それが一番です」二人のやり取りをみていた若松が、ネクタイを絞りながら微笑んだ。

彼のスーツ姿を見て今日が店長最終日なのだと改めて思った。有給休暇を消化した後、伏見にある大学構内店への移動が内定している。

決定でなく内定なのは、店長待遇が用意されているのではなく降格人事だからだ。補充人員の立場で拒めば、若松は早期定年退職を打診されることになる。人員整理、本部からの肩叩きに過ぎない。

スーパーバイザーとして、業績改善指示に従わない店長が配置転換されても、それは経営の観点からすれば仕方のないことだ、と思ってきた。自分が書いた報告書が引導を渡したにちがいないと心を痛めたこともなくはない。それでもいまほどの寂しさは感じなかった。一年ほど一緒に店作りをした店長が退職したときでさえビジネスライクに受け止められたのに――。

若松とは出会ってまだひと月しか経っていない。

キャメルマートとして発展途上の院内店、それを考慮すれば若松はよくやっていた。病院の医師や看護師、その他のスタッフとのコミュニケーションも悪くない。癒着を心配するほど密接ではなく、気楽に声が掛け合える距離感は理想的だった。

昌司は携帯電話をカメラモードにして、若松に声をかけた。「店長、写真を持って竹谷さんの側に寄ってくれませんか」

伸子の写真を撮ることは事前に話してあった。

「私と？」

「記念ですよ」と微笑みかけた。

若松はうなずくと、写真立てを手にしてベッドサイドに行き昌司の方に向き直る。

「じゃあ竹谷さんフミちゃんの写真を胸の前にして笑ってください。店長も」

昌司は三回、シャッターボタンを押した。伸子とフミ、伸子と若松、そして少女である伸子とフミの写真だ。

「元気になってくださいね。滝本由希さんも心配されてましたよ」

「タキモト？　それってどなたですか」伸子の微笑みが消えた。

7

その夜、店から歩いて五分ほどの居酒屋「八起《やお》き」の個室でささやかな酒宴を開いた。若松の送別会だ。

三人が席に着くと緑が花束を渡した。

緑は仕事の傍ら「昭和十七年九月三十日が命日の猫・フミと飼い主の竹谷伸子さん」とキャプションを付けた写真を、山口県内にある三十ばかりの高齢者施設に送る段取りを済ませ、おまけに花束まで用意していた。彼女の仕事の処理能力には舌を巻く。おまけに持って生まれた明るさに多くの患者が救われている気がする。それが売り上げに反映していないのはもったいない。

始まりこそ互いに堅苦しい挨拶をしたけれど、ビールのジョッキが二、三杯、緑が赤ワイン、若松と昌司が伏見の冷酒をそれぞれ口にし始めた頃から普段はしない話が飛び出した。

「店長は悪くないです」緑が昌司を睨んだ。

「西野さん、もういいですよ」照れくさそうに言ったのは若松だった。

「いいえ、今日だけは言わせてください」

「聞きましょう。今日は思いの丈を吐き出してください」昌司は酒で口を湿らせると正座した。

「スーパーバイザーの平さんも病院をよく分かってません」と緑が鋭い視線を昌司に注ぐ。平さんも、という表現の中には昌司も含んでいるのだろう。

「そもそも入院するというアクシデントに遭った人が、仕方なくというか、本当に必要に迫られて訪れるのがうちのコンビニなんです。そんなときに行楽弁当とか新作スイーツがどうのっていっても、手にとってはくれませんよ」

「それは私も感じているよ」

「現状をご覧になったからですよね？」

「正直言って、見えていなかったことがいっぱいあった」昌司も実際に店に立つまで、院内店の特殊性がよく分かっていなかったと言った。「お弁当にしても、本部が委託している商品開発専門業者が提案してきたものにそれほど疑問を感じませんでしたから、当然病院でも売れ筋になるだろうと。それが通用しないこともようやく見えてきたんです」

「データなんて当てにならないんです」

「いや、それは違う。数字の見方を変えれば」

「やっぱりまだ分かってない。本部の方程式なんてここでは通用しないんです」

「方程式？　そんなものはないですよ。だから毎日データをとって」

「もういいです。本部の押しつけも最大限呑んで、なんとかお客さんのニーズに合うよう、店長は頑張ってこられたんです」

「私も、若松さんは頑張っておられたと思っています」

「じゃあ配置転換を阻止してくださいよ」強い口調だった。

「西野さん、小山田さんを困らせちゃいけませんよ」若松が昌司と緑に割って入った。

「京洛病院のみんなは、店長を信頼してます」と緑が言ったとき、個室の障子が開いた。

「それは言えてますね」診察が終わって駆けつけてくれた戸叶だった。「すみません、つい西野さんの声が耳に入ったもんで」障子と緑の背中の間を、巨体のわりに器用にすり抜けて席に着く。

「先生、忙しいのにどうも」若松が頭を下げた。

部屋に入る前に注文していたのだろう、すぐに生ビールが運ばれてきた。乾杯し直すと戸叶が口を開いた。「寂しいですよ」

「私もです。だから小山田さんに何とかしてもらおうと思って。だって本部に直接ものが言えるの、小山田さんだけなんですから」緑は商品開発部の麻里と話しているのを聞いたらしい。

「私だって、本部にとっては一兵卒にすぎない」

「新商品をちゃちゃっと作ってしまう力があるじゃないですか」緑の呂律が怪しくなってきた。

「力なんてないよ、私には。何でもやってみなくては分からない、という前向きな開発者が協力してくれただけです。それにまだ商品化には至ってませんし」

「パッケージもできてるのに」

「それも彼女がアタリで作ったものだよ」

「ずいぶん親密なんですね、紀田さんと」意味深な目を向けてきた。

「妙な言い方、やめてほしいね」

「本部にものが言える立場だってことに変わりないです。とにかく悪いのは平さんです。あの方の分析、指導がよくないんです」温厚な若松が何度も平と揉めている場面を目撃したという。「それで仕方なく指導を受け入れて……売り上げが落ちたんです」緑の充血した目は、酔いが回ったせいか、それとも涙目なのだろうか。「甘いものが禁止されている子供もいる院内で、アイスクリームのキャンペーンは酷ですよ」

「夏の冷菓フェア、だね」毎年ゴールデンウィーク頃、特に気温が上昇した日から準備し始める、季節商品展開だ。

コンビニ間のスイーツの販売競争は相変わらず熾烈で、とくに暑くなると甘いパン類の売り上げをカバーする意味もあって冷菓に力が入る。キャメルマートは他社のように独自のアイスクリームやチルド和菓子などのヒット商品がなかった。それだけに既製品を店独自のくじ引きやお茶やコーヒーとのカップリング、ポイントサービスのキャンペーンで対抗せざるを得ない。

「だから店長は糖分控えめゼリー類を主にしたディスプレイを提案したんです。でも平さんは」

「分かっています。平さんからの報告書は読みました。キャンペーン商品を含めて目標の二十万を大きく下回ったんでしたね」

最大手は、一店舗あたり五十万から六十万円超えを目指して販売を強化している。会社の経営安定のためには中堅でも四十万円以上は確保したいと努力を重ねていた。そのレベルからすれば二十万円を目標に掲げること自体が低すぎる。それをクリアできなかったことが、若松の査定に響いたことは確かだ。

戸叶が言葉を発した。「通りに面してたら、一般客も入りやすいんだけど」

「面してるの中庭ですもんね」緑が昌司を睨む。

「まあ若松さんのこと、私も分かってるつもりです。ただ人事が決めたことですから、それを覆すのは難しい。それができれば私だって店長には京洛病院店にいてもらいたいのが本音なんです」自分も単身赴任の生活から脱したいとは言えなかった。

「ほんとですか。その気持ち、上に言ってください」緑は真剣だ。アルコールのせいではなく泣きそうだから目が赤かったことが分かった。

「……いつまでにとは約束はできませんが」と言うしかこの場は収まりそうもない。

「言っては、いただけるんですね」緑が身を乗り出す。

「その辺で、西野さん」昌司の隣の若松がそれを制するように言った。「私のことをそんなふうに思ってくださっていたことだけでも嬉しいです。戸叶先生にも感謝します。ですが小山田さんも大変なんです、馴れない京都での仕事は。転勤といっても同じ市内、それもそれほど遠くない伏見ですからね」

「病院と大学は勝手が違うんじゃないですか。それに、若松さんは店長じゃない、と伏見支店の人から聞きました」

緑のネットワークからすれば、当然耳に入る情報だった。

「西野さんも言ったように、不慣れなんですから、それこそ見習いと一緒だ。だから、しょうがないことです」

「私は納得できません」

「西野さんの気持ち、私なりに受け止めます。しかしこれは若松さんの問題ですからご本人が決めることですよ」

「それはそうですけど……それじゃ店長、本当の気持ちを教えてください。私一人が騒いでいたのなら、謝ります」

「そうですね、じゃあ最後だからお話しします。病院内のコンビニの店長をやれと言われたとき、イメージが湧きませんでした。お客さんが外来や入院の患者と医師や看護師と職員さんたちだから、それなりに売れ筋が違うとは思いましたよ。でも食べ物と飲み物の売り上げが主になることは他の支店と大差はないだろうなと。ところが三ヵ月ほどして、ことごとく本部の戦略がずれていることに気づいたんです。平さんも困惑してました。西野さんとも連日対策を練って、その結果を平さんに告げても方針は変わりません。ますます売り上げが落ちていく中で、私は戸叶先生をはじめとする医師や看護師さんへのリサーチを徹底的に行いました。病院内の生活に即したものを提供したかった。医師たちは世間が思っているほどゆとりがないってこともよく分かりました」

若松は、当直の医師が事務椅子をベッド代わりにしていることや、食事時間が確保できないためにコンビニ弁当やカップ麺を早食いし、ドリンク剤で栄養を補っていることを知った。そして病院で働く人間の多くは、慢性的な肉体疲労、緊張からの精神的なストレスを抱えている。そんな医師たちの質の悪い暮らしぶり、看護師たちの過酷な勤務態勢、けっしてよくない経営状態を目の当たりにしたとき、その助けをしたいと心底思ったという。

「働く人のため、ですか」ヘルシーさをうたった弁当は患者をメインに考えたわけではなかった。

「もちろん入院患者さんのことも気に留めてます。とくに産婦人科と小児病棟へのワゴン販売に載せる商品には神経も使ってました。でも小山田さんのご指摘通り、売れ筋商品をみすみす殺してしまう愚行でもあったんです。私が甘かったのは、売り上げが低い状態でも安定すればいいと考えていたところですね」と若松は苦笑いの表情をみせた。

確かに、本部が低空飛行を容認するはずはない。

「でも若松さんの考えが間違っているとは思えないですね。院内店舗での営業は本部としても模索中なんです。大きな減収は困りますが、次の一手を繰り出す準備段階だから増収のみにこだわるとチャンスが見えなくなることだって十分あります」

「ご一緒したのは短い期間ですが、小山田さんは分かってくれていると何となく思ってたんです。だから悪い方向には行かないだろうと」

「それで若松さんは最終の打診でも異議を唱えなかったんですか」

「まあ、そればかりでもないですけど」

若松の眉が寄ったのを見た。

「若松さん……」それは隠し事ができない質《たち》ゆえに見せた表情にちがいない。まさか会社を辞めようかと思いつめていたのだろうか。

「私の思いは分かってもらえたと思います。それに今日は竹谷さんの笑顔でここを去ることができて、私としては清々しい気持ちなんです。西野さんの気持ちだけもらっておきます。ありがとうございます」若松は盃をひょいと顔の前まで上げて、三人に頭を下げると温《ぬる》くなった冷酒を飲み干した。

8

若松は残務整理で一週間ほど京洛病院店に出入りしたが、十月の第二日曜日から伏見の大学構内店で働いていた。

緑は頻繁にメールのやり取りをしているようだ。

若松の抜けた穴はとても大きかった。秋の行楽・紅葉狩り弁当商戦に入り、てんてこ舞いだったけれど、売り上げの日額が四十万円に近づかない限り、正社員の補充もない。アルバイト集めも他社との取り合い状態で、キャメルマートの時給八百九十円では即戦力を望むべくもなかった。

伸子の容態に変化はない。戸叶の話だと、一過性脳虚血発作の原因であるアテローム硬化病変でできた血の塊が、今後どこに梗塞を発症させるのかが分からないそうだ。その心配と心臓が弱っていて不整脈を患っており、レヴィー小体型認知症で一般的に使うアリセプトという薬が副作用を起こすことがあって慎重にならざるを得ない情況だという。

現在ある認知機能のまま、家族に会わせてあげたい。

だが、山口県の高齢者施設のどこからも、伸子への問い合わせはなかった。方言などを手がかりにしたのが間違いだったのだろうか。いやそもそもハウスにこだわったのがよくなかったのかもしれない。ハウス、イコール高齢者施設という発想が短絡的過ぎたということか。

「小山田店長、出身地が山口県でも、どこか別の土地にお嫁に行かれたとしたら」緑は若松と区別する意味か、店長に決まって小山田を付けた。堅苦しいが、馴れるまでは仕方ないだろう。

「そうなれば対象は日本全国ってことになるね」昌司はハンカチで額を拭う。

十月だというのに事務室は蒸し暑かった。秋雨前線が近づいているせいだろうけれど、降る前からこれでは先が思いやられる。九月の末から十月いっぱいは、通常の店舗なら運動会シーズンでおにぎりやスポーツドリンク類がまとまって出る。しかしここでは変動はなかった。その分を何でカバーすればいいのか、見えてこない。

忙しさに嫌気が差してくると仲子の身元探しの話題になる。あろうことか、利益と無関係のことを口にする時間がほしかったのだ。

それは緑も同じだったようだ。仲子のことになると調査エリアを全国に広げなければならないという大変な話でさえ、顔にぱっと生気が蘇ったように明るくなる。

「高齢者施設といってもさまざまで、案外知られてないんですけど種類だけでも公的なので介護保険施設にあたる特別養護老人ホーム、介護老人保健施設、介護療養型医療施設、同じく公的で福祉施設に分類されるケアハウスと養護老人ホームがあります。これだけで一万六千六百程ですが、民間の施設もありますし。いわゆる有料老人ホームといわれてるものです。その他、サービス付き高齢者向け住宅、グループホーム、最近ではシルバーハウジングなんてのもあるんですよ。それらが二万六千あまり、合計で約四万三千施設ですね」

「そんなにあるんだ」

「それでも足りないというか、充分じゃないようです。ミスマッチもあるんでしょうが、待機高齢者もかなり」

「最近保育所が足りないって問題になってるけど、高齢者施設の方も不足しているってことか」

「深刻度は介護の方じゃないですか。だって介護離職の場合、中堅以上の働き手を失うし、その家族の暮らしも直撃するでしょう。それにしても……どう絞り込むか、です」

「そうだ、若松さんが安らぎ苑からもらってきたカルテにこんな記述があるんです」昌司は、何度も読んだカルテのコピーを引き出しから取り出した。そこには白い半袖のシャツに薄手の緑のカーディガンと萌黄色のズボンをはき日傘をさした伸子が写っている。衣服は靴下に至るまで油性マジックで名前が記されていた。靴は布製でどう見ても上履きのようだ。「この上履きの中にたくさん砂が入っていたんだそうだ」

緑は紙を受け取り凝視する。「砂が入っていたら歩きにくかったでしょうね」

「普通じゃ少しでも入ると気持ち悪いもんだよ、砂って」

「細かな砂だから、歩けたんじゃないですか。粗かったら痛くて無理です」

「細かくて痛くない砂か……砂浜を歩いたのかもしれないな」

「そもそも、なぜ京都にきたんでしょう？」

「見当が付かないね」昌司は椅子の背にもたれた。

竹谷伸子はいったいどこから来たのだろうか。

「あの、で、これも想像ですが、白いシャツに日傘という出で立ちと、上履きに入っていた砂から比較的海が近い場所に施設《ハウス》が建っていた可能性もあります」

「推論としては成り立つね」

「カルテによれば髪の毛やカーディガンに砂はついていないということです」靴にたくさんの砂が入るような海岸通りを歩いたのなら、他の部分にも砂は付着する。「だから仮説としてもともと上履きそのものに多く砂が紛れ込む環境に竹谷さんはいたのかもしれません」

「なるほど」

「なので海岸に近いか、もしくは海の近くであることを売りにしている施設に絞って竹谷さんの写真を送ってみようかなと思うんです。もしそれでよければ、すぐに開始します」

昌司には焦りがあった。伸子は仲のよかった由希のことも覚えていない。さらに認知症が進行すれば、家族のことも分からなくなってしまう。とはいえ、いまは緑の絞り込みが外れていないことに賭けるしかなかった。

「忙しいときにすみませんが、お願いします。見つかってくれればいいんですがね」

9

六十メートルを歩くのに一分、高齢者なら三分ほどかかるかもしれないけれど、施設から海岸線までの距離を最大で六百メートルほどと緑は仮定した。幅を持たせて直線距離で砂浜まで八百メートルの場所にある施設をピックアップする。まずはそこへメールとファクスを送る。

オータムキャンペーン、秋の行楽・紅葉狩り弁当商戦の忙しさの中、昌司と緑はメールとファクスのチェックの回数だけは増えていた。

三日たち五日が過ぎ、とうとう体育の日がきてもどこからも連絡はなかった。推測が誤っていたと判断せざるを得ず、調査エリアを拡大するしかない。

それでも緑は砂にこだわり、海岸から五キロ以内にある施設までをターゲットに広げようとリストアップをしている最中、ある施設から問い合わせがあった。

山口県下関市小月茶屋にある有料老人ホーム「瞳《ひとみ》」の所長、相本《あいもと》という男性からだった。

「こちらに入所されてる兼石亘《かねいしわたる》という男性が、そちらから送られてきた写真を見て、自分の知っている女性ではないか、とおっしゃっております」

「それは、それは」思わず大きな声になり、慌てて受話器を口から遠ざけた。「びっくりしてしまいまして、すみません」

「ただ兼石さんは九十歳と高齢でして、曖昧な点もあります」今ひとつ確信が持てず連絡するのを躊躇い、いまになってしまったと、相本は詫びた。

「どんなことでも助けになります」

「二、三確かめたいことがあります。兼石さんは九月三十日という日付とご婦人が持っていた古い写真に反応しました。ただ名前については何度も首をかしげるばかりだったんです。顔と名前が一致しないことは高齢者といわず、五十代の私にもままあることですからね。ただ兼石さん、昔の話になるとすらすらと固有名詞が飛び出すもので」語尾に含み笑いの声が混じる。「岩崎倫子《いわさきのりこ》ちゃんと猫のフミだと言って」

「岩崎倫子、ですか……」受話器を握る手に力が入った。「あのメールにも書いてあったんですが『ごんごち』と『じらくんなっちゃ』は、やはりそちらの方言ですか」

「ええ、そうです。その言葉にも兼石さんは思い出があるんだそうです」

兼石の証言の確度は高い。

「兼石さんは、写真の女の子を知っている、すなわち身元をご存知だということですね」

「そのようなんですが……」相本は明らかに言いよどんだ。

引っかかりを覚えた昌司は尋ねた。「なにか事情がおありなんですね」

「お力になろうと色々尋ねたんですが、ただただ倫子ちゃんとフミに謝りたいとおうおう泣かれて困ってます。何かを知っているようなのですが、いっさい話そうとしません。あの写真を見てから、毎晩徘徊をされるようになりましてね」掲示板に貼った写真を目にするまでは温厚な人柄で、足腰が弱り少し認知症が始まっているものの何でも自分でやる模範的な入所者だったそうだ。「直接会って謝りたい、の一点張りで」

「直接ですか」

「そうなんです。しかし兼石さんを京都に連れて行くのは無理です」

「困りましたね」伸子も重篤な状態で山口県に行けるはずもない。「なぜ身元を明かしてくれないんでしょう、兼石さんは」

「たぶん職業柄染みついた信条みたいなものではないでしょうか」

「兼石さんは何をされていたんですか」

「警察官だったと聞いています」

怖がっていたお巡りさん。昌司は自分が見ていないにもかかわらず、制服警官がフミを取り上げていく場面が頭に浮かんだ。

「自分の目で確かめ、間違いなく岩崎倫子であることが分かるまで、軽々しく話せないと思ってるんじゃないですか」と言う相本の言葉で昌司は我に返った。

「情報提供、感謝します。何とかしてあげたいので、こちらの医師と相談してみます」相本の連絡先を聞いて受話器を置いた。

昌司は、岩崎倫子の名前で今一度山口県内の施設へ問い合わせてほしい、と緑に言った。これまで考えもしなかったが、名前が違っている可能性があるかもしれない。

「驚きましたね。竹谷伸子さんではなく岩崎倫子さんだなんて」戸叶が体軀に似合わない甲高い声を出した。「でも、竹谷さんが自分の名前を認識できないほど症状が進んでいるとは思えない」

昌司が内線電話でこれまで分かったことを話すと、戸叶は店まできてくれたのだ。ちょうどキャメルマートのホットコーヒーが飲みたくなったと言いながら、秋晴れだったので外で話そうということになった。

「妙ですよね」伸子との会話はきちんと成立していた。

「着衣に書かれてあった名前を見て、自分がそういう名前だと思い込んだのかな」

「そんなことがあるんですか」

「認知症なんかではないと主張するために、目の前のものを利用した例はあります。どこからきたのかと問うと目に入った地名を口にしたり」

「兼石さんは写真を見て名前を言ってますから、あるいはそういうことかもしれませんね」

昌司がベンチにもたれ、秋の空気を吸い込んだ。

「元警察官だったってのもびっくりです。竹谷さんはお巡りさんのこと怖がってましたね」

と言ってから戸叶が続けた。「よく竹谷さんのことを覚えてましたね。どれだけの動物の献納に携わったのかは分からないが、いちいち飼い主の顔や名前、さらに猫の名までを記憶していますか。しかも少女の頃の」

「確かに不思議です」

「もし兼石さんの妄想だったなんてことになったら厄介ですよ」

「妄想は困りますが、いまのところ最有力情報ですし」

「直接会って謝りたい、か。もし事実なら七十年以上経っても心に引っかかっていたってことになります」と戸叶が唸り、「あれ？」と頓狂な声を出した。

「どうしました？」

「昭和十七年は一九四二年ですからいま九十歳の兼石さんは、当時十七歳だったってことになりますよね。今でこそ高校卒業して警察官になることができますが、戦前は二十歳未満の採用はなかったと聞いてます」

「じゃあ当時はまだお巡りさんじゃなかった？」

「ちょっと待ってください」戸叶は柔道の関係で警察に知り合いが多い。中に警察の歴史に詳しい人間がいると言ってPHSを取り出した。

その結果、昭和十三年頃から「警務書記生」という職種があって、通常は成人しか採らないが、特例的に十七歳から二十歳未満の者を採用したらしい。ただし司法警察権を行使せず、ひたすら事務的な仕事に従事していたという。

「みんな出征して警察官が不足してしまって国民学校卒業の後就職したようです。だから、兼石さんも少年警察官だったとしてもおかしくないですね」PHSを白衣のポケットに入れながら、戸叶が言った。「ですが、怖いお巡りさんとは少し感じが違うように思いませんか」

「司法警察権がないのでしたら、制帽と制服にサーベルを携行した厳めしい姿だったとも思えません」

「うーん、何かしっくりこないですね。竹谷さんじゃなくて、ええと岩崎倫子さんの名前で山口県内の施設へ確認してみたんですか」

「いま西野さんが問い合わせてくれてるはずです」

「それで身元が分かれば、目的は達するんですが」

「望みは薄い気がします。ただ名前は違っていたとしても写真がありますからね。いなくなった施設のスタッフが見ればすぐに連絡してくれると思います。先生、やっぱり竹谷さんを動かすのは難しいですか」

「無理ですね。今度アテロームがはがれたら……かなり厳しい」戸叶は太い眉をひそめた。

「すみません」

「いや小山田さんの気持ちは分かります。ネット回線で話すというのはどうです。テレビ電話ですよ」

「お年寄りにはむしろその方が戸惑うんじゃないですか。どうやら私が行くしかないのかな」昌司はふと漏らした。

「わざわざ山口県まで出向いても、何も話さないかもしれませんよ。スタッフの方にもそんな態度なんですから」

「警察官時代に培った兼石さんの信条というか、律儀さに賭けてみたいんです」

「自分の知っている岩崎さんであることさえはっきりすれば、話してくれると」

「ええ。ただその前に竹谷さんと話をしないと」

「どんなことを？」戸叶は医師の顔つきに戻った。

「単純に兼石という男性をご存知なのかどうか」

「ご一緒しましょう。名前同様に、新しい妄想を生んでしまうことも注意しないといけませんから」

10

昌司が、山口県下関市小月駅に到着したのは午後二時を少し回った頃だった。ホームから垣間見える田園風景と反対側へ向かうように「瞳」のスタッフに言われている。初めての土地だから多少は迷ったが五分ほどで施設に着いた。

とにかく兼石の気持ちをほぐして伸子の身元に繋がる証言を引き出さないと、有給休暇を使用してここまでやってきた意味がない。別の用事で咲美に電話したのだが、下関に行くとは言いそびれた。単身赴任してひと月以上になるのに、一度も家族の顔を見に帰ってない。

スリッパに履き替え受付で名乗ると、その前にある待合所で待つように言われた。間もなく丸顔でごま塩頭の小柄な男性が名刺を持って出てきた。「相本です」

「キャメルマート京洛病院店、店長の小山田と言います。このたびは何かとご面倒をおかけしました」とお辞儀して名刺交換すると、すぐに兼石と面会させてほしいと頼んだ。

相本は深くうなずくとエレベータで三階まで上がり、廊下の一番端の三〇七号室へ案内した。廊下の幅の広さと壁の手すり以外、病院でも高齢者施設でもなく、高級なマンションという造りだ。相本がインターフォン越しに「相本です。京都からお客さんです」と言って返事を待つ。「鍵は開いていますが、緊急以外入居者の了解を得るのが決まりです」と説明しているとしわがれた声の応答があった。

中は八畳ほどの洋間で壁際にベッドが、その向かい側にデスクがあった。ミニキッチンとバスルームもあってビジネスホテルなみの設備が整っているようだ。

兼石はデスクの前で車椅子に座ってこちらを向いていた。げっそりと痩せた坊主頭で、座っていても長身である印象だ。

歳には思えない。「お待ちしてました」と言う兼石の言葉は、滑舌がよかった。容姿を見なければとても九十

相本が事前に昌司のことを話していたようで、ごく簡単な自己紹介で兼石は、「そこに掛けてください」とデスクの椅子に目をやった。

「ありがとうございます。早速ですが、まずこれを見てください」椅子に座った昌司は、伸子の写真を引き延ばしたものを手渡した。

「わしの覚えている倫子ちゃんは、古い写真の方だ。こちらのご婦人ではない。それに抱いている猫……」兼石は顔をしかめ唇が震え出した。

「写真の少女は岩崎倫子さんで、間違いないですか」

「ああ。間違えるはずない」

「もう七十年以上も昔の写真ですが、よく覚えておられますね」わざと疑うような言い方で昌司は尋ねた。

「わしは警察官だった。自分が関わった事件の被疑者や重要な証言をした人間の顔は忘れない。若い時分からそういう風に訓練してきた。ましてや倫子ちゃんは。あんたは戦時中の混乱を知らんだろう。みんなおかしくなっていた時期がある。その頃のことだけはきれいさっぱり忘れてしまいたいと思ってたよ。けれどどうしても思い出してしまう。ふいに目の前に情景が現れ、それからはそれに取り憑かれる。さらに嫌な思い出が蘇ってくるまで、わしを責め続ける」

「その一つが岩崎さんと猫の思い出ですか」

「そうだ」

「いま岩崎倫子さんは、京都の病院にいます。とてもここにこられる状態ではありません」昌司は認知症という言葉を使わず、倫子は記憶を失っていると説明した。「お身内に会わせてあげたいんです。でも連絡先が分かりません。事情を察し、彼女の身元を調べるヒントをください」

「天眼鏡を取ってください」と兼石はデスクの上を見た。昌司が彼の視線の先にある重く分厚い天眼鏡を渡すと、写真をしばらく凝視していた。「目と耳との位置関係、両目の間隔、鼻の形……この婦人は写真の倫子ちゃんに、確かに似てる」

「子供の頃の写真と一緒にこんなものもお守りに入れて大切にしていました」昌司は不完全な形で残っていた「受領證」のコピーを見せた。

「まさしくこれだ。これをお守りにしていたなんて」強く目を閉じ頭をたれた。

「いかがですか、写真の少女が七十余年の齢を重ねて、いま病床にいる婦人に間違いはないでしょう？　本人だと判明したんですから、私にヒントをくれても兼石さんの信条を曲げることにはならない。そう思いませんか。何より身内の方と再会させてあげたいんです」ここぞとばかり声を張り上げた。

「コンビニの店長がなぜ？」

「多くの方が疑問を抱かれます。私も慈善事業をしているんじゃありません」高級猫缶の開発をしようとしていて、そのきっかけを倫子が作ったと、昌司は分かりやすく語った。

昌司が話し終えるまで、兼石は鋭い目で昌司の瞳を見ていた。そしてつぶやいた。「十七歳で山口県都濃郡《つのぐん》鹿野町《かのちょう》警察の書記を志願した。昭和十九年に徴兵されたが翌年終戦だ。それから鹿野町に戻って正式な警察官として採用してもらった。町の駐在所に定年まで勤め上げ、大した手柄もあげなんだが、嘘を見抜く眼力には自信がある。あんた嘘をついてるな」

昌司は兼石の視線から逃げた。

「だけ、倫子ちゃんを救いたい気持ちは感じた」

「では話してくれるんですか」

「わしも力になりたいからな」

「さっき鹿野町とおっしゃいましたが、そこに岩崎さんも？」

「そうじゃ、蕎麦を作っている農家だった。そこの倫子ちゃんとうちの一番下の弟が幼なじみだった。弟とわしとは九つも違うから、倫子ちゃんとはそれほど接点はなかった」と小声で言うと咳払いをしてゆっくり語り出した。「学校では剣道選手として腕自慢だったことが買われて少年警察官になれた。わしは有頂天だった。サーベルをぶら下げることもないし、制服で現場に出ることもないけれど、警察官じゃというだけで力を得たような気になっとったんじゃ。そんな心持ちでいるときに上の人間から献納の手伝いをせい、と指示された」氷点下四十度にもなるアッツ島で戦う兵士のコートの一部に使われると説明を受けた。「思い描く警察官の仕事との違いに不満を持ったけれど、それも将来に繋がると思って我慢した。

しかし飼い犬といっても大きなのはそれほどいなかった。ましてや猫など大した毛皮にならないことが一目で分かったんじゃ」

兼石は上司に疑問を漏らしたのだそうだ。

「すると、こんどはこんなことを言い出した。戦火に怯えたり、反対に混乱をきたして暴れる恐れがある。そうなれば人間を襲うことも考えられるから軍が一所で管理すると。それが何を意味するのか……」

「やはり」口にできなかった。

「それがはっきり分かったのは、役人たちが犬や猫を飼う家庭に献納を告げにいき、一旦裏山の神社の境内に集められたときだった。わしとあと三人の同年代の男に三尺五、六寸の棍棒を手渡された。そして役人たちがドンゴロスに入れた犬や猫を持ってくる。そして……袋の口から頭だけをださせてるんじゃ」兼石は胸の辺りを押さえて咳き込んだ。

「大丈夫ですか！」声をかけたのは相本だった。「ドクター呼んだほうがええんとちゃいますか」

「いや、結構。ちょっこし動悸がしただけじゃ。すぐに治まるけん」

「ほんじゃったらええですが。苦しゅうなったら言うてほしない」

「続けても大丈夫ですか」昌司が相本を気にしながら兼石に訊いた。

「集められた若者ちゅうのは皆、剣道の有段者じゃ。一撃であの世へ送るためと、良質の毛皮になりそうなのは極力傷まないようにするためじゃと言われた」これには兼石も驚いた。

惨すぎると思ったけれど、上司の命令に背くことはできず献納日には棍棒を振り下ろすしかなかった。

犬の場合は保健所に登録されているからどこの誰がどんな犬種を何匹飼っているのか分かるが、猫は把握できない。多くの場合は密告者からの情報だった。

倫子の家が蕎麦の実を鼠から守るために雌猫を飼っているという情報も密告によるものだ。その内容からおそらく同じ町内の人間だと容易に推測された。

「それほど荒《すさ》んでいたんじゃのう、町中が。弟から倫子ちゃんがたいそう可愛がっていることを聞いていたから、それとなく猫は処分されてしまうことが伝わるように仕向けた。逃がせばええと思って」

「もしや弟さんはガキ大将的な存在だったのではないですか」滝本由希から聞いた「猫はごんごちになる」と震えていた話と矛盾しない。

「まあ、そうじゃった」

「倫子さんは、お巡りさんが怖かったと言ってました」

「なんじゃて」声を上げ、目をむいた。

「制帽、制服に恐れを抱いていたようですから、兼石さんのことではないと思います。フミを守ろうとしてたのを知って、大人たちはみんなで倫子さんを脅かしたんでしょう。大人はみんな怖いとおっしゃってたから」

「忘れもせん、蒸し暑い九月最後の日じゃ。役人と警官が、岩﨑家の玄関口で父親から袋に入った猫を受け取った。そんときわしも側におったんじゃ。納屋の後ろから覗く顔があって、倫子ちゃんと目が合った。その姿が焼き付いて離れんのじゃ。不思議なんじゃが、フミの袋から出した顔、その目とそっくりじゃった。断末魔の猫の顔と倫子ちゃんの顔が重なって、わしはその夜ゲエゲエともどした。食べ物など何も喉を通らず空きっ腹だったのに。それからというもの猫の声が耳鳴りのように聞こえ、ごんごちになってわしを苦しめるようになった」兼石は戦争が終わり、妻を娶り一男二女を儲けた。警察官として職務を全うして定年を迎えるまで何度も猫のごんごちに悩まされ続けたそうだ。子供たちは皆都会に出てゆき、認知症を患った妻と一緒に「瞳」に入所し、三年前に妻を見送った。「ここの掲示板に貼られた倫子ちゃんとフミの写真を目にしたとたん、また耳鳴りがし出したんじゃ。やっぱり謝罪せんといかんじゃろと。これまでも機会があれば倫子ちゃんに謝ろうと思とったんじゃ」だから警察官であるという立場を利用して岩崎倫子の消息だけは気に掛けていたという。

「倫子さんの消息を？」

「倫子ちゃんは十五歳で父親が亡くなり、山口市内の遠縁の家に預けられた。そこから岡山の農家へ嫁ぎ、女の子を出産、しかし昭和三十三年に離縁した。夫が酒乱で、何度か警察の厄介になっていたんじゃ。いったんそこで追跡ができなくなった」ところが十七年後、ひょんなことから倫子の居場所を知ることになる。「弟たちが四十になるのに合わせて、周南市で催した同窓会に出席したんじゃ。倫子ちゃんには三つ下に理子《みちこ》という妹がいて、その子が周南市に家庭を持っている。そこに案内状を送ったんがよかったようじゃ」

「四十歳の岩崎さんはどこにおられたんですか」

「静岡県賀茂郡南伊豆町の旅館へ住み込んで働いていた。ちかくそこの板場の後添に入ることが決まっていたと聞いた。いきなり大学生と高校生の男の子の母親になるんだと笑ってたそうじゃ」

同窓会を機に弟とは年賀状のやり取りがしばらく続いたという。

「それも途切れたんですか」

「弟が亡くなったんじゃ、九年前に」

「そうでしたか、すみません」

「ただそれまではきちんと賀状が届き、普通に暮らしていたんじゃないか」

兼石は倫子の住所を手帳に控えていた。本気で折を見て謝罪をしようとしていたようだ。

「いまは棚岡《たなおか》、そう棚岡倫子だ」と言ってテレビ台の引き出しを顎で示す。

ようやく名前が判明した。昌司は手帳から棚岡倫子の住所をタブレットに写し取った。

「倫子ちゃんに事情を話して、心からすまないと謝っていたと伝えてつかんさい。この通りです」兼石は曲がらない身体を懸命に折り曲げた。

兼石も、戦争の傷の痛みにいまだあえいでいる。「必ず伝えます。そしてきっと許してくれると信じてます。これで倫子さんを家族に会わせてあげられます、本当にありがとうございました」

11

昌司は調べたことを警察に報告しようと思った。しかしここまで分かったのだから、自分でクローズしたいという欲求が頭をもたげた。ピンチを凌いでようやく九回ツーアウトまで投げてきたピッチャーの心境だ。

京都に戻って次の日の早朝、静岡県賀茂郡南伊豆町に向かった。ほとんど眠ることなくマンションを飛び出したとき、わずかに涼やかな風が、野球の朝練を思い出させた。あの頃と違うのは疲れが節々に残っていて体全体が重いことだ。

新幹線ひかりに乗車してからサンドイッチを頬張り、缶コーヒーで流し込む。赴任してから名古屋より東へ行くのは久しぶりだ。咲美と晃昌のいる家に近づいたと感じるだけで、いい年をして胸が高鳴った。しかし昌司の乗ったひかりは熱海駅までで、そこからは伊東線に乗り換えなければならない。

ネットで住所検索すると、棚岡家は伊豆下田駅から徒歩で二十分ほどの場所にあった。タブレットのマップを頼りにひたすら歩く。電話番号が分からずいきなりの訪問だけに、留守だと話にならない。

太陽が昇りきり、午後一時を過ぎると十月とは思えないほど気温が上がってきた。

サマースーツを脱いで暑さを凌ごうとした頃、棚岡の表札がかかった二階建ての家を見つけた。姓だけで誰の名前もなかった。

昌司は門扉に近づき震える指でカメラ付きインターフォンを押し、よく顔が見えるようにレンズを正視した。

若い女性が返事した。

「つかぬ事を伺いますが、こちらは棚岡倫子さんのお宅でしょうか」

「倫子は祖母ですが、どちら様ですか」訝る声だった。

「お孫さんですか。私は怪しい者ではありません。実は倫子さんとおぼしきご婦人が京都におられるんです。これは倫子さんですか」昌司は写真をカメラにかざした。

「ちょっと待ってください。母に代わります」

写真をレンズに向けたまま待つと、ややあって娘より甲高く慌てた声がした。「義母です。お義母さんが見つかったんですね。今出ます」

玄関が開き、すらっとした髪の長い女性が現れ、門扉の錠を外した。その後ろによく似た顔の娘が寄り添っている。

昌司は名刺を差し出し、早口で立場を説明した。「京洛病院に入院されているご縁でここまでやってきました」京都の高齢者施設で保護された後、肺炎を患い京洛病院へ搬送。院内で脳梗塞を発症して今なお油断できない状態であることを話した。

「そうですか、京都まで。警察への届けを出してから一年以上経ってましたから、主人が専門の私立探偵にでも依頼しようかと話していたばかりです。よかったね」母親が娘の手をとった。娘はもう片方の手に持っている携帯のボタンを押して耳に当てた。「パパ、お祖母ちゃん見つかったよ」

娘が電話を切るのを待って、近所の喫茶店で詳しい話をすることにした。

喫茶店は、弓ヶ浜が近いせいもあってどことなくトロピカルな雰囲気があった。向かいの二人がアイスティー、昌司がアイスコーヒーを注文し、飲み物がテーブルに並ぶのを待って母が容子《ようこ》、娘が陽咲《ひさき》と自己紹介してくれた。

「わざわざ遠くまでありがとうございます」改めて容子が礼を述べた。

「それにしてもここから最速でも四時間半ほどかかる、京都までよくこられたもんです。実はお義母さんが京都で保護されたとき衣服などにあった名前が竹谷伸子となってました。それで施設は竹谷さんの身元を探していたらしいんです」

「こちらは棚岡倫子で探してもらってたんで、見つからなかったんですね」と母の容子が言うと隣の娘が口を挟んだ。「竹谷さんってハウスの」

「ハウスというのは？」

「ここから歩いて三十分ほどの場所にある高齢者施設です」倫子は幻覚幻聴が激しくなり、自ら納得して施設に入ったと言った。

「竹谷さんというのは、竹谷伸子さんですね」

「そうです。お義母さんの隣の部屋の方です。竹谷さんはお義母さんがいなくなってすぐ、骨折して転院されました」

「余計に身元調査が難しくなったんだ。その方とは親しかったんですか」

「お友達で、洋服の趣味も合ってたようです。二人ともしっかりしているときは、とても認知症だなんて思えないくらいでした」

服装の趣味が似ていたから、服を取り違えたのかもしれない。

「私の印象もそうです。はじめは戸惑いましたけれど」昌司はコンビニエンスストアで高級な猫缶はないのか、という問い合わせに面食らった話をした。「でもよくよく聞けばきちんと筋が通ってました」

倫子から聞いた戦時中の出来事、そして兼石が打ち明けてくれたことをできるだけ正確に二人に伝えた。

「猫、ですか」容子は目を伏せる。

「どうかしました？」

「義父も主人も猫アレルギーなんです。主人と私、娘は東京でマンション暮らしをしてたんですが、九年前に義父が亡くなって、こっちに引っ越してきたんです。それで、主人ともめちゃったことがあるんです」実家に戻るが猫は飼えない、ということになったそうだ。「お義母さんずっと飼いたかったみたいで、弓ヶ浜の休憩所にいる猫によく会いに行ってました。トロイメライって名付けられたほぼ白猫ちゃん」ハウスに入所してからも、トロイメライに会いに行くと言って職員を振り回したという。

トロイメライ、シューマン作曲のピアノ曲か。最近耳にした気がする。どこでだろう。

「その休憩所は、入居されたハウスからも近いんですか」

「徒歩だと二十分くらいですね。お義母さんの足だと倍くらいかかるかもしれません。だから頻繁には会えなかったんです。で……」トロイメライが昨年、交通事故で死んだ。

「死んじゃったんですか」

「ええ。それからです、お義母さんの徘徊が酷くなったのは。とにかく休憩所まで行って、そこでぼうっとしてるんだそうです。だから、いなくなったときもどうせそこにいるだろうと、油断してたとハウスの方は何度も謝っておられました」水が嫌いだから、絶対に海には近づかないけれど、万一沖に流されでもしてたらと、第三管区下田海上保安部の協力も得て倫子を探した。

「倫子さんの靴には砂が入ってたそうです」

「たぶん休憩所に行ってから京都へ向かったんでしょう」

「京都には何か思い出があるんですか」

「お義母さんのお母さんが、京都出身だと聞いたことがあります。もう家も何もないんですけど」

「そこに行こうと思われたんですかね」

「でも、お義母さんは京都なんて行ったことないんじゃないかしら」

「それじゃ雲を摑むような話ですね。何があったんでしょう。急に、行ったことのない京都を目指すなんて」

「主人なら何か知ってるかもしれません」

「そうですか、分かったら教えてくださいませんか。で、どうされます?」

「主人に話して、できるだけ早く京都へ参ります。お義母さんの転院などは主治医と相談します。本当に、どうお礼を申していいのか……」

「いや、私も気づかされたことがありますので」商品開発のことはここでは出さなかった。

12

午後八時、店に戻った昌司を待っていたのは、スーパーバイザーの平だった。深刻そうな顔つきで「お話があります」と言うと、二人だけで話せる場所はないかと訊いてきた。

中庭のベンチなら誰の邪魔も入らないと昌司が提案して、店の看板、ラクダのマークが正面に見えるベンチに腰かけた。月も明るかったし、真上には外灯もあって平の広い額がよく見える。彼は銀縁の眼鏡の位置を直すと膝の上でタブレットを操作した。

「ずいぶん遠くまで出張しているようですね」事務室のホワイトボードを確認したと、平は低音で付け加えた。

「いろいろな事情がありまして」

「『やること手帳』に続いて、また商品開発ですか」

「それもありますが、新商品とまではいかなくても新しい企画を立案するためです」

「企画は本部企画室、新商品は研究開発部の仕事です。スーパーバイザーの小山田さんなら当然おわかりのことですね」語尾に力がこもっていた。

「お言葉を返すようですが、平さんも経験豊富なスーパーバイザーとして、院内店の特殊性を考慮してください」

「POSデータを分析すれば明らかに院内店の利益はFF商品です。三回の納品のうち他店よりも朝が強い。なおかつ夜の減り方が少ない。ここを強化するよう若松さんにも言ってきました。なのに大きな改善が見られない。だから小山田さんが京都におみえになったんだと思ってました」

「実態をよくよく見れば、患者さんがメインのお客様になりますからコマーシャルで取り上げられたものだといっても、お売りできないことが分かったんです」

「欲しいものを欲しいと思う方にお売りする。それがコンビニです。お客様の自己責任で、買ってもらうんです。まあそれは釈迦に説法でしたか。問題はあなたが本部に打診しているペットフードです」商品開発部の麻里が単独で行っている研究が問題になったそうだ。「本部の許可なくリーダー自らが単独で動くのはいかがなものかということになったんです。『やること手帳』の少しばかりの成功が、かえって良くなかったのでは、という声もあります。紀田さんは自信をもっているようですが」

「紀田さんが……」

「ええ。キャメルの今後を左右するプライベートブランドになるって」平が鼻で笑った。

「開発の発端は私の申し入れです。責任は私にあります」

「小山田さん単身赴任は初めてでしたね」

「ええ」

「研修ではなく、店を任されるのも初めてだ。早く環境に慣れて従来の仕事に徹してもらわないといけませんね」

「院内店舗のあり方を追求しているつもりです」

「コンビニエンスストアは欲しいものを欲しい人に、近くて便利が売りです。人捜しでないことだけは断言できる」平の言葉には力がこもっていた。

「お客様に喜んでもらうことにも意義があるんじゃないですか」

「慈善事業なら、それでもいいでしょうけれど、お店で働く方、そしてあなたの給料はどこから出ているのか、よく考えてください。とにかく詳細をレポートして本部へ提出するように……あなたはフランチャイズ店のオーナーじゃない。キャメルマートの社員なんです。わきまえていただかないと」平はレポートが査定に影響があること、出張費など経費は一切認めないこと、今後本社への連絡は所定の用紙を使い、口頭では行わないことなどを告げてベンチから立った。

その背中が店の中に消えるのを見届け、昌司は戸叶のPHSに連絡した。そして倫子の身元が判明し、家族が来院する旨を伝えた。

戸叶は自分から連絡すると言って、昌司から棚岡容子の連絡先を訊いて、続けて言った。

「凄いですよ、小山田さん。まさに執念の勝利です」

「棚岡さんにはよかったんですが」会社から注意されたのだと、昌司は漏らした。

「そうですか。僕はコンビニの力って凄いと思いましたよ。警察も行政も見つけることができなかったのに身元を突き止めたんです。それに猫缶が竹谷さん、いや棚岡さんを元気にしたのを目の当たりにしましたからね。欲しいと思っているものを手に入れた喜びというのも、力になるんですね。物欲が一概に悪いとは言えない。もう一つ、医者としてコンパニオンアニマルの潜在的な可能性を再認識するいい機会になりました」

「コンパニオンって」不謹慎な言葉に聞こえ、反射的に尋ねた。

「やだな小山田さん、伴侶動物って意味です」動物を所有するという意味合いが強いペットという呼び名ではなく、コンパニオンアニマルは共に暮らす同等の関係を意味すると言った。

「すべてを自分がしてあげなければならない存在って大事なんです。会話ができないから相手の表情で読み取らねばならなかったり、触れることで温もりを感じたりする刺激が認知症にも効果があるという報告もあります」

「言葉が通じないけど、分かり合おうとするからいいんですか」

「働きかける気持ち、能動的にさせる力を猫や犬は持ってます。私の友人の認知症専門クリニックでは認知症の患者に月に一度、動物と触れあう時間を作ってますよ。私も手伝うことがあって参加するんですが、みなさんの表情が違う。まさにセラピードックとはよく言ったものです」

「先生、京洛病院でそんな取り組みはできないでしょうか」

「ここで、ですか。いや、総合病院ですからね。難しいでしょう」

「他の患者さんに影響がないようにできないですか。例えば敷地内に特別な場所を設けるとか」思いつきだったが、徐々に妙案に思えてきた。

「認知症の方だけを……うーん、そんな場所あるかな」

「高齢者の方なら、認知症の予防にもなるんじゃないですか」

「そういう報告もありますけど」

「じゃあそういう機会をつくってみてはどうですか」

老人病の予防はきっとかなりの人の興味をそそるはずだ。

「イレギュラーなイベントからはじめて、スポンサーを募って定例化していくんです。先生が協力してくださるなら企画書をつくりますよ」昌司は声を張った。

「いや参ったな。動物の生態から最も遠い存在の、コンビニの店長が」

「はあ？」

「だってそうでしょう、何もかも簡単に揃うのがコンビニです。自然界は何もかも命がけで獲得しないといけない。食べ物も飲み物もそうやすやすとは得られないんですから」

「そう言われればそうですね」

「そのコンビニの店長からアニマルセラピーの提案とは」戸叶が電話の向こうで豪快に笑った。

「素人が余計なことを」

「そんなことありません、感心してるんです。汎動物学というのを提唱してる米国の医師がいるんですがね」

「それはなんですか」

「動物も病気に罹りますが、よく分析すると人間の病気の症状に似てる場合があるんです。獣医師の間では常識的な病気、例えば捕獲性筋疾患というのがあります。捕獲性ですから、何かの獲物になる動物が起こす疾患です。可愛いからって人間が近づいて見つめるだけで心疾患を発症する動物がいます。ただ同じことが人間にも起こることがあります。大きな地震で身内を事故で亡くすとか、この上ない強いストレスが原因で、どこも悪くないのに心臓の一部がたこつぼのように腫れ上がるんです。このたこつぼ心筋症は一九九〇年に日本人の医師によって発見されたんですが、獣医ならその十年も前から専門誌に取り上げられて、知っていたといいます」

「へえ。獣医師の方が進んでいたんですか」

「というより、人と動物を区別しているのが間違いだとその汎動物学は説くんです。そもそも人間の薬を開発するとき、まずはラットやマウスで効き目を判断してるのはなぜですか。人が動物を可愛がる感情があるのにも、動物が人を癒やすことを本能的に知ってるからかもしれない」

「先生の協力が得られると思ってもいいんですね」

「面白いと思いますし、やってみる価値があるんじゃないですか。病院だってコンビニに負けてられません」戸叶が笑った。

「ありがとうございます」昌司は何としても麻里の開発を無駄にしたくないという気持ちがどんどんふくれ上がるのを感じていた。同時に平を見返してやる、と携帯を持つ手に力が入った。

13

実に麻里は勇敢だ。今回の企画は彼女なしでは到底実現しなかった。本部のお偉いさん方に直談判しに行ったと聞いたとき、情けないが意気込みとは逆に腰が引けた。しかし麻里は昌司がメールに書いた言葉を上手くアレンジして上を納得させたのだった。

そして麻里はサンプルを猫用三百、犬用三百個作ることを承諾させ、それを京洛病院店に送ってきた。そこに手紙が添えられていた。

前略　ついにプレミアム猫缶のサンプルができました。この猫缶、フミちゃんはもちろん、多くの猫の健康と元気をもたらすと自負しています。近くの猫カフェやペットショップで試食もしてもらってます。他社商品のコマーシャルじゃないですけど、みんなまっしぐらでした。(笑)

どうしてこんなに早く製品化できたかって？　開発部のお歴々にこういう風に啖呵を切ったんです。

「これからのコンビニエンスストアは高齢化社会を支えなければなりません。ペット、いえコンパニオンアニマルも高齢者の同居人です。共に健康で長生きするために、すぐ近くにあるお店が役立つのが使命。それに他店もいずれ気づくでしょう。大資本に先を越されればどうなるか、お考えください。一缶、五百円の猫缶が、キャメルマートのコンセプトを明確に語ってくれるのです」

どうです、我ながら上出来だと思っているんですけれど。すべては小山田さんの情熱に触発されたんですよ。アニマルセラピーで認知症予防だなんて、またそれを病院の敷地内で実施しようだなんて、普通は考えませんもの。院内店という特性を十二分に生かしたアイデアに感銘を受けてしまったんですから、私も変わり者ですね。

さてアニマルセラピーの実施についてはキャメルマートが実質的なスポンサーになればいいと思っています。身体にあった上質の食べ物が如何に健康に大切かをセラピーを通じて啓蒙していくのは、病院としても悪いことではないでしょう。さらに高齢者施設運営会社と関連業者、介護用品を開発するメーカーなどを巻き込むと、かなり大きなプロジェクトとなるはずです。では全霊を込めて生み出した猫缶と犬缶、大切に使ってくださいませ。

草々

人獣の幸福を祈りつつ紀田麻里拝

人類と書かず人獣なんてリケジョらしい、と昌司がニンマリしていると、緑がバックヤードにやってきた。「小山田店長」

昌司は手紙をエプロンのポケットにしまった。

「ああ猫缶、できたんですね」

「ええ、よくやってくれましたよ」一つを手に持って緑に渡す。

「いかにも上等って感じで、ずしりと重い」

「開発者の思いが籠もってます」

「ああ、いけない、棚岡さんのお家の方がお見えです」

「おお、そうですか。それじゃ院内の喫茶店で話します。ちょっとだけお店をお願いします」

昌司が店へ出ると、容子の姿が見えた。

容子は倫子の居場所を伝えた翌日に、仕事で忙しい夫に代わって京洛病院に飛んできて、本人の容態について戸叶から説明を受けていた。ただ容子の顔を見ても、無反応だったことに胸を痛めていた。

今日は隣に長身で短髪の男性が立っていた。おそらく夫の棚岡だろう。

昌司はお辞儀をしながら近寄り、挨拶を交わした。

喫茶店へと誘うと、改めて棚岡は礼を述べた。「ご挨拶が遅くなって申しわけありません。仕事の都合がつかなかったもので。正直、もう見つからないのではと思っていましたから、本当に感謝してます」と出した名刺には、伊豆アローツアー営業主任棚岡左千夫《さちお》とあった。

「いえ奥様が何度もお礼にみえて、かえって恐縮しています」慌てて昌司も名刺を渡して、思いついたことを口にした。「そうだ、伊豆にはワンちゃんと泊まれる温泉旅館がありますね」

「ええ何軒か。小山田さんは犬を？」

「いえ飼ってないんですが」昌司はプレミアム缶詰の企画があることを話した。「そんな旅館に泊まる方ってワンちゃんを大事にされてるんだと思うんです。ならずっと健康で元気であってほしいと思っているでしょう？」

「旅館で販売するってことですか」

「いえ、旅館でのワンちゃんへの食事として提供したいんです。旅行の楽しみは温泉とグルメですから」

「なるほど、いいかもしれません」左千夫がうなずいたとき、注文したコーヒーが三人の前に置かれた。

「どうぞ」昌司が促し、「紹介していただければ嬉しいです」と言った。

「分かりました。ペットにお金を惜しまない方が多いですしね」

「よろしくお願いします。それで、お母さんはいかがでした」昌司はカップを片手に尋ねる。

「まだよく分かっていないようです。でも伊豆の話をしているうちに何となく家族であることを思い出してるみたいです。ただ転院にはもう少しかかると」容態が安定すれば、保護された施設へ一旦戻ってから体調と相談してみて弓ヶ浜の施設へ引っ越すと左千夫は言った。

「お友達ともちゃんと別れを告げないといけないらしいんです。それでなくとも引っ越しは相当混乱させてしまうのだそうで」

「元女優の方と親しくされてましたよ」その記憶があいまいになりつつあると付け加えた。

「へえ女優さんですか」容子がコーヒーにミルクを入れてかき混ぜる。

「時代劇です。京都には太秦撮影所がありましたから」

「そうそう、お袋がなぜ京都にきたのかをお尋ねでしたよね」左千夫が思い出したという顔を向けてきた。

「分かったんですか」

「母の母、僕の祖母が京都の人だったと家内が言ったと思うんですが」

「伺いました」

「母は子供時代に一条戻橋の伝説を聞いていたんだそうです。その話をしてくれたとき僕はもう大学生だったんで、さすがに真に受けることはなかったんですけど、妹は妙に興味を持ちました。パワースポットが流行っていた時分のことです。その伝説が絡んでいるんじゃないかな」

「一条戻橋の伝説って？」

「ええ。死んだ人が、一条に掛かった橋を渡ってこの世に戻ってくるという伝説です。後に妹が京都へ旅行して写真を撮ってきたんですけど、それを見せてもらったんですけど、水のない川に掛かった普通のコンクリート橋にしか見えませんでした。母は京都へ行くことがあったら、フミに会えるかもしれない、と言ったことがあるんです」

「フミのことを思い出して、そのまま京都へ行こうと思われたんだ。ちゃんと理由があったんですね……」

「本人に訊いたら、ぼうっと僕を見てるだけでした。昔のことは実に鮮明に覚えてるんですが」

「しかしどうして、猫缶にこだわっておられたんですかね。京都の高齢者施設では九月三十日にはこだわっておられたけれど、缶詰にはそれほどだったようです」

「僕も猫缶のことをお袋から聞いたことないですね。お前はどうだ」左千夫が隣の容子を見る。

「私も聞いたことない。だいたいうちにも、施設にも猫なんていないし……昔食べさせたことがあるのかな」

「戦時中、猫缶なんてありませんし、ご結婚される前に猫を飼っていたんでしょうか」

昌司の言葉を、左千夫は首を振りながらそんなことがあったら一度くらい自分たちに言うのではないかと否定した。

「ひょっとしたらトロイメライかも」容子が一オクターブ高い声を出した。

「弓ヶ浜の休憩所で可愛がっていた白猫ですね」

「そうです。そこで猫缶を食べさせているのを、お義母さん見たんじゃないかしら」

「あっ、院内向けのＢＧＭ」今度は昌司の声が高くなる。

「ＢＧＭがどうされたんですか」

「癒やしの曲の中にトロイメライが入っているんです。だから倫子さんがお店にこられたときも、それが店内放送で流れていた可能性があります」

「音楽から、猫のトロイメライを連想したとおっしゃるんですか」左千夫が手にしたカップをソーサーに置いた音が響いた。

「あり得ることですよ。音楽って脳の中の記憶を刺激するみたいです。猫缶を食べているトロイメライが嬉しそうだったんでしょう。フミにも同じようにそれを食べさせたくなった。罪滅ぼしのつもりで。それなら全部繋がります」

「お袋の連想に小山田さんを巻き込んでしまったんですね」申しわけなさそうに左千夫の眉の両端が下がった。

「いいえ、連想力に感心してるくらいです。新しい試みも企画中ですし、何より新製品が生まれたんです。お陰でネーミングも思いつきました」

「ペットフードのですか」

「プレミアムフード缶・トロイメライシリーズってどうです？」

「猫や犬が食べて、美味しさにとろける感じが出てますよ」左千夫が笑った。

「ありがとうございます。自信を持って、本部に提案できます」昌司も自然に笑っていた。

14

前略　その節はお世話になりました。いま母は、不眠も解消され、体調も落ち着いています。認知症の方は一進一退という感じで、こちらが驚くほどいろいろなことを話す日もあれば、私のことすら分かっていないようなときもあります。

そんな中、この間の晴れた日に、小山田さんと写った写真を見て、何かをつぶやいていました。ところどころ分からない言葉があったのですが、お袋が感謝の気持ちを口にしているようだったので、そのままお伝えしたい、と筆を執りました。

店長の小山田さんだったか、女優の緑さんだったか、ご親切にしてもらいました。フミちゃんが、よーけ食べてえっとう喜んで喉を鳴らしとったんを、昨日のことのように覚えちょります。店長さんは、お優しい方で、フミちゃんのために、猫缶を持ってきてくださいました。もう怖い人もおらんようになりました。わたしも一緒になって喜んどります。たぇーがとーありました。

母は、その後写真に手を合わせておりました。その姿に、私も家内も、いい方と巡り合ったのだな、としみじみ思いました。お目にかかったときも申しましたが、伊豆方面のご旅行をされる際は、遠慮なく何なりとお申し付けください。

有り難うございました。キャメルマート京洛病院店の益々の発展と皆様のご健勝をお祈りいたしております。

まずは書面にて御礼申し上げます。

草々

棚岡左千夫

追伸

家内も娘も、らくだカード会員になりました！

今朝届いた手紙を昌司は読んでいた。倫子が伊豆の病院へ移って半月が過ぎようとしている。

ちょうど戸叶が、病院の事務長室から店の事務室へきてくれたのでその手紙を見せた。

「不眠が解消されたら、本人もうんと楽になるはずです。七十年以上澱《おり》のように脳内を漂っていたフミへの気持ちが、店長の猫缶で消えたんですよ、きっと」

「猫缶、か。不安もありますけどね」

「心配は、先駆けに付きもの」

「そうですよね。で、事務長の方はどうでした」

「老人医療関係の製薬会社と介護器具、さらにリハビリ装具のメーカーからスポンサーになってもいいという返事をもらったそうです。ただペットフード関係には声をかけてません」

「いま必死で本部を口説いてます。人も動物も食が重要だと訴えるために、トロイメライを提供するんだって」

「お願いします。八百万円以上の資金調達ができれば、すぐに別館の倉庫を改装して、アニマルセラピー室にしてもいいと承諾してくれました。一歩前進ってとこです」

「だんだんみえてきましたね。今回のこと、けっして無駄にはしません」昌司は高校球児時代によくやった胸の前で拳を握る格好をした。

「小山田店長？」緑が慌てた様子だ。

「何か？」

「いまワゴン販売から戻ったんですが、外科病棟の男性が『月刊特撮時代』の最終号を取り寄せてほしいとおっしゃるんです」

「インターネットで買えるのにうちに頼んでくれたんですね。取り寄せてあげてください」

「私もそう思ったんでタブレットでネット検索したんですよ」ところが男性が言う雑誌はとうの昔に廃刊していた。「似たような雑誌と勘違いされてるのかと思って、その方、鵜飼《うかい》さんとおっしゃるんですけれど確かめてみました」

「どうでした？」

「分かってるんだって。その最終号がどうしてもほしいんだと」鵜飼はいま寝たきりで動けないそうだ。

「廃刊はいつですか」

「それが二十四年も前なんです」

「そんなに前ですか」傍らの戸叶もびっくりした顔で昌司を見る。

「古書店サイトにはあったんですが、プレミアが付いてまして」

昌司は緑の表情から高額だと思い、「元の値段の二十倍くらいですか？」と尋ねた。

「元の値段が七百八十円だったんですが、いま十二万円にまでつり上がってます」

昌司は戸叶と同時に唸った。

「それでも鵜飼さんはほしいんですか」

「どうしても手に入れてほしいって懇願されてしまって」

「身内の方は？」

「誰にも入院していることを言ってないんだそうです」

「その方、幾つぐらいですか」

「うーん先生くらいでしょうか」

「五十五、六か」戸叶が続ける。「外科病棟の何号室ですか」

「五階の個室、五一一号です」

「特別室ですね。もしかして霧島先生の患者さんかな」

「心当たりがあるんですか」昌司は謎めいた患者に興味を抱いていた。院内店にきてから、患者の要望に新商品のヒントが隠れているという気持ちを強くしている。

「いや、ちょっといい加減なことは言えないんで」戸叶が口ごもった。

「私、鵜飼さんに面会してきます」

「ちょっと待ってください」戸叶が止めた。「私が、霧島先生と話してからにしてもらえないですか」と真顔だ。

「はあ、それはいいですけれど」

「そうしてください。いえ、その方がいい」思い詰めた顔の戸叶は、巨体ながら素早く事務室から院内の廊下へ出て行った。

閉まるドアを眺めながら、緑が昌司に言った。「何かあるんでしょうか」

第三話　熱きおまけ

1

十月の最終週、ようやく弁当類の売り上げが、他店並みに増えてきていた。病院内店は体育祭関係での利益が見込めないが、急な運動での怪我や、企業や団体が実施する健康診断を受ける人の来店数が増えるようだ。それは昌司がもらった本部からのPOSデータでも明らかだったし、若松からも聞いていた。加えて、昨年よりも数字がいいのは、戸叶のアニマルセラピーの参加者の激増に拠るところが大きい、と昌司は報告書に記した。

アニマルセラピーでは、高齢者向けセミナーと小児病棟の子供たちのふれあい教室を実施、セミナー受講の高齢者の元には子や孫たちが集い、ふれあい教室には学校の友達や両親、祖父母が参加し、こぞってお弁当や飲み物を買ってくれた。十月の半ばから毎週火曜と土日は、プチ運動会のような盛況ぶりだ。

高級猫缶も順調に売れていて、来月から京都はもちろん東京、名古屋、大阪の獣医師への試供品配布も始まる。その結果如何によっては、ペット専門誌や新聞でのプロモーションを開始する可能性も出てきた。

ただペットフードを高級化することに反発する社員もいる。ペットよりも人が食べる高級食材の開発が先ではないか、というものだ。以前、ちょい贅沢一品シリーズと題して、「欧風ハンバーグ」や「豚の角煮」、「和牛のしぐれ煮」などを販売し、赤字を出したことが大きく影響していた。もし人間で失敗した高級食品が、ペットで成功すれば、今後のマーケティングを見直さないといけなくなる。そのことへのとまどいが、一部の社員にはあるようだ。

彼らは、一時的に上手くいっても、一部のいびつな消費者による消費行動に過ぎないから、PB商品群に入れるのは危険だと主張している。

発案者の昌司へのメールには、言葉は穏やかながら、失敗したらその損失を誰が埋めるのか、とはやくも責任追及モードのものが数多くあった。

朝礼が終わって、それらを読むのはけっしていい一日のスタートではない。昌司は気分を変えようとデスクを離れて、店内へ移動した。

週初めから売り出している新商品「秋味スイーツ・ひとくちのキス」シリーズのエンドゴンドラをチェックした。院内店のエンドゴンドラは、レジの向かい側、お客さんがレジに並ぶとその背面にあった。入店すると最初に目に入り、目新しさで購買意欲をかき立てる。衝動買いを誘発するためにはレジ横か揚げ物ウインドウ前にも展開することがある。昌司は病人やその家族に、ことさら衝動買いをさせる気になれなかった。

それを緑に言うと、「入院している方やご家族は気持ちが重いからこそ、少しでも軽くなる商品とかお店の雰囲気が必要やないですか。そうなる商品なら衝動買いも、悪くないと思う」と答えた。

新PB商品の「秋味スイーツ・ひとくちのキス」はマロングラッセをはじめ、通常のケーキを三分の一の大きさにした洋なしのバターケーキや紅玉のタルトタタン、フランボワーズのクランブル。サイズはミニだが味は銀座の有名店のパティシエ監修の本格スイーツだ。小さいながら、多くを食べられない患者たちから、高級感が満足感につながってるようだ。上質の甘味は心配や不安で強ばっている心を癒やす、と言った緑の読み通り、売り出し直後から活発な動きを見せていた。

ドリンク剤のコーナーから霧島が近づいてきた。「ちょうど良かった。事務所に声をかけようと思っていたところです」

「いつも御世話になってます。私も先生に伺いたいことがあったんですよ。戸叶先生からお聞きではないですか」昌司は霧島をレジに誘導した。精算を済ませると、いつものように緑は商品とストローを差し出す。

「そうです。戸叶先生に鵜飼さんについて、キャメルマートの小山田さんから問い合わせがあったって聞いたもんですから」霧島はドリンク剤の蓋を開けてストローを差し込み、勢いよく吸い込んだ。

「やっぱり、鵜飼さんは先生の患者さんなんですね」

「そうですよ」酸っぱいものでも口にしたような顔つきをした。霧島の飲んだドリンク剤に酸味はない。

「鵜飼さんからリクエストがありまして」

「何を要求したんです？」

「雑誌です。ただすでに廃刊されたもので」入手しにくいものだと言った。

「時間がかかるんでしたら適当に誤魔化してください。まず読めないでしょうから」軽い口調の割には、霧島の表情が険しくなった。まさに苦虫をかみつぶしたような顔だ。

「読めないって、そんなにお悪いんですか」

「ええ、まあ。それ以上は言えません」霧島は店の壁にある時計を見上げたかと思うと、白衣の襟を直して出口へ向かった。

聞き耳を立てていた様子の緑が昌司を見て、小首をかしげた。「何か、妙な感じですね」

「いや、先生にしてはよく話してくれた方じゃないですか」

「そういえば、先生の方から話しかけてました」緑が無理に笑顔を見せたように思える。

昌司も、鵜飼を自分の患者だと認めたときの表情が引っかかっていた。話し方にも顔にも感情を出さない霧島らしくなかったからだ。

いつも疲れている感じで、言葉少なく、そんなクールさが外科医らしいと女の子たちには結構人気があった。

「西野さんから見て、鵜飼さんはどんな様子でした？」

「ベッドに横になっておられて、ニット帽を目深にかぶって、細面で優しい感じの方でした」

「霧島先生の言い方だと相当悪いようですが」

「そうは見えなかったですけど」

「特別室に行ったのはなぜですか」家族や付き添いの方からのリクエストがない限り、通常ワゴンは個室には入らない。

「外科病棟の四方《しかた》さんから声をかけられたんです」緑は外科病棟のベテラン看護師の名を出した。四方はワゴン販売を始めるにあたって病院側の窓口になってくれたと、若松から聞いている。「キャメルのワゴン販売は取り寄せもできるのかって訊かれて、できるって言ってしまったけど、いけなかったですか」

「それで例の雑誌か」

「その場で、調べればよかったんです。申しわけありません」

「そうじゃないんです。容態が芳しくないにもかかわらず、取り寄せてでも読みたいという雑誌に、私も興味が湧いてきたんです」

「そういう意味では私も調達してあげたいと強く思うほど、鵜飼さんはその雑誌を読みたそうでした。なのに、読めないから誤魔化せなんて。やっぱり冷たいですよ、霧島先生」

「会ってみます、鵜飼さんに」

昌司はエンドワゴンの商品陳列をタブレットのカメラ機能で写して、在庫を確認すると外科病棟へと赴いた。

外科病棟に入ると、昌司はいつも緊張する。どうしても手術というイメージが強く、身体のどこかしらに痛みが走る。むろんそんな気がするだけで、実際にいま痛い箇所があるわけではない。

原因は分かっている。高三の秋、野球部の引退式に相当する大会で、最後の花道として昌司はピッチャーで四番を任された。いくつかの大学と実業団のスカウトマンが球場にきているという噂に、いつも以上に力みがあった。ピッチャーとしての力量は自分が一番知っている。ならばバッターとしてバットコントロールの良さをアピールし、大学のスポーツ推薦枠にでも引っかかってくれないか、と思ったのが間違いだ。相手ピッチャーは、内角の高めのストレートを釣り玉にして三振を奪っていた。そしてまんまとその玉がきた。しめた、と力の限り腰を回転させた。

三塁線に大飛球のはずだった。しかし左手の甲でボールを受けていたのだ。もんどり打って倒れ、グラブのように腫れた手は第三から第五中手骨までを骨折していた。監督の車に乗って病院へ行き、緊急手術を受けた。痛みも忘れられないが、ボールに対する恐怖心はその後も消えず、昌司から野球選手としての夢を奪った。

消毒の匂いも、他の病棟と変わりないのに、外科病棟にくると思わず手の甲に意識がいってしまう。

結構、尾を引くな——。じっと手の甲に残った傷跡を見る。

エレベータが五階で止まり、ドアが開く。静まりかえった抗菌リノリウムの廊下を歩く自分の靴音がキュッキュッと響く。

スタッフステーションに看護師の四方海里《みさと》を訪ねる。奥の方から黒丸めがねでショートヘアの海里が、会釈しながらカウンターまで出てきてくれた。

鵜飼さんに注文された本のことで面会したいと言うと、「それは喜ばれると思う」とあっさり許可が出た。

「いいんですか。霧島先生からあまり容態がよくないと伺ってたんですが」拍子抜けして、尋ねた。

「霧島先生が、そんなふうに？」

「ええ。本、入手を依頼されたのは雑誌なんですけれど、それも読めないみたいな言い方でした。ここだけの話にしてください」昌司は急に声をひそめた。

「雑誌くらいは読めると思います。たぶん治療で疲れるからという意味なのかな」海里はトレードマークの丸めがねをサッと直した。

「そうでしたか。かなり手に入れにくい雑誌ですので、鵜飼さんにもうちょっとお話をきかないとならなくて。じゃあご本人に会ってきます」

「私もご一緒しましょう。その方がいいかも」海里が先に歩き出した。

海里は特別室まで行くと、ドアをノックして昌司の訪問を告げる。

「どうぞ」鵜飼の声は高音で張りがあった。

中に入るとすぐ左にミニキッチンがあり、その前に応接セット、さらに奥に電動ベッドが設置してあった。鵜飼は点滴につながれ、起こしたベッドに座っていた。緑の言った通りグレーのニット帽を瞼にかかるほど深くかぶっている。少し垂れ目で優しい顔は、初対面とは思えないほど人懐っこかった。

「突然、お邪魔してすみません」昌司が名刺を取り出し、鵜飼に近づく。

「いえいえ、お客さんは大歓迎です。ああ客は僕か。しかも無理なお願いをしてしまった変な客です」と鵜飼は口元をほころばせ、名刺を受け取った。その痩せた手が小刻みに震えている。歯を食いしばっているようだった。

「そのことでもう少し詳しい話をしたいと思いまして、伺いました」

「そこにかけてください」

「失礼します」昌司はベッドの横の椅子に座った。

海里はベッドサイドに立ち、モニターと輸液ポンプをチェックしながら、鵜飼の状態を観察している。彼の言葉に注意を払い表情を窺っているかに見えた。

「結論から申しますと、『月刊特撮時代』の最終号は入手困難でして」価格が十二万円にまで跳ね上がっているのだと言った。

「そんなにするんですか。知らなかったな……僕、ネットを見ないんで」

「マニア価格というんですかね」

「雑誌そのものが後発で、もうヒーローものにも陰りが出た頃だったのもあって、その最終号でもって廃刊しましたから」鵜飼の顔が沈んだ。

「その雑誌に思い入れがおありなんですね」

「ええ。どうしても……確かめめたい」鵜飼の目が鋭くなった。「構いません、十二万円出しますから、入手してもらえないですか」

「元値は七百八十円の雑誌ですよ」

「分かっています。どうしてもいまの僕には必要なものなんです」

「立ち入ったことを伺いますが、なぜお身内の方に入院のことをお話しにならないんですか」告げる人がいないのか、それとも告げられないのか。訊いていいのか迷ったが、確認せざるを得なかった。目の前の中年男性鵜飼は人がよさそうにしか見えないけれど、何か問題を抱えているのかもしれない。

「僕は十八歳のときに九州から家出同然で東京へ行ったんです。それっきり実家には帰ってません。いまさら入院したなんて……」

「ご結婚は？」

「二十年前に離婚しました」

「お子さんは」

「娘が一人。別れたとき五つでした。ただ妻とも娘とも会ってないんです」

「ご友人にも知らせてないんですか」

「友達……親友が……」鵜飼は目を閉じて黙ってしまった。

「鵜飼さん、鵜飼さん。大丈夫ですか」慌てて連呼した。人が意識を失うのを見るのは、もうごめんだ。

昌司が慌てているのに、傍らの海里はモニターに目をやり、「なんともないですから、大きな声を出さないでください」と注意した。

昌司は謝り、目を閉じたままの鵜飼を見つめる。

しばらくして鵜飼が口を開いた。「僕に頼れる人はいません。だからお願いです、店長さん。『月刊特撮時代』の最終号を手に入れてください」

「本当に、いいんですね」

ドアが開く音がして昌司が顔を向けた。ノックもせず入ってきたのは霧島だった。「小山田さん、こんなところまで何です？」いつもより険しい顔だ。

「注文された雑誌のことで確認を」昌司は慌てて言った。

「そのことは話しましたよね」霧島の鋭い目が昌司に刺さる。

「それは、そうですが」

誤魔化せと言われたが、雑誌が読めないほど鵜飼の容態は悪いとは見えない。「ぜひとも入手してほしいということで、再度注文を頂きました」

「ちょっと小山田さん、外へ」霧島は目だけで入り口を指した。

「先生、僕が無理を言ったまでだ」鵜飼の言葉が昌司と霧島の間に割って入ろうとした。

「いいから」と鵜飼を一瞥すると、霧島は白衣をひるがえして廊下に出た。

昌司は鵜飼に会釈して出口に向かう。

廊下に出ると、壁際に腕組みした仁王立ちの霧島がいた。

2

昌司はスタッフステーションの隣にあるカンファレンスルームに通され、医師と患者のような位置関係で椅子に座らされた。

霧島は思案顔で何も言わない。

居心地の悪さに、昌司が口を開いた。「先生、何か問題でもあったのでしょうか」

「問題は大いにあります。まず患者への面会は私を通してほしい」

「すみません」迷惑がかかるから、海里に許しを得たとは言えない。

「病室に四方くんがいましたから、彼女にも責任がありますがね」

「私が雑誌の件で話したい、と言ったからです」理由にならないと思ったが、何か言わないと海里が責められてしまう。

「第二に、彼は治療で疲労困憊なんです。本来なら面会謝絶にしたいほどだ」

「そんなに」

「ええ。だからわざわざ患者の個人情報に関わることをあなたに伝えに行ったんです」

「ですが、雑誌も読めないようには見えませんでした」

「容態に波があるだけなんです」

「そうだったんですか。軽率でした」

「分かってもらえれば結構です。とにかく彼がいま話せる状態なのが、極めて不思議なほどだとだけ申し上げておきます」

「それなら、なおさら望み通り……」と言う昌司の言葉の途中で霧島が立ち上がった。

「もし患者のことを思うのでしたら、余計な出費をさせないでください」と、出口を手のひらで指し示した。

昌司はもう一度詫びの言葉を口にして、カンファレンスルームを出た。

事務所に戻る途中、もやもやした気持ちを消し去ることができなかった。どうしても鵜飼がそれほど重篤な患者に見えないし、もし、本来は話せないほどの容態ならば希望を叶えてやることが悪いとは思えない。

そんなことを考えながら歩いていると、知らず知らず戸叶のいる内科病棟に足が向いていた。

戸叶がよくつめている部屋へ行くとあいにく院内診察中の札がかかっている。

病棟を見て回り、伸子、いや倫子のときに顔見知りになった看護師、斉田理砂《さいたりさ》の姿を見つけた。「戸叶先生の診察ですが、まだかかりそうですか」と尋ねる。

「画像診断検査ですから、そうですね三十分くらいで終わると思います。急用でしたら、お伝えしますよ」

「ありがとうございます。でも急ぎじゃないんで」

「よろしいんですか」

「ええ、本当に結構です。あっそうだ、アニマルセラピーの成果はいかがですか」

「動物好きの高齢者には効果てきめんです。遊びたがるワンちゃんにつられて、車椅子から立ち上がろうとされるんですよ。やる気になってもらっただけでも表情が明るくなりますしね」理砂が八重歯を見せた。細身で長身の理砂が戸叶と並んだ姿を何度か目にしたけれど、そのコントラストは微笑ましい。

「もう一つ、やること手帳の評判は落ちてないですか。この際ですからご要望をどしどし申し付けください」

「いまのところ患者さんもスタッフからも不満は聞いてませんね。痛みや気分をスタンプだけで記録できるのは喜ばれてます。リハビリだけじゃなく鎮痛剤のタイミングとか量を決める判断材料にされているドクターもいらっしゃいます。重宝されていると思いますよ」

痛みを五段階のカエルくんの動きで表現したスタンプを新たに制作した。通常感じる程度のものを平常のカエルくん、耐えられない痛みを雷に打たれたカエルくん、その間の痛みを、人間に踏まれる、柳に飛び跳ね着地失敗して地面に激突、仲間のカエルとごっつんこで分けるのだ。これは健康セミナーでも人気で、偏頭痛を持つ女性に評判がよかった。日々痛みの度合いを書き込んでいくことで、傾向や周期を見えるようにすることは治療の第一歩だ。

「それは嬉しいですね」

「私たちもびっくりしてるんです。スタンプを押すということで、やる気って起こるもんなんだなって」

「そうですね。私も、小さな目標の達成の積み重ねで生きてるようなところがあります」鵜飼の真剣な顔が頭に浮かぶ。「あのちょっと教えて欲しいんですが」

「はあ、何でしょう」

「ワゴン販売で病室を回っていて、重篤な病気の方から雑誌の注文を受けたんです。その望みを聞いてあげることで気力が出ると思うんですが、医師がそれを許さない場合、どんな理由があると思われますか」

「まず感染症の心配がある場合が考えられます。極力外部との接触を避けたいですから。多くの人の手に触れた雑誌は危険です」

「古本なんか、もってのほかですか」

「論外ですよ」

「なるほど、そうでしたか」

「感染症以外にも、いくらご本人の希望とはいえ雑誌の内容によっては、精神的なダメージを受けると判断した場合、やっぱり控えてくれとおっしゃるはずです」

「ありがとうございます。お時間とってすみませんでした」

「いいえ。ワゴンでも雑誌や本のリクエストができるようになったんですか」

「〝お買い物が楽だ〟のキャメルマートですから」昌司は笑顔で言った。

戸叶とは会えないまま店に戻った昌司は、消費期限間近の商品をチェックして、廃棄ロス見込みを数値化する作業をした。

猛暑だったのが嘘のように、ここ最近は気温が下がっている。そのためおでんの具を増やしたのがいけなかった。通常の店では三月に終了するおでんの再開はお盆過ぎだが、院内店はオフィスビル店同様一年中販売していた。冷房で冷えた身体を温めたいお客さんが多いからだ。ただしいくら気象と相談しながら具材の種類や量を調整していても、思惑が外れることがある。

具は五時間で交換、出汁は八時間ごとに総入れ替えをするため、売れ残るとスタッフのまかないとして食べてもらうしかない。それぞれ丼にしたりうどんを入れたりして工夫するけれど、毎日のようになっている状況ではスタッフに頼みづらかった。

夕刻、緑がレトルトカレーに舞茸と牛蒡天、すじ肉をトッピングした特製カレーを作って食べていたのを見て、昌司も真似ることにした。

「鵜飼さん、どうでした？」緑が訊いてきた。

昌司が廃棄カツ弁当におでんの具を載せ、カレーをかけ終わるのを待っていたようだ。

「うん、十二万円を出してでも取り寄せて欲しいって言ってます」

「わあ、よほど読みたいんですね」緑がスプーンを止めて声を上げる。

「だと思う。二十四年前の古い雑誌だから、状態だって分からないのにね」

「ネットで見る限り、ビニールで丁寧に包装されてましたから、ボロボロという感じではなかったですけど、中身は分かりません」

「経年劣化はするし、十二万円を払う気に、私はなれないな」

「特撮ものの専門誌に何か思い出があるんですかね、怪獣とか、ヒーローとかに」

「年齢をきちんと確かめたわけじゃないけど、五十代には違いない。だとすると二十四年前は二十代後半、特撮ものに夢中になる歳かな」昌司は舞茸をほおばった。出汁が染みて、インドカレーのレトルトなのに口の中で和風カレーになっていた。思わず「旨い」と唸った。

「折衷カレー、美味しいですよね。紀田さんに言ってみようかな」

「いいかもしれないね」麻里ならいろんな折衷カレーを作りそうだ。

「特撮マニアとかオタクなら、十分あり得ますよ。うちの旦那の友達にも何十万とゴジラのフィギュアにつぎ込んでる人がいます。もう四十前なのに」一時期、緑の夫も感化され大きなモスラの模型を買ったことがあった。「おもちゃに十万ですよ、ほんまにもう」とため息をつく。

「マニアか、オタクか」

「本人は何と？」

「詳しい話を聞こうとしたら、霧島先生がきて」カンファレンスルームで霧島から言われたことを緑に告げた。

「この間もそうですけど、霧島先生のおっしゃってることどこか変です。理解できないんです、私には」

「私もですよ。病人を励ますことになるなら、どんなことでもやってみるべきなのに」

「そうですよね。読めないから誤魔化せって」緑がふくれた。「いったいどういうことなのか、誰かに訊けないですか」

「戸叶先生に訊こうと思って訪ねたんだけど、検査でいなかった」

「四方さんなら何か知ってるかも」

「たぶん、勝手に面会を許可したって、叱られてるだろうな」

「四方さんは鵜飼さんを一番近くで看護してるんですよね。その人が話をしてもいいと言ったんなら、霧島先生が言うように本も読めないほどの容態とは思えない」まだふくれっ面のまま緑が言った。

「それどころか本人が喜ぶって言ったんですよ、四方さんは」あのときの海里の目は微笑んでいた。眼鏡の奥に患者を慮る優しさを昌司は感じた。

「やっぱりおかしい。それに面会するにもこれからは霧島先生の許可がいるってことですね」

「四方さんに迷惑がかかるからね」

「ワゴン販売も、ですか」

「あっそうか。定期的に運ぶものができればメモのやり取りくらい可能だ」あらかじめ、海里には断っておこう。

「定期ものといえば……乳酸飲料ですか」

「もしくは新聞」

　若松が店長のとき、『福島民報』を取り寄せていた。東日本大震災での原子力発電所の事故に伴い、避難してきた方が入院した。その患者から「病気をして心細くなり、故郷に帰りたくなった」「地元の様子を知りたい」という声が出たからだ。一日から二日遅れにはなるが、新聞を病室までワゴンで届けていた。利益などない上に、手間がかかると平から即刻やめるよう指導されたけれど彼はやめなかった。目を細めて新聞を読む患者さんが、目に見えて元気になっていったからだと若松は主張した。昌司はさんざん迷ったけれど、いまも新聞の提供は継続している。

「ああ新聞、なるほどそうですね」

「雑誌の件で面会していると勘ぐられても嫌だから、届けるのは石毛さんに頼んでみてはどうだろう」

「彼女なら機転も利きますしね」

「よし、早速明日から動いてもらおう」

「雑誌は入手していいですか」緑は昌司の顔色を窺うように訊いてきた。

「ええ。お金は何とかします」十二万円を立て替えるのは痛いけれど。昌司は無理に笑顔を作った。

3

朝早く顔を見せた戸叶が、折角訪ねてくれたのにと昌司に詫びた。

「こちらこそ、すみませんでした」昌司は霧島とのことを話し、何とも言えない気分だったから戸叶に聞いてほしくて訪問したのだと説明した。

「そうですか。霧島先生が雑誌はダメだとね」

「感染症の心配があるからじゃないかって、斉田さんは言ってました」

「感染症の心配があるなら、四方さんははじめから小山田さんに面会を許しませんよ」

「もう一つ、内容が鵜飼さんによくないからという理由も挙げてました」昌司は理砂の言葉を思い出しながら話した。

「それは分かります。だけど特撮ものなら子供だって読むでしょう。大の大人が刺激されるほどの内容とも思えない」

「反対する理由がないなら……なぜ」

「霧島先生はなかなか人となりが分かりづらい方です。看護師の間では冷たい印象があるんでしょう。オペマシンなんて呼ばれてますけど、彼女らの方がよく知っているかもしれません。いずれにせよ、この病院では一目置かれた医師です」

その日のお昼、石毛茉麻が出勤してきた。今日はレジではなくワゴン販売に振り分けることを伝え、同時に鵜飼の話をした。

「ミッション・インポッシブルみたいですね」と茉麻は嬉しそうに言った。

「鵜飼さんの病室に入る前に必ず四方さんに話をしてください」

「四方さんはよく知ってます」

「ではお願いします。ただ無理はしないでください」昌司はハガキ大のメモ用紙を茉麻に手渡した。

メモには、こう書いた。『鵜飼さん　あなたの要望に応えるべく現在鋭意準備しています。あなたの病状を心配されて、私が面会することが叶わないので、メモでのやり取りをさせてください。京都新聞が読みたい、ということにしてもらって、毎日ワゴン販売の石毛さんに伝書係を務めてもらいます。キャメル店長、小山田』

茉麻を送り出してから、あまり仕事に身が入らなかった。企みが霧島にバレれば、誰も鵜飼の病室には出入りさせてもらえなくなる。鵜飼の望みを叶えることができないだけではなく、首謀者の昌司の立場が危ない。病院側から本部へ苦情が行き、平が飛んでくる。本部に戻るどころか、さらに遠方へ左遷されるにちがいない。想像は悪い方向に広がっていった。

晃昌を中学、高校、大学と進学させなければならないのに――。

二時間ほど経った午後四時、茉麻が事務所に戻ってきた。

「石毛さん、どうでした？」茉麻をデスクの前へ呼び込む。

「病室には入れませんでした」

「そうですか」昌司が大きく息を吐く。

「事情を四方さんに話したら、メモの中身を見ていいかって訊かれたんです。構わないって言ったんですがよかったですか」

「ああ、問題ないです」

「よかった。それで四方さんが預かると」

「渡してくれるんですね?」

「ええ、こっそり渡すと言ってくれました」

「彼女なら何とかしてくれるな」

「新聞を盾にしなくても、自分がメモの橋渡しくらいするとも言ってくれました」

「それは助かる」

「鵜飼さん、昨夜からあまりよくないそうです」詳しく言わないが、食事が喉を通らないと四方が教えてくれたという。「それと鵜飼さんは昔、俳優をしていたって、本人から聞いたことがあるんだそうです」

「ああ俳優か。じゃあ、本人が特撮ヒーローものに出てたのかな」

「私もそう思いました。『月刊特撮時代』に若き日の鵜飼さんが載っているんですよ、きっと」茉麻が目を輝かせた。

「昔の雄姿がそこにあるんだ。やっぱり自分を元気づけたいんだ」

「病気のときって弱気になりますもん」風疹に罹ったとき、あまりの熱と怠さに死ぬかもしれないと思ったことがあると茉麻は言った。「風疹ぐらいで、そんな気持ちになったんですから」

「手に入れて、ぜひ彼に渡したい」という思いが強まるのと比例して、霧島が反対する理由が知りたくなった。

雑誌の代金の振り込みを確認できれば古書店はすぐ発送手続きに入ると、緑が言っていた。昌司は十二万円を店内のATMで引き出す。最近大きな音を立てる洗濯機かエアコンの買い換えに当てるはずのお金だ。


午後五時過ぎ、動きのあったスイーツ類のフェイスアップ作業のチェックを済ませ、昌司は内科病棟の理砂を訪ねた。日勤が終わる時刻にはスタッフステーションにいると、戸叶から聞いていた。

「小山田さん、先生からお話は聞いてます。でもここではなんですので」詰め所から出てきた理砂はすでに着替えを済ませていた。昨日会ったときとはすっかり雰囲気が違い、肩までの髪をなびかせ、女性誌の表紙を飾るモデルのようだ。目線もハイヒールのせいもあって昌司と同じ高さだった。

「中庭に行きましょう」

中庭は平とのやり取りを思い出して気分はよくないけれど、誰にも話を聞かれる心配はないし、何より店が見えるのが好都合だった。

「すみません、今晩夜勤ですよね」京洛病院は三交代制だと聞いている。日勤の後は帰宅して仮眠を取り、再び午後十一時半に深夜勤につくはずだ。「短時間で済ませます」とベンチに座った。

平のときと同じ場所だが、違うのは秋めいている木々の色だ。

理砂がスカートの裾を引っ張りベンチに腰かける。「あくまで噂レベルの話だと思って聞いてください」

「分かってます。昨日言った通り、私は鵜飼さんという患者を元気づけたいと思っています。感染症が心配なのなら雑誌も渡す前に、丹念に消毒するつもりです」

「戸叶先生もおっしゃっていたと思いますが、感染症の危険が理由だったら四方さんがワゴン販売の方や小山田さんを病室には入れないですね。だから別の理由が」理砂が言葉を切った。

「別の何か？」

「鵜飼さんのことではなく、霧島先生のチームには……」理砂が言いにくそうにうつむく。

「先生個人ではなく、チームで噂になっていることがあるんですか」

「霧島先生は通常のオペでもカリスマ外科医と称される、確かなオペ技術をお持ちの医師ですけれど、最近はロボットオペの分野でも評判になってます。だから研修医はもちろんのこと、外科医は皆心酔していて、先生のチームに入りたくて躍起になってる。そんな状態であることを頭に置いてください」

「多くの外科医から慕われているってことですか」

「墓うというのも少し違うかも。よくは分かりません。ただ外科医にとって絶対者なんです。いえ、内科医にもその傾向が広まりつつあるんです」

「戸叶先生はそんなこと言ってなかったですが」

「先生の場合は、老年医療ですから立場が違います。余命宣告はされません」

「余命宣告……」テレビドラマで余命宣告されるシーンを観るたび、自分ならどうするだろうと考える。咲美や晃昌のことを考えると胸が苦しくなることさえあった。

「霧島先生はこれまで余命宣告をして、その誤差が十日を上回ったことがないんだそうです」

「つまり先生の見立て通りに亡くなるということですか」

「ええ、そして誤差が十日間もないってことです」

「どう解釈すればいいんでしょうか」死の宣告が十日とずれない。死神を想起させ、背筋が寒くなってきた。咲美が送ってくれたジレを着ておいてよかった。

「医師の力量は、あらゆる患者のデータ、年齢や体力、疾病の種類とかダメージの度合いを総合的に判断して寿命を的確に見極めることだっていうのは、新人医師の研修でも強調されていることとです。それができないと医療費の無駄に繋がるし、患者の人生の総括もさせてあげられないと」

「よく分かりませんが、つまり治る見込みみたいなことをおっしゃってるんですか」

「手を尽くしても寿命がある。それに合わせた医療をすべきだということとです。勘違いしないでください、医師としての技術や知識を最大限駆使することが前提で、何もしないということではありません」

「その割り切り方が、オペマシンだと言わせてしまうんでしょうか」

「実は霧島チームの医師は競って寿命を言い当てる……ゲームみたいなことをさせられていて……」

「人の命でゲーム」自分で言って、その言葉の響きに昌司は怖くなった。

「これは四方さんから聞いたんですが、賭けをされているんです」理砂が慌てて立ち上がった。「これくらいでいいですか」

「ええ、お疲れのところどうもありがとうございます」

「本当にここだけの話にしてください。では失礼します」と理砂はハンドバッグを肩にかけ、中庭を突っ切って歩道に出ていった。

断片的に見えてくる霧島という医師は、善なのか悪なのか昌司には判断できなかった。

ぼうっと店の入り口を眺めていると、頭上の外灯が点いた。

事務所に戻ろうとしたとき、店の自動ドアが開いて中から茉麻が駆けてきた。

「店長、いま四方さんがこれを」茉麻の手には一枚の紙片があった。

受け取るとそれは「やること手帳」を一枚切り取り二つ折りにしたものだった。

「私が、四方さんに返事はこれにって、ボールペンを添えて渡しておいたんです」

「返信用の紙のことまで、頭が回らなかったよ。ありがとう」礼を言って、紙片を開く。

店長のご配慮痛み入ります。

月刊特撮時代で青春時代のたぎる心を思い出したいんです。

よろしくお願いします。

鵜飼忠士《ただし》

ボールペンなのに濃淡がはっきり分かる文字が、すべて震えていた。

「それだけ書くのに十分くらいかかったってご本人が苦笑してたって」と四方から聞いたと茉麻が言った。「やっぱり青春時代の思い出が詰まってるんですね。でも芸名を書いてくれたらネットで調べるのに」名前を見た後すぐにスマホで鵜飼忠士を検索したが、ヒットしなかったと茉麻が唇を尖らせた。

「ヒットしなかったか」昌司はやること手帳を出して、手紙を書いた。

鵜飼さんの青春時代のこと、教えて下さい。実はいま鵜飼さんが雑誌を読むのは負担になると、購入に反対されています。元気の素になることを理由に、医師を説得したいと思いますので。

昌司は書き終えると手帳を破り、二つ折りにして茉麻に託した。

4

茉麻が海里にメモを渡して二日が経った。しかし鵜飼からの返事はない。心配していると、海里が店を訪れた。

「鵜飼さんの調子が悪くて、メモは渡せてません。体調が戻ったときに渡します」

「え、そんなに？」

「少し朦朧とされてて、読める状態ではないんです」下手に手渡してメモが霧島の目にとまるとよくないと判断したという。

海里が事務所を出ると、宅配便の荷物を受け取った緑が昌司のデスクにやってきた。

「ついに届きました」嬉しそうな緑が分厚い小包を胸に抱いている。

「検品しましょう」昌司は包みを受け取り、ガムテープをはがす。段ボールからはビニールのクッション材にグルグル巻きにされたA４判のムック本が出てきた。

クッション材を慎重にほどき、やっと『月刊特撮時代』が現れた。橙色に白抜きゴシック体のタイトルと、見たことのない特撮ヒーローではあったけれどメタルのスーツに身を包んだ格闘ポーズの表紙は、昌司を少年時代に戻してくれた。

晃昌と同じ年齢の頃、必ず正義は勝つと信じていた。そしてテレビの中のヒーローは悪を倒すためにどんな酷い目に遭わされても、諦めずに戦い続けるのだ。勧善懲悪をマンネリだという大人がいたが、当時はそんな風に感じたことはない。むしろ決まった時間帯に繰り広げられる必殺技を心待ちにしていた。ごく希に、必殺技が効かない怪人が登場すると、不安に駆られドキドキさせられた。最後に、新しく編み出した技が炸裂すると興奮は頂点に達する。

そんなことを思い出しながらページを繰る『月刊特撮時代』は、前半は懐かしいものだが後半に掲載されたヒーローのほとんどが、昌司には馴染みがなかった。それもそのはずだ、二十四年前、昌司は高校三年生、特撮ものに熱中する年齢ではない。

「西野さんはこのヒーロー知ってる？」雑誌の表紙を指さした。緑なら九つだったはずだ。

「何となく覚えてます。昆虫がモチーフなんです。真ん中のヒーローの頭、甲虫みたいでしょ」

「甲虫のメタルヒーローか。私がよく観たのは宇宙刑事シリーズだなあ」

「宇宙刑事。それは私、知らないです」

「世代によってヒーローも違うか」

「鵜飼さんてお歳は戸叶先生くらいなんでしょう。二十四年前だともう三十歳くらいかな。かけがえのないものなのでしょうね」

「いまの鵜飼さんとは顔つきも違うだろうけれど、似た人はいない。扮装してるのかな」昌司は再度雑誌の写真のページを繰った。

「名前はどうですか」

「見出しにはないようですね。監督、脚本、スタッフすべての名前があるから探してみます」

細かい印字が並んでいるため、読み飛ばさないよう物差しをあてがって一行ずつ名前を読む。作業は、百三十ページ強の本なのに小一時間の時間を要した。

疲れた目をほぐすために目薬を差していると、バックヤードの検品から戻った緑が、コーヒーを運んできてくれた。「どうでした？」

「名前は見当たらないですね。やはり芸名を使ってたんだろうか」

「店長にも、いえ若松さんにも鵜飼忠士の名前に心当たりがないかメールで伺ったんですけど、ご存じなかったです」

「若松さんは映像関係に詳しいからね。そうですか若松さんも知らない」

「でもこんなことを」と緑はスマートフォンを取り出した。「そのまま読みます。『特撮ヒーローものに出演してるのは俳優よりもアクション担当のスタッフの方が多いですよ。時代劇の殺陣を担当していた大野剣友会の方たちも仮面ライダーの擬闘で活躍してます』」

「仮面ライダー、か。昔は凄かったらしい。平成になってもシリーズが続いてるし、うちの子も観ているよ。時代劇の殺陣は、現代劇では擬闘っていうのか」

「擬闘って、初めて知りました。千葉真一のジャパンアクションクラブも有名ですね。真田広之もそこの出身者じゃなかったかな」

昌司は再度名前を見直した。「やっぱりない。その人たちもスタッフにクレジットされてるけど見当たらないということは、芸名ってことか、もしくはこの雑誌には鵜飼さんは載ってないってことになります」

「この最終号は、この出版社が出した最後の雑誌でもあるんですが、特別にマニアが喜ぶ内容なんだそうです」

「特別、つまりこの号だけに取り上げられている記事があるということ？」

「ネットで騒がれていた番組があるんです」緑がスマホを操作して言った。「ええっと、『仮面の戦士バルカン』という番組です」

「仮面の戦士バルカン、聞いたことはあるけど、よく知らないな」

「三十年前に二十三話放送予定だったんですが、十九話で打ち切られたんだそうです。ネットではメインの俳優が暴力事件を起こしたからだと書いてありました」

「三十年前、そうか、雑誌は二十四年前のものでも取り上げている番組はもっと前か。それなら鵜飼さんも二十歳くらいですね」

「十分、青春です」緑がえくぼを作った。

「ちょっと待って」昌司は目次から仮面の戦士バルカンを探す。そこにバルカンの名前を見つけて声を出した。「ああ、なんだ、聞いたことがあると思ったのは、これで見てたからだ」

バルカンの掲載ページを開く。メタルボディに紅蓮の炎をかたどったマスクを付け、両手に大小の真っ赤なライトサーベルを持っていた。映画の宮本武蔵が見せる二刀流の構えに似ていると思った。

未来的なコンバットスーツに時代劇的な雰囲気を漂わせているのは、若松の言うところの剣友会がアクションを担っているからかもしれない。

「ヒーローの名前片桐右京《かたぎりうきょう》、俳優は大宮司直也《だいぐうじなおや》ってあるね」直也の顔をよく見たけれど、やはり忠士とは似ていない。

「そのバルカン以外の番組は、他の号でも取り上げてるそうですし、別の雑誌でも特集を組んだりしてるんだそうです。ですがバルカンを載せたのはこの最終号のみなんです。だから値段がつり上がってるんですよ」緑がネットで調べたことを思い出しながら話す。

「わざわざ十二万円も出して買うとなれば、バルカンが目的の可能性が高いということか」昌司はつぶやきながら赤いヒーローの顔を見る。

「大宮司直也の所在を調べてみます」

緑がネット検索している間、バルカンに割かれた十二ページのすべての写真を観察してみた。悪の組織である魔道が世界征服のために選んだ手段は、バイオテクノロジーによる人間を殺害するウィルスや細菌兵器だ。それをばらまくのがいわゆる魔道怪人たちで、何かしらの生物を遺伝子レベルで変異させた遺伝子操作人間だと書いてあった。その怪人たちにちなんだウィルスや細菌を体内で培養して、人の多く集まる場所で吐き出す。それを察知して阻止する仮面の戦士バルカンとの攻防が繰り広げられる。

等身大ヒーローものには付きもののバイクだが、バルカンはそれそのものが変身装置となるようだ。レッドファイヤーと名付けられたバイクには、右京の使命エナジーがマックスになったときにのみファイヤーセルモーターが回転してレッドスパークを発現、その強大な炎によってバルカンとなれるという。

昌司がかつて観てきたヒーローの常識が脈々と受け継がれていると感じた。さらに、解説の記述に懐かしさを覚えた。

昨今悪人にも共感できるような特撮ヒーローものばかりで、絶対的な正義を前面に打ち出した番組が少なくなった。しかしバルカンは原点回帰、葛藤するのはヒーローだけで、魔怪人の人間性は排除し、悪は必ず滅びる勧善懲悪を目指した作品。悲しいかなシンプルな構造が、現代っ子には受け入れられず、視聴率も伸び悩んでいた。

「古いのかな勧善懲悪」

「はい？」緑がスマホから顔を上げた。

「いや、解説に勧善懲悪だから視聴率が振るわなかったってあるから」

「ネットにもそうありますね。かなり苦戦していたみたいです」

「その挙げ句、右京役の大宮司直也が暴力事件を起こしたと報道され、十九話で強制的に打ち切られたって、雑誌にも書いてある」ビデオやDVDなどにならないのも事件が原因だとあり、それだけにマニアの間では伝説化されているという。

「その暴力事件も絡まれていた女性を助けたんだけど、相手が怪我しちゃったから大ごとになったようです。大宮司さんは悪くないのにとコメントしてるファンが多かったです」

「正義も行きすぎるとダメだってことか。まあ子供向けのヒーローものだから、いかなる理由があろうと見過ごすわけにはいかなかったんだろう」

「いまざっと調べた結果ですが、大宮司さんはバルカンが打ち切りになってから行方が分からなくなったようです。生意気で一匹狼的な性格だったこともあって、特に親しい友人や共演者もいないみたいです。ヒーローものの特集では、俳優の苦労話とかアクションのエピソードなんかを掲載するんですが、本人への取材ができないこともあって、雑誌に取り上げられなかったんだそうですよ。どうしてこの雑誌に掲載されたかといいますと、大宮司さんの代わりに毛利修平《もうりしゅうへい》というバルカンのスーツアクターがインタビューに応じたからなんですって」

「仮面の中の人、ああこれだ」昌司が指したのは、直也がコンバットスーツから顔を出した男性と並んだ写真だ。二人は背丈やスタイルだけでなく、どことなく顔つきも似ていた。そのすぐ後にインタビュー記事がある。

『そりゃ監督やスタッフとしょっちゅうやり合ってたから、疎まれることもあったけど、それはみんな彼の役者魂からきたものさ。ある意味彼の方が正論だったんだ。僕にとってはまさに分身みたいなもの。偶然なんだが彼も僕も合気拳法をやっていたことがあって、擬闘についても根っこが一緒なんだ。合気っていうのは相手の気持ちを読む武術でね。直也の考えていたこと、やろうとしていたことまで僕には分かる。バルカンをこう演じて欲しいんだろうなってビシビシ伝わるんだ。だから変身前と変身後、まったく違和感がない。もの凄くコアなファン、マニアの方はそこを分かってくれているんだと思いますよ。実は去年の暮れ、直也と話したんだ。会社（有限会社ＭＡＣ）に電話があった。この雑誌でバルカンが取り上げられるから連絡先を教えろって言ったんだけどね……逃げられちまった。今度連絡があったら、絶対に引きずり出してみせますよ、分身としてね（笑）』バルカンを演じた当時毛利修平は二十三歳で、直也と同い年だと書いてあった。バルカンの放映から五年後には直也の居場所が分からなくなっていたようだ。

「直也は有限会社ＭＡＣに所属していたのかな」

「いいえ、劇団新芸の俳優でした。この事件で退団してますけど」

「退団して、二十年前にはもう行方が分からないってことですね。鵜飼さんがこの大宮司直也なんだろうか」

「写真では分かりませんね。ええっと、毛利さんになら連絡つきそうですよ」ＭＡＣ、つまり毛利アクションクラブは毛利修平さんのお父さん毛利泰造さんが作った会社で、現在は修平さんが社長だと緑が言った。

「そうですか。とにかく雑誌が手に入ったんだから、なんとか届けてあげましょう」

いまは鵜飼の容態が回復するのを待つしかない。

5

昌司は若松と京都駅前の居酒屋で会っていた。

若松の事実上の降格人事がずっと気になっていて、一度きちんと話したいと思っていたのだ。

お造りと鶏串、それぞれの盛り合わせを前にして熱燗三本が空いた頃、ようやく昌司は本題に入った。

「お辛くないですか」

「実は、上手くいってません。何が辛いってやることがない、仕事を与えられないことほど精神的にきついことはありません」アルバイトのシフト管理はパソコンで行い、商品の回収や補充はルーティーンだから学生バイトで十分できる。レジも応援程度で、テイクアウト商品の調理も補助でしかないのだという。「すみません、つい愚痴が出てしまって。そんなことを言うためにお誘いしたんじゃないんですよ。西野さんと、鵜飼さんのことでメールのやり取りをしていて、院内店が懐かしくなってしまって」

「私でよければ、愚痴でも不満でも伺いますよ。いまひしひしと感じています。若松さんは、京洛病院店になくてはならない人だったんだと」照れくささを隠すために昌司は刺身を口に運んだ。

「嬉しいです、そう言っていただけるだけで」若松が昌司のお猪口に新しい酒を注ぎながら言った。「それで、例の特撮ものの雑誌が手に入ったんですね」

「その話も出るだろうと思って持ってきました」二十四年前の雑誌だから傷めないよう厳重にしまっていたクッション入り封筒を取り出し、そのまま若松に渡す。

「状態がいいですね」雑誌を見て若松が感心したように言った。

「十二万円ですから」

「なるほど、マニア垂涎といったところですかね」ゆっくりページを開く。

「好きな人には堪らないんでしょうけど、私には十二万円なんて考えられません」

「でも気持ちは分かるでしょう？」

「そりゃあ巨人時代、松井が使っていたバットなら、十万円くらいは出すでしょうね。そうか、そう考えると馬鹿げているとも言えないか」

「それぞれだから、面白いんですよ。私の子供の頃は仮面ライダーのブームでしてね。みんな熱狂的なライダーファンでした。その中で私は銭形平次の真似をしていたんですから」

「仮面ライダーといえばライダースナック事件というのを聞いたことがあるんですけど、どんな感じだったんですか」おまけのために二十円のスナック菓子を買っては食べずに捨てる子供がいるとＰＴＡが問題視したと聞いている。四十五年前の二十円は、いまなら二百円くらいか。

「私の学区でも大問題になりました。おまけは仮面ライダーや怪人の写真で裏にプロフィールが載っているだけのカードです。一種のブロマイドですね」

「プロ野球カードみたいなもの？」

「そうですが、写真そのものの出来はよくなかったですよ。しっかりポーズが決まっているものばかりでもなかったし、駐めたバイクにライダーが跨がっているだけで躍動感のないものもあったと記憶しています。それでも夢中になりました。カードには通し番号が打たれてるんですよ。だから、いきなり五十番なんてカードをもらうと少なくとも五十種類はあるんだって分かる。コレクション意欲をそそるんです」

「それで袋からカードだけを抜き取って、お菓子はそのまま捨てたんですね」

「いえスナックの袋に同封されていたんではないんです。お菓子を買うと、駄菓子屋さんのおばちゃんが袋に入ったカードを一枚くれるんです。だから封を切らずに捨てちゃう子がいた。もったいない話です」

「よほどカードが欲しいんだ」

「袋を開くとき、歓声と落胆の声がそこら中で上がってました。いま五十なんて数を言いましたが、実際は五百四十種類以上だったそうですから、全部の種類を集めるなんて無理な話です」

「えっそんなに。まともに集めてては、確かにお菓子を幾ら食べても追っつかない」

「過熱の要因は他にもあります。レアカードとして、ラッキーカードというのがあって、それをメーカーに送るとカードを収納できるアルバムがもらえるんです」

「蒐集意欲をさらにアップさせますね」

「そんな風にして集めたカードですから、現在は凄い価値が出てます。この雑誌とは桁違いの値がついてるはずですよ。欠品がない状態だと二百万、いやそれ以上で取引されたって聞いたことがあります」

「それは凄いな」

「純粋な仮面ライダーのファンなら、たとえ持っていても売らないと思いますけど」若松は微笑み、再び雑誌に目を落とす。「闘病中の元俳優が、これを大金を払ってまで読みたいと思ったんですから、きっと何かありますね」

「青春って言葉を使ってるんです」昌司は鵜飼のメモを見せた。

「この月刊特撮時代で、青春時代のたぎる心、か」若松が唸りながら、目次に目をやった。

「このラインナップ、やっぱり目新しいのは仮面の戦士バルカンだけです。それに他の特撮ものに出演した俳優は、その後もそれなりに活躍してます。となると俳優でもちょい役か、例えば敵の怪人でもメインではなく二番手か三番手、あるいは戦闘員の一人といった名前のクレジットさえない人だったのかもしれないですね」

「それでも作品の出演者なら、青春のたぎりを思い出すかも」昌司も暑夏の甲子園の話題をテレビで見聞きするだけでグラブのグリースの香りを思い出す。いや脳内ではすでに香っている状態になっている。

「縁の下の力持ちで番組作りの一体感を味わった可能性もあります。そうだ、このMACって会社は太秦に本社があるんですよ」

「京都に」

「原点は殺陣ですから」なのに京都太秦で時代劇が撮られることがほとんどなくなった、と若松はため息交じりに言った。

「ご本人が早く回復してくれればいいんですが」

「病気の具合、悪そうなんですか」

「これくらいのメモも書けないようです。実際のところは、みんな口が堅いんで分かりません」

「京洛の先生も看護師さんも、患者さんの個人情報はきちんと守られますからね」そこが信用できる点でもあり、融通の利かないところでもあると若松は苦笑した。

「容態がよくないからこそ励ましたいんです。それをお届けして」昌司は、若松の膝にある雑誌に視線を向けた。

「そうです。ここにあってもしょうがないですよ」

「なのに……。霧島先生は、変わった方ですね」昌司は、余命宣告の時期を当てることを研修医に教えているという噂について、若松が耳にしたことはあるかと訊いた。

「はい。私もそれを知ったときは、人間の命を何だと思っているんだって腹立たしく思いました」

「しかもゲーム感覚のようだって言うじゃないですか」

「私が聞いたのは研修医だった方からです。彼は病院を移るつもりだったから、すべてを鵜呑みにはできないと、自分に言い聞かせてお付き合いさせていただいてました」うわさはいろいろあったが、何より霧島は京洛病院の看板外科医だ。院内店としてはそれなりの対応をしなければならなかった。

った。

「研修医を辞めた人と話されたんですか」と言って口に運んだ刺身は温くなって、旨くなかった。

「ええ。もう三年以上前の話ですが、真冬の夜中に中庭のベンチを見ると白衣の若者が背中を丸めて座っていたんです。私も店が暇だったんでホットコーヒーでもサービスしようと近づきました」その小柄な研修医の胸のプレートには第一外科研修医・糸井陽《いといよう》とあった。当時はK大卒の外科医は第一外科に配属されていて、そのトップが霧島だった。現在は改組されて総合外科として第一も第二もない。ただ霧島がすべての頂点にいることは変わっていない。手術の回数も最も多く、脳から胸部、さらにロボット手術などすべてをこなし、他の病院や医師が難しいと匙を投げた手術でも率先して行うスーパードクターだからだ、と若松は説明してくれた。

「寒いでしょうってコーヒーを差し出したんです。そのとき分かったんです、彼の目が潤んでいたのが」

「糸井さんは、霧島先生に叱責でもされたんですか」

「私もそう思いました。だから一緒に冬の大三角でも見ますかって冗談めかして言ったんです。南の空にかがやく、オリオン座のベテルギウス、左下の明るいおおいぬ座のシリウス、そしてこいぬ座のプロキオン、この三つの星が作る三角形」

「はあ」天体にそれほど興味はない。

「といっても星座は、冬の大三角しか分からないんですよ。ただ天体を見てると自分の悩みが小さく感じるんじゃないかって」

「で、二人で夜空を見上げた」

「おかしいんですけどね。何か自然に気持ちもほぐれて、私がコーヒーの味はどうですかって尋ねたんです。そしたら糸井さんいままで飲んだことがないくらい美味しいって言ってくれた」

しばらくは世間話になり、そのうち糸井がこう訊いてきた。「僕が先生にどやされたと思ったんでしょう？」

「正直に、相当きつく叱られたんだと思ったって言いました」

すると糸井はこう言った。「反対です。褒められたんです。それもはじめて」

「うれし泣きだったんですか」昌司が訊いた。

「それも違うんです。涙ぐんでいたのは、知っている患者が亡くなったから。転移した肺がんの中年男性だったそうです」その男性患者は方々で匙を投げられて、藁にもすがる思いで霧島を訪ねて、手術を受けることができた。しかし、糸井が霧島の指導のもと導き出した余命は、術後一年二ヵ月だったそうだ。「男性が他の病院で告げられた余命はひと月、もしくはそれ以下だといいますから、家族は喜んだと言ってました。家族への告知の後、糸井さんはその患者、奥さんや娘さんと親しくなりました」糸井は予想した余命を何とかして延ばしたいと、懸命に治療に当たった。だが、約一年二ヵ月経ったその夜、息を引き取ったのだった。

「つまり糸井さんは余命を的確に予測したということで霧島先生から褒められたんだと？」

「そうです。治療では一切褒められなかったのに。泣いていたのは、余命を延ばせなかった無力感からだったんですがね」

「複雑な心境でしょうね」

「患者が亡くなったのに褒められる。霧島先生の怖さを感じたって言ってました」

「私も、霧島先生が余命を当てるゲームみたいなことをチームの医師に推奨してるって聞いたとき、ぞっとしました」昌司は背筋を伸ばして、空になったお銚子を店の人に掲げて、熱燗を注文した。

「優秀さゆえの傲慢さかもしれないですけど、よくよく考えてみると悪とばかり言えなくなってくるんです。人の寿命なんて人間が決めることではない、と言ってしまうのは簡単ですが……実際他病院の医師が告げた余命を確実に延ばしている、霧島先生は」

「余命を正確に予測するだけじゃないってことですね」

「現状より延ばすための努力をされる。そしてどれだけ延びるかを正確に判断する。だから家族は心の準備ができる。そう考えると一概に不謹慎だと断じることも……」

「分からなくなってきますね。患者にも家族にもいいことのように思えてきました。でもそれじゃ糸井さんはどうして霧島先生の元を去ったんでしょう」

「病院を去ったのは話をしてからひと月後、年が明けてすぐに挨拶にきてくれました」そのとき糸井はこう言った。「先生が正しいのは分かっています。でもマラソンでいうなら、すべてを見通す監督には到底なれそうにない、患者さんと伴走できる医者として頑張ります」

「目標タイムに少しでも近づけるためにいろいろプログラムを組むのが監督だとすると、選手の横に寄り添って励まし続けるのが伴走者ということですね」

「ようは役割なんだと思うんです。それぞれ完走するには必要です」

「でも霧島先生はそうは思ってない。そんな気がしてなりません。優秀な監督さえいれば、伴走者など必要ないって態度です」

伴走者の励ましも大事だが、沿道の応援の声だって力になる。昌司が八回のマウンドに立ったとき、疲労からボールを握る力さえなくなったことがある。それを察知したキャッチャーが「みんなの声援聞こえるか」と言った。心を落ち着け、耳をすますと、何を言っているのか分からなかった雑多の声の中から、「踏ん張りどころだ」「大丈夫、お前なら勝てる」「まだ、いい球きてるぞ」と言葉が聞こえた。重く感じていたボールが、それほどでもなくなって九回まで投げ切ったのだ。

気のせいか単なる暗示かそれは分からない。だけど確かに投げ切れたのだ。

「鵜飼さんへの励ましが、この雑誌ですね」

「そうです。鵜飼さんには読めないと決めつけて、私たちを鵜飼さんから遠ざけてさえいる」悔し紛れにつくね串にかみつく。

「こんなことは考えたくないですけど」と、若松が何かを思いついたような顔つきでお猪口を手にした。

「何です？」昌司もお猪口を持って若松の目を見る。

「いや、やっぱり違うかな」お酒を啜って渋い顔になった。

「言ってみてくださいよ、若松さん」若松の空いたお猪口に、いま運ばれたお銚子を持ってお酒を注ぐと湯気が立った。熱くなった指をおしぼりで冷やす。

「鵜飼さんは余命宣告をされたんじゃないかと思ったんです」

「それほど重篤だということですか。そんな感じには見えなかったですけど、いや無理をされてたのかもしれないですね。ニット帽を目が隠れるほど深々とかぶってたのはあまり顔を見られたくなかったとも考えられます」

「もしくは抗がん剤の副作用の影響で髪の毛が抜けていたかですね。そもそも特別病室で霧島先生が主治医だということは、やっぱり」霧島が、難治でなければ自分が診る必要はないとまで、豪語していたことを思えば、鵜飼の病状が軽いはずはない、と若松が言った。

「だったら、どんなことをしてでも、欲しがっているその雑誌を届けないと」また昌司は若松の膝の雑誌を見た。

「それを拒むのは、霧島先生の焦りじゃないですか」

「何に対しての焦りです？」冷徹な感じの霧島でも焦ることがあるのか。

「緻密な計算をする人だからこそ感じる、焦りです」

「まさか、自分の見立てに合わなくなって……機嫌を損ねた」仮にも命を救おうとする医師が、自分の下した余命に合わないからといって、立腹するだろうか。少しでも患者の励ましになる行為を否定するほど固執しているとしたらひどすぎる。

「だから考えたくないって言ったんです。でも、それほど鵜飼さんが先生の予測を裏切っているとすればプライドが許さないかもしれません」

「プライドのためだなんて、人の命を……」

「大きい声を出さないでください、あくまで推測です」若松が苦笑いをして、周りを気にした。「京都は狭いですから」

「すみません、興奮してしまって。でも、もし余命宣告を受けているとしたら、なおさら何とかしたい」昌司は下唇を噛んだ。

「ではMACの代表に話を聞いてみてはいかがです。鵜飼さんが大宮司直也なのかどうかは分からないですが、九州出身の人が東京で仕事していて、いま京都の病院にいるというのも何かわけがあるような気がします」

「青春時代に共に汗を流した相手かも」昌司が友人のことを尋ねたとき、鵜飼は「親友が」と何かを言いかけてやめた。鵜飼の頭には毛利が浮かんでいたのではないか。

6

次の日の昼前、鵜飼が話せる状態になるのに、おそらく五日はかかるだろうと、海里が教えてくれた。強い薬を使っているからだそうだ。

「あの、命、命にかかわるようなことはないんですよね」昌司は思わず確かめた。

「……それは」海里が言葉を詰まらせる。

「危険なんですか」

「いえ、それは私からは言えません」そう言って海里は、伏し目がちに立ち去った。

その様子に時間がないと思った昌司は、タブレットでMACの所在地と連絡先を調べた。そしてすぐに電話をかけた。

昌司は電話に出た女性にキャメルマート京洛病院店の店長であることを伝え、特撮ヒーロー仮面の戦士バルカンについて伺いたいことがあるので、社長の毛利さんに取り次いで欲しいと言った。

「お電話代わりました。毛利ですが、どういったことでしょう？」低音の響く声だった。

昌司は入院患者から二十四年前に刊行された『月刊特撮時代』を購入したいと依頼されたことを話した。いまは主治医の反対もあって雑誌を手渡せない。しかし自分たちは雑誌を届けたいとの思いを語った。「そのために、雑誌が患者さんの励ましになることを主治医に訴えたいんです。それで雑誌と患者さんの関わりを調べてます。患者さんは俳優で雑誌は青春の象徴みたいな存在です」

「俳優だったんですか。じゃあ特撮ものに出演していたんですね」

「そこもまだ分かっていないんです。詳しいことを訊く前に容態が悪くなったもので、MACの方ならご存知かもしれないと思って突然お電話した次第です」

「名前は？」

「鵜飼、忠士」毛利の声が大きくなった。「本当に忠士なんですか」

「ご存知なんですね」昌司の声も毛利に負けず大きくなる。

「あいつの本名です。大宮司直也の」毛利の声が震えていた。

「大宮司さん……バルカンの？」慌てて受話器を肩で挟み、雑誌を出してバルカンの記事のページを開いた。「私の手元にある雑誌には、毛利さんと大宮司さんが一緒に写っている写真が載っています。ですが大宮司さんの顔は入院している鵜飼さんと、あまり似てるように思えません」これは一体どういうことなのか。鵜飼は、別人の名前で入院しているのだろうか。入院や手術の手続きには保険証が必要になるだろうから、他人になりすますのは簡単なことではない。いくらニット帽を目深にかぶっていても、同一人物なら昌司にも分かるはずだ。

「似てない？　鵜飼忠士、忠士は忠義の忠、士は武士の士と書きますか」

「そうです、その表記で間違いないです」

「鵜飼忠士なら、確かに三十年ほど前に一緒に仕事をした仲です。私の青春の思い出だ。やつはバルカンで燃え尽きたアクション俳優です。もし会えるなら、会いたい……」毛利が何度か受話器を握り直すような音も聞こえてきた。

「あの、毛利さん」昌司は優しく呼び掛けた。

返事はない。その代わり「社長、どうされました」とさっき電話に出た女性の声がした。

「毛利さん、すみません」

しばらくして「取り乱して、申しわけありません。あまりに懐かしく、当時を思い出してしまったものですから」咳払いをしても声は掠れたままだ。

「いえ、こちらこそ謝ります」

「鵜飼には会えないんですか」

「ええ、いまは」

「顔も見ることができないんですか。例えば病室の外からでも」

「それも難しいと思います」

「なら声はどうです？」

「声……」海里に頼めば、声を録音できるかもしれない。「普通に話せるのかどうか、分かりませんがICレコーダ越しになっても構いませんか」

「ええ。あいつの声を忘れることはありません。何十年経っても。息づかいだけでも、私なら判別できます」

「分かりました。やってみます」昌司は、互いの連絡先を交換して電話を切った。

毛利の要望は意外に早く実現した。昌司が海里に鵜飼の声を聞かせたい人がいると話したところ、実はカセットテープがあると言った。

手術前に万一の時に備えて声を遺したいと鵜飼が言ったのだという。

「別れた奥さんと娘さん、そして病院スタッフそれぞれに宛てたものです」海里が受け取って厳重に保管していた。「奥さんと娘さん宛のものはお聞かせできませんが、スタッフ宛は半分冗談で録音されたものですから鵜飼さんにとって大事な方なのであればいいのかなって……鵜飼さん、いまが踏ん張りどころなんです。だから励ませるのなら私はいいと思うんです」海里の言葉に力がこもっていた。

「ありがとうございます」昌司は頭を下げてカセットテープを受け取った。その足で毛利に連絡すると、彼は、昌司の仕事の都合がつく時間に店へ伺うと言った。

午後八時、事務所に毛利がやってきた。

毛利は、上背はそれほどないが背筋が伸び、日焼けした顔に太い首、スーツの上からでも分かる胸の厚みはプロスポーツ選手に見えた。プロ野球選手を間近で見たときもオーラを感じたけれど、それに匹敵するものを昌司は感じていた。おそらく鵜飼も病に伏してなければ、似たような何かを身体中から発散していたのかもしれない。

昌司は挨拶を終えるとデスクにカセットデッキを用意した。売り出しキャンペーンで使い込まれたステレオカセットデッキは、所々表面の塗装がはがれている。

「再生しますね」昌司が毛利と緑の顔を見て言った。

無言で毛利がうなずく。

再生ボタンを押し込むと同時にカセットテープが回転し始めた。シュルシュルとテープのすれる音の後に鵜飼の咳払いが聞こえた。

――元女房と娘の分を録ったついで、まっことついでに吹き込むだけだよ。

その声を聞いたとたん、毛利が叫んだ。「やつだ、直也の声だ。間違いありません」

昌司がテープを止めて訊いた。「いまのだけで分かるんですか」

「息づかいだけでも分かる。それだけじゃなく声質、イントネーション、そして、彼が現場でよく使っていた『まっこと』っていう言葉、すべて聞き覚えがあります。直也がこんな近くにいただなんて……」毛利は拳でなぜか自分の顎を連打する。「なんで、なんで知らせてくれなかったんだ。ずっと心配してたんです」拳を解き、深くうなだれて頭を抱えた。

「大丈夫ですか」緑が茶を勧める。

「ありがとうございます。三十年前のことがワッと胸に押し寄せてしまって……」

「間違いなく大宮司直也さんなんですね」昌司が確かめる。

「絶対にやつだ、やつの声です」

「でも毛利さん、雑誌に載っている顔と鵜飼さん、別人のようなんですよ」やはりにわかには信じられない。

「私が直也の声を聞き違えるはずはない。断言します、この声の主は大宮司直也のものです。いまならスタントマンを使うような危険なアクション、泥沼なんかの劣悪な環境の中で擬闘を行った仲なんです。それでも二人とも愚痴一つこぼさなかった。やつは一流の役者、私はアクションスターになる夢があったからです。怪我を負っても、大げさではなく死にかけたことさえあってもですよ。親兄弟の声を聞き間違えることがあっても、こいつの声だけは」毛利はデッキのスピーカーを睨んだ。次の瞬間、まるで傷だらけのデッキが直也本人であるかのような憂いを含んだ目になった。

「そんなに過酷な撮影だったんですか」緑が尋ねた。

「私ははじめからスーツアクター志望だったのではありません。剣友会の人間も本当は役者志望が多いんです。直也は東京の劇団に所属していてテレビドラマにも脇役ですが顔を出していた、れっきとした俳優だった。怪我はさせられない。だからはじめは危険シーンのスタントは私がやることになったんです」毛利は、直也と背格好が似ていた。そのまま変身後のバルカンも担当する。「でも直也、変身後のアクションは任せるんで、変身前のアクションはすべてやらせてほしいと言い出した」

これにはわけがあった。バルカンのスーツの素材は硬質ウレタンに樹脂ゴムを塗りたくり成形したもので通気性が悪く、マスクはデザイン上きわめて視界が狭かった。ある撮影で沼地の二メートルの土手から、怪人と一緒に落下することになった。バルカンが怪人に投げを打つが、それを切り替えされて前方回転、共に水中に消えてカットとなる。

ところが水面との衝突時にマスクの後頭部に亀裂が入った。そこから一気に水が浸入してみるみるうちにマスク内は満杯となる。スーツにも浸入した水で体勢を立て直せなくなり、もがきながら伸ばした足が水底の泥土に埋もれてしまった。

「水深は私の首ほどまでしかないが、すねまで沈み込んだ足が抜けず、マスクの中の水で呼吸ができなくなったんです。怪人の方はさらに深刻で、私より邪魔な突起を付けていて、着ぐるみへの浸水も尋常じゃなかった。声も出せず、ようは溺れている状態だったんです」しかし上から見るとすべてが演技に見える。当時撮影用のカメラは一台で、他のアングルから見ているスタッフはいなかった。

「それじゃ死んでしまうじゃないですか」昌司は自分が溺れているような息苦しさに耐えかねて言った。

「直也が気づいてくれなかったら、ヒーローと怪人の土左衛門が一緒に引き上げられていたでしょうね」

「大宮司さんが？」

「そうです。あいつは耳がいい。私たちの水中でのもがきが、演技かどうかを水をかく音で判断したんだそうです」

「凄い集中力ですね」

「半端ないですよ。火薬での事故は大勢の人を巻き込むから注意を払っていたんですが、水に関しては舐めていたところがあった。浅かったからね。やつはコスチュームアクターの大変さを見ていて、視界が良好な変身前の自分の代役までさせては申しわけないって、監督に申し出たんです」

監督は猛反対した。顔に傷を負わせては所属事務所に訴えられる可能性があるからだ。

「直也は覚え書きまでかわして、擬闘も含めて代役を立てなかったんです」

「雑誌には合気道の覚えがあったと」

「ええ。いまは擬闘指導がありますが、昔は現場で試行錯誤しながら作り上げてました。リハーサルで監督に見せて、アイデアを出し合うんです。私と直也はそれぞれ別々の戦闘員や怪人と戦う。なのに戦闘員たちが言ってましたよ、大宮司さんと毛利さんって言うことも動きもそっくりで、ときどき変身前と変身後が分からなくなるって。視聴者も違和感なかったんじゃないかな」撮影の合間もつねに一緒で、兄弟のようだと周りからよく言われたそうだ。

「熱い青春だったんですね」昌司は鵜飼のメモを思い出していた。毛利の話を聞けば、唯一特集が組まれた二十四年前の雑誌を鵜飼が読みたがるのも分かる。

「何ものにも代えがたい時間でした。そして、私はともかく、直也はきっといい役者になると信じてました」毛利が目を閉じる。筋肉質の頬に力が入るのが分かった。

「ベッドに寝ている鵜飼さんが大宮司さんなら、容姿が変わったのは病気のせいなんじゃないでしょうか」緑が昌司の顔を見た。

「かもしれません。テープの続き、聞きましょう。何かヒントがあるかもしれない」

再び緑がテープを回す。

――本当は役者らしく舞台の上で最期を迎えたかったんだけどね、それはどうも無理な状況だよね。死んでしまうってことじゃないよ。舞台の仕事のオファーがこないってこと。鵜飼忠士、昔から不死身の戦士だったんだ。だからがんにも負けない。たとえ全身をやつらに侵略されても、たった一点でも突破口があれば俺は必ず勝つ。ならどうしてこんなテープを遺すのかって？　それは、当たり前だ、今後役者としてさらに飛躍するための糧にするためだよ。アクションスターだった過去を捨てるってことじゃないよ。あのときの輝きをもう一度、思い出していまの難局を乗り切るんだ。その向こうに味のある演技ができる唯一無二の大……大スター、鵜飼忠士の再スタートさ。世話になったここの看護師、とくに四方海里さんには恩返しできる日がくるから、このテープちゃんと取っといた方がいいよ。プレミアムがついたときに売ればいい小遣いになるぜ。まっこと感謝してる、ありがとう。そして……あばよ。正義のファイヤーストームで悪から君を守ってやるぜ。

大きな息継ぎと小さな咳払いが聞こえて、録音停止ボタンを押す音がした。それに呼応するかのように緑もテープを止めた。

「小山田さん、本当にやつに会えないんですか」毛利は強い口調だった。

「いまは、ちょっと」

「雑誌なんかで鼓舞するんじゃなく、私の顔を見ればもっともっと直也を励ませる。主治医に会わせてください。私が直接頼んでみます」

「私も、そうしてほしいんですが」

「身内でもない人間ではダメですか」

昌司はうなずいた。

「なら瑞絵《みずえ》さんに……」

「瑞絵さんって？」

「直也の元女房です」

「二十年前に離婚された？」

「そうです。バルカンを撮影しているときに籍を入れたんです。で、約十年で離婚した。私のところに木下《きのした》瑞絵さんから連絡をもらったんですが、すぐには信じられなかった」

瑞絵はエキストラのアルバイトにきた女優志望の女子大生だった。どうやらお目当ては直也に会うことだったようだ。

四話を撮る頃には、交際を始めていたという。「籍を入れてから、瑞絵さんの献身ぶりは凄かったし、直也もそれに応えられる役者だったんです」離婚の原因は、直也が役者としてさらに飛躍するのに家庭が邪魔だと主張したからだと、瑞絵から聞いていた。「それだけじゃなく、バルカン以降ほとんど仕事がありませんでした。同じ業界にいればよく分かります。それでも、少ないですが直也に仕事のオファーはあった。ところが監督と衝突して、ことごとく居場所をなくしていったんです」

何度か夫婦の話し合いをもち、別々に生きていく方が互いのためになるという結論に至った。

「では円満離婚ですか」

「瑞絵さんは、自分と美奈《みな》ちゃん、娘さんですが、二人が重荷なのではないかと思ったみたいです。つまり直也にいっぱしの役者になってもらいたい一心で苦渋の決断をしたということでした。瑞絵さんも直也と一緒に夢を見ていたんだと思います」

「だからって自分がいない方がなんて、だいたい子供もいるのに」緑の語気は荒かった。

「私もそう言いました。女房、子供を食べさせられないのに役者もへったくれもないって。でも瑞絵さんの意志は固かった」

「愛想が尽きたんじゃないですか」緑の声が事務所に響く。

「いや、その方が、まだましだ」毛利は辛そうな顔で緑を見つめる。

「どういうことですか、ましって」

「直也が姿を消してから、瑞絵さんは私に定期的に連絡をくれています。頼れるのは毛利さんだけだから、必ず連絡があるからって。彼女は諦めていないですよ。瑞絵さんに言えば、ここに飛んでくるでしょうが、彼女のことが心配になってきました。だって面会できないほど容態が悪く、それに顔が違うっていうんでしょう？　だけど声を聞けば、瑞絵さんなら直也本人だとすぐに分かるんです。あまりに惨い再会だ」

「私がお目にかかったとき、そんなに悪いとは思えませんでした。おそらく病魔と闘うのに鵜飼さんは毛利さん、あなたと過ごした濃密な時間の記憶が必要だと判断されたんだと思うんです。会いたいけど会えない。だから」昌司は『月刊特撮時代』を手にした。「これを見たかったんです。あなたや瑞絵さんに、内心では猛烈に会いたいんですよ。助けを求めておられる」

毛利は大きく息を吐き、「瑞絵さんの気持ちを……考えると」と言ったきり黙ったまま昌司の持った雑誌を見つめる。

あえて昌司は口を開かないし、緑もうつむいたままだ。

毛利が難しい判断を迫られていることは昌司にも分かる。瑞絵の気持ちを二重の意味で傷めつけてしまうからだ。直也に役者として光る何かを見て応援に徹することを決めたにもかかわらず、俳優として頭角を現せないでいる現実と、身動きが取れないほど伏せっている病状をいっぺんに突きつけられるのだ。よかれと思って袂を分かったのに、すべてが正反対の方向へ進んでいった。それなら側にいれば、せめて病には気づけたかもしれない、と後悔するにちがいない。おそらく毛利には、瑞絵の悲嘆に暮れる表情が目に浮かんでいるのだろう。

「本当は雑誌でなく、私や瑞絵さんに会いたがってる、と小山田さんはおっしゃるんですね」ようやく毛利が声を発した。

「と、私は思っています。でないと十二万円も出してまで、これを買わない」

「十二万円。直也は何をしてお金を稼いでいたんですか」

「それは聞いていません。役者をやっていたとしか」

毛利に訊かれるまで現在の職業について考えなかった。確かに手術費や特別室への入院費用は相当な額になるはずだ。その上で十二万円の出費も辞さないというのだから、金銭に困っているとは思えない。

「そうですか。瑞絵さんに話します。二人は離婚して他人だけれど、テープにメッセージを遺そうとしているんだから、身内と一緒です。瑞絵さんになら主治医は病気のことを話してくれますよね」

「少なくとも、美奈さんは肉親です」

「そうですね。今夜、連絡してみます」毛利は思い詰めた表情のまま、ゆらゆらと立ち上がった。そして深々と頭を下げて、事務所から出て行った。

昌司は雑誌を開き、バルカンのコスチュームから頭だけを出した若き日の毛利の顔を見た。三十年経っているが、面影は残っていてけっして別人には見えない。

鵜飼忠士と大宮司直也が同一人物か、いまだ拭い去れない不安がくすぶっていた。

7

瑞絵が毛利に伴われて、キャメルマート京洛病院店にやってきたのは三日後の夕方だった。

瑞絵は新橋で小料理屋を営んでいた。離婚後銀座で十二年水商売をし、自分で店を始めた。娘の美奈は高校を出てから俳優養成所で学び、現在もプロダクションに所属している。普段は店を手伝っていて、声がかかればテレビや映画に出演しているという。もちろん様々なオーディションを受けて大きな役を射止めたいという気持ちはもっているけれど、これまでのところことごとく落ちているそうだ。

店を美奈に任せて京都にきた瑞絵は、霧島との面談を前に緊張からか美奈のことを話しては強ばった笑みを見せた。女優を目指していた瑞絵は、小柄だけれど目鼻立ちがはっきりしていて、いわゆる舞台映えのする顔立ちだった。昌司よりも年上だろうが、張りのある瓜実顔は三十歳台にしか見えない。しかも目のやり場に困るほど女性らしいプロポーションだった。

鵜飼の家族に連絡がついたことを霧島に伝えると、意外にすんなりと病状を説明したいと言った。時間も、緊急オペがない限り瑞絵の到着に合わせるとのことだった。

午後五時過ぎ、外科病棟五階のカンファレンスルームに霧島が姿を見せ簡単な挨拶を終えると、「例のものは？」と瑞絵に尋ねた。その言葉に従って瑞絵は、直也と自分が写った写真を見せた。霧島が小さくうなずき部屋へ入るよう促した。

部屋の前の廊下、その壁際にある長椅子に昌司と毛利は腰かけて待つ。

患者の身内でなくとも、病院の廊下で待たされるのは気分のいいものではない。看護師が足早に行き交うだけで妙に緊張して身構えてしまう。病院には人それぞれの戸惑いや嘆き、そして人生の一大決心みたいなものが充満している。

「木下さんには、どこまで話されたんです？」息苦しさが我慢できず昌司が、両膝に肘をついてうなだれている毛利に訊いた。

「直也の居場所が分かった。京都で入院しているとしか言ってません」毛利は身体を起こして壁にもたれた。

「実は不思議に思っていることがあります」

「何です？」

「霧島先生が、写真だけで木下さんを鵜飼さんの身内だと認めたことです」身内かどうかを知るのに二人が写っている写真を持参するようにと霧島は指示したのだった。

「私は写真を持ってこいと言う方が変わってると思いました。当人が身内だと言って東京から京都まできたんですから、疑うなんてありえない」

「霧島先生は潔癖なところがあります。その先生が離婚している元妻が二人の写真を持っていると決めつけていた点、そしてその写真の顔が自分の患者と似てないのに、木下さんを部屋に入れた点が不思議なんです」

「写真を身元確認に使うなんて先生の思いつきでしょうし、似てないと思っているのは失礼ながら小山田さんたちですよね」外科医の目には同一人物に見えているのではないか、と毛利は閉まったままのカンファレンスルームのドアに目をやる。

「そうかもしれません」

その後は二人とも口を開かなくなった。

しばらくして食べ終わった食器を載せたトレーを持った人たちが各病室から出てきた。多目的ルームの前に置かれたモスグリーンの下膳カートへ、それを置いては部屋へと戻っていく。外科病棟は患者より、世話をする人の姿が目立った。

京洛病院では衛生面を考え配膳と下膳とを別のカートにしていた。院内店のワゴン販売は下膳カートが配置される時を狙って多目的ルームでスタンバイするようになっている。食後のひとときにおやつや飲み物、雑誌や本がよく売れるからだ。ただ人手不足で、ワゴン車販売の頻度は少なく、主に昼食時で夕食時はほとんど回ることができない。

昌司は多目的ルームから病室へ帰っていく人たちが、手持ち無沙汰に見えて仕方なかった。

ドアが開く音がした。二人が同時に立ち上がった。

カンファレンスルームから出てきた瑞絵の目は充血していた。手にはハンカチが握りしめられている。

「瑞絵さん、大丈夫？」毛利が側に行くと、そっと背中に手を添え、長椅子に座らせた。

瑞絵の隣に毛利が、その横に昌司が腰掛ける。毛利のがっしりした肩越しにしか瑞絵の表情を見ることはできない。

続いて霧島が部屋から出てきて、誰にということもなく会釈をすると立ち去った。メディカルシューズの音が、いつもより冷たく響く。

「毛利さん」瑞絵は息だけの声を発すると、嗚咽した。

「直也、よくないんだね」

瑞絵はうなずきながら、何か言おうとしたがやはり言葉にならない。毛利が瑞絵の両手を握るといっそう嗚咽の声が激しくなった。

昌司はゆっくり息を吸って、むしろ瑞絵とは反対側の廊下の向こうへ視線を投げた。

五分ほどして瑞絵は顔を上げた。「すみません」何度も咳払いをしながら毛利に謝った。

毛利の手をほどき、握っていたハンカチで頬を拭う。「知らせてくださって、本当にありがとうございます」

「それで直也の病気はどうなの？　とても辛いだろうけれど話してくれないか」毛利が穏やかな口調で尋ねた。

「彼、余命宣告されていて……」

「余命って、あいつそんなに悪かったのか。それはどれくらいなんだ？」

「それが」瑞絵が息を呑んだのが分かった。

「一年か？」

瑞絵が辛そうに首を振った。

「えっ、じゃあ半年？」

「いいえ……」瑞絵の声がまた震え出した。

「ということは……さ、三ヵ月か」毛利の肩がビクッと動いた。

「まさか、もっと……」

瑞絵が幼子のように激しく頭を振る。

「ないんです、あの人には時間が。余命はすでにゼロ、それどころか期限はとっくに切れているそうです」いま生きていることが不思議なくらいなんだと、霧島が言ったそうだ。「ここに転院してきたとき、肝臓にできたがんは肺などに転移し、ひと月ももたない状態だったみたいです。でも本人のたっての願いで難しい手術をして、余命は九ヵ月に延ばせたんだって」

「延ばせたって、たった九ヵ月じゃないか」毛利が拳で膝を打つ。

「前に入院していた病院では匙を投げられて手術もできなかったんだそうで」

「そうか、そんなに。だけど余命宣告より生きる例なんていくらもあるし、生命力っていうのか抵抗力って言えばいいのか分からないけど、個人差があるじゃないか。直也の身体は頑丈にできてるんだよ。直也なら、あいつならあり得る」無理に笑った顔を昌司にも向けてきた。それは同意を求めるように思えた。

「でも先生は、いまの状態はあり得ないって言ってました。それもここまでだろうから、この一週間に会わせたい人がいれば連絡を取ってくださいと」

「なんだ、その言い方は」

「霧島先生はそんな方です」昌司は、興奮気味の毛利を落ち着かせようと口を挟んだ。「自分の診断には絶対の自信を持ってますから」

「人の命にかかわることですよ。どうなるか分からないじゃないですか。それを決めつけるなんて、何様なんです」

「腕は確かです。また自信も持っていらっしゃる。だからこそ他の病院でお手上げだった患者さんを受け入れているんです。ここは冷静になりましょう、毛利さん」

「しかし……あんまりだ！　一週間だなんて」

「私がご本人と喋った感じでは、そんなに悪いように見えませんでした……確かに短すぎます」昌司は、鵜飼に会ったときの様子を話した。

「月刊特撮時代……そのときは話せていたんですね」

「ええ、しっかりされてました」直筆のメモも瑞絵に見せた。

「青春時代、か。私もそうだった」瑞絵はメモを見つめる。

瑞絵が直也を嫌いになって別れたのではないことは、彼女の表情から見て取れた。「メモは木下さんがお持ちください。もう雑誌は入手できてますから、あとはご本人にお渡しするだけです」

「十二万円出してまで読みたかったんですね」

「病気と、まだ闘うつもりなんですよ」あのとき見せた鵜飼の笑顔の裏に、秘められた覚悟があったのだ。

「ある意味、医者の余命宣告と闘っているんだ。直也らしいよ。で、いつなら面会できる？」

「抗がん剤の副作用がきついから、いまは無理だけど、明日様子を見て面会できると判断したら、連絡をもらえるそうです。本来は積極的な治療はやらないんだそうです。それが命取りになることもあるそうで。でも本人のたっての願いで手術したと」

「直也……あいつ」毛利がつぶやく。

「連絡待ちか。木下さん今日はこちらでお泊まりですか」昌司が言った。

「私、これから泊まる場所を探そうと思います」

「秋の京都は宿がどこもいっぱいになります。もしよければ、社宅用のマンションの一室が空いています。使えるように本部と交渉しますがいかがですか」従業員用に確保してある一室がたまたま半月ほど空いていた。

「もし宿が取れなければ、お願いします」スマートフォンで探してみると瑞絵は言った。

「こちらも準備だけはしておきます。ただ、外国人従業員の共同生活のために用意したものですから、二段ベッドですが」

「構いません。横にさえなれれば」

「分かりました」

「お気遣いありがとうございます」瑞絵がお辞儀をした。

「いえ。あの、こんなときに申しわけないのですがちょっと伺いたいことがあるんです」昌司は鵜飼と直也の顔がどうしても同じに見えないことを伝えた。「霧島先生は、木下さんの持ってこられた写真に何の疑問も持たなかったのでしょうか」

「注意されました」

「注意？　やっぱり何かあったんですね」

「ええ。顔がかなり変化しているから驚かないでくださいと。当人から車の事故で大怪我をして、三度も整形手術を受けたと聞いているっておっしゃいました」

「事故で整形か」

「私が持ってきた写真をちらっと見て顎や頰、唇、鼻の形が変わってるから別人だと驚くかもしれないって」

「でも霧島先生は鵜飼さんを大宮司さんだとすんなり思われた」

「外科医だから、顎の骨にボルトが入っていたり不自然な皮膚の張りに気づいていたみたいです。むしろ前の顔について想像通りだったようですよ。面会時にびっくりしないようにといまの顔の写真をみせていただきました」

「どうだった？」毛利が尋ねた。

「他人には別人に見えると思う」

「そんなに変わったの」

「心配いりません。昔の彼をよく知る人には分かるはず。ちゃんと面影が残っていますから」

そんな瑞絵の言葉に毛利が目頭を押さえた。「元気でやんちゃな直也の面影だな」

「向こう気の強い目は昔のままだった」

「明日、俺も一緒に会っていいよね」

「もちろん、そうしてください。娘にも連絡しようと思ってます」

「あの木下さん」昌司が声をかけた。

「何でしょう」

「面会されるとき、月刊特撮時代をお渡しできますでしょうか」

「もちろん、渡してあの頃の話をしたいと思っています」

「いまお持ちしますので」昌司が立ち上がった。

「いいえ、私がお店に」瑞絵と毛利も腰を上げた。

昌司が歩き出すと、二人も後をついてきた。

深夜、仕事を終えてマンションに戻り、見上げると隣の部屋に明かりがついていた。結局宿が取れずマンションで連絡を待つことになり、昌司は手続きを終えて管理人にその旨を伝えてあった。

どうやら瑞絵は無事に部屋に入ったようだ。

腕時計を見ると午前二時を過ぎている。

昌司が自分の部屋のドアにキーを差し込むと、隣のドアが開いた。

「すみません、小山田さん」瑞絵が顔を出した。

「大丈夫ですか。やっぱり眠れませんか」

「私、ちゃんとお礼が言えてなかったと思って」瑞絵が廊下に出てきた。

「そんなこと心配しないでください」

「それとお願いがありまして」瑞絵は「せっかく店長が入手してくださったのだから、直接手渡してください」と言った。そんな気になったのは、雑誌を包んだ包装紙とそこに添えたメモを見たからだそうだ。

緑がバルカンのコンバットスーツに似た色の赤い包装紙を使って丁寧にラッピングし、メモには「大変おまちどおさまでした。すべてのページは消毒済みですので安心してください」と書いた。

昌司も緑の心遣いを嬉しく思った。

「いいんですか、私が同席しても」

「あの人も、きっとお礼を言いたいと思います。バルカンはあの人の宝物なんです。でも素直になれないんだと思います。必死でヒーローを捨てようとしてもがいてましたから」

「一旦イメージが定着してしまうとそれを払拭するのは難しいんでしょうね。よくテレビや雑誌で、あの人はいまというような特集がありますが、登場した俳優さんが一様に漏らしてますね」

「彼も若い頃、よく言ってました。四十、五十になって変身ポーズなんてできるかって。でも五十歳を超えて病と闘うには、バルカンが必要だと気づいたんでしょう」

「私は青臭くても正義のヒーローって必要だと思ってます。子供の心の中、いや脊髄辺りに組み込まれるような気がして、何かの拍子に悪を憎む気持ちがむくむくと膨らむ。だから四十を超えてもバルカンのファンがいる。いやその人たちは未だにバルカンを必要としているんじゃないでしょうか」

「ありがとうございます。すみません、お疲れのところお引き留めしてしまって」

「いいえ。いつものことですから。木下さんこそお疲れでしょう、ちゃんと休んでください。では明日」と頭を下げ、昌司は部屋に入った。

テーブルにキーホルダーを置くと、小さな金属音と共にいくつかのキーから自宅のものが一番上に現れた。

咲美や晃昌の顔が浮かんだ。

8

昌司は、勤務リストやPOSデータのチェック、フェイスアップなどルーティンワークをこなしながらも、大宮司直也こと鵜飼忠士との面会が気になっていた。雑誌を受け取ったときの鵜飼の喜ぶ顔を思い浮かべようとした。雑誌の直也の顔を見ていて、病床の鵜飼と結びつかなくなってきていたからだ。何とかニット帽から覗いた目鼻立ちを思い出しておきたかった。

それにしても、すでに霧島の見立てた余命を過ぎていたとは驚きだ。霧島の機嫌が悪かったのは、やはり自らの予測がはずれたからではないかと思えてきた。もしそうなら、医師としての腕は確かでも、一日でも生き長らえようとする患者に対してあまりに失礼な話だ。ただ、だからといって霧島を悪者にできるほど単純でないことも昌司は分かっている。多くの人間を絶体絶命の危機から救い、それこそ延命させているのもまた霧島だったからだ。

瑞絵の携帯に霧島から四時以降の二十分くらいなら話せると連絡があり、そのことを昌司が知ったのは昼前だった。

「小山田店長、落ち着いてください」店のクリーンネスをチェックして戻ってきた緑があきれ顔を見せた。

「落ち着いてるよ、私は。注文された雑誌を納品するだけなんだから」

「本当ですか。小山田店長が緊張してちゃよくないですよ。患者さんって敏感なんです。だから木下さんや毛利さんが見舞うことで、ついにもうダメなのかって思うかもしれない。そんなふうに思っちゃうと闘えなくなる気がして」

「……確かに」鵜飼からすれば、まったく予期しない見舞い客だ。病院側が呼び寄せたとしか思わないだろう。「いいことか、そうでないのか分からないな」

「だから小山田店長の存在が大事なんですよ」

「私が？」

「そうです。特別ではない日常を感じさせてくれますから」

「木下さんと毛利さんがいることには違いないのに？」

「ルーティンワークをする他人がいることで、空気が和むこともあると思います。締め切った部屋の窓を、少しだけ開いた感じ」

「緊張を緩和させるということか。しかし何十年ぶりかの再会を、冷静に見ていられるかな。自信ないよ」

「それを忘れてます」緑の視線の先には赤い包みがあった。

「月刊特撮時代？」

「何のために鵜飼さん、昔の大宮司直也さんが、その雑誌を読もうとしたかというと、単に懐かしむためだとは思えません。これからも病と闘うために、もう一度青春時代のたぎる心を思い出したいんです、きっと」雑誌と一緒に、青春時代を共に過ごした人間が目の前に現れた。人生の終焉のために見舞うのではなく、励ましにきたと感じてくれれば昌司が雑誌を持って病室にいる意義があると緑は言った。

「なるほど、それを届けるのが私の役目ってことか」

「普通に納品する感覚で、いいんじゃないですか」緑が微笑んだ。

「しかし西野さんは、患者さんの気持ちがよく分かるね」

「こう見えて、何度も病院に御世話になってるもんで」

「そうだったんだ」健康そうでいつも元気な緑からは想像もつかない。

「あっ、いけない」と緑はにわかに真顔になって、腕時計を見て、ファサードの清掃を忘れたと席を立った。

緑の慌てぶりに、病院に世話になった理由を訊かれたくないのだと昌司は感じた。

午後四時前に毛利と瑞絵が店に姿を見せた。娘の美奈の姿はない。

「娘さんは？」

「自分が会いに行くといよいよ危ないって言ってるようなもんだから、日にちをずらしたいと」

「それは言えてるかもしれませんね」二人の強ばった表情を見ていると昌司も暗い気持ちになってくる。

「今日は、本当にお世話になります」瑞絵が改まってお辞儀した。

共に会釈した毛利の手には、大きめのスポーツバッグがあった。

「それは？」昌司がバッグを見る。

「バルカンのマスクとコンバットスーツです」毛利の目は赤かった。

「とっておかれたんですね」

「私の初めての主役ですから親父が取っておけって。もっとも顔は見えないですけど」と苦笑いの表情を浮かべた。

「きっと喜ばれます」

「あいつがいてくれないと、私は主役になれないんですよ」

「みんなの気持ち、きっと伝わります。じゃあ行きましょうか」昌司が雑誌をレジ袋に入れた。レジ袋に商品を入れる行為こそ、コンビニエンスストアに勤める人間にとっての日常なのだ。

病室の前に着くまで、三人とも言葉を発することはなかった。ドアの前で待っていると、中から霧島と海里が出てきた。

瑞絵が昨日の礼を述べてから尋ねた。「どんな容態でしょうか」

「本人は大丈夫だと言ってますが、かなり辛いはずです。二十分です。守ってください。別室で状態はモニターしてますから、変化があったら中断します」と霧島はスタッフステーションへ向かった。

残った海里が「どうぞ」と特別室のドアを開いた。

「直也、お前」毛利が奥のベッドへ突進した。

「も、毛利……どうしてお前が……」声を絞り出した直也の頭にニット帽はない。髪の毛も眉毛もなかった。「お前、俺が分かるのか」

不思議なことに、その方が雑誌の直也の顔に近いように見える。白いヘルメットをかぶったままアクションをしている写真がいくつか載っていたからかもしれない。

「分かるに決まってるだろう。昔よりいい男に改造されてるくらいだ。俺なんて若いときの顔とは比べものにならないくらい老けたのに。瑞絵さんもいるぞ」

毛利の言葉に引っ張られるように瑞絵が鵜飼に近づく。鵜飼の頭が微かに動く。

「忠士さん」と瑞絵は言ったきり、何も言わず泣き出した。

毛利が瑞絵の手をとって、鵜飼の左手の上に添えてやる。鵜飼は手のひらを上にして、瑞絵と手をつないだ。

「お前、泣く泣く別れた瑞絵さんの気持ち、分かってたんだろう？」

鵜飼がゆっくりうなずくと、いっそう痩《こ》けた頰に涙が流れ落ちた。

「だったら、どこでどうしているかくらい伝えてあげろよ」

「俺なんかに縛り付けるなんて……」鵜飼が左右に首を振る。

「バカヤロー！　格好つけるんじゃないっ！　お前は頑なに瑞絵さんや俺から逃げることで、俺たちを縛り付けてるんだ。いっそのことくたばってくれた方が清々するよ」

「毛利さん」昌司が声を出し、レジ袋を少し持ち上げた。これ以上毛利を放っておくと励ますどころか、喧嘩になりかねない。

昌司の気持ちを察したのか、毛利の口調が落ち着いてきた。「ああ、そうだ、お前のわがままを聞いてくれた人がもう一人いるぞ」と毛利が昌司を見た。

それに応えるように、昌司は鵜飼に近寄り、レジ袋から赤い包みを取り出した。「先日ご注文いただいた雑誌です」

「特撮時代……」鵜飼の掠れた声が大きくなった。右腕で受け取ろうとしたが力が出ないようで途中までしか上がらない。

「開けましょうか」

「私が」と瑞絵がつないでいた手を離し、包みを受け取る。「こんなに丁寧にラッピングしていただいているのよ」と包みを開き始める。

「バルカンレッド」鵜飼が絞り出すように言った。

「そう、包装紙をバルカンのコンバットスーツに合わせてくださってるの」

中から月刊特撮時代が出てくると、鵜飼が身体を起こそうとした。

瑞絵がバルカンの特集記事のページを開き、鵜飼の方に向ける。鵜飼と毛利が並んで肩を組んだ写真が載っているページだ。

「毛利……」鵜飼の眉間に深い皺ができたかと思うと、涙があふれ出た。

「お前と俺、二人でバルカンだったんだよ」

「うん」

「お前が敵にやられそうになると、俺の出番だ」

「ああ」

「お前がバイクアクションで怪我したとき、俺は出ずっぱりだったのを覚えているか。真夏の撮影であまりの暑さに俺は熱中症になってぶっ倒れた。あんなの二度とごめんだ。なのにお前はスタントを使わないって言いやがった。毎回ハラハラのし通しだったんだぞ」

「すまなかった」

「初めてお前と会ったときは背格好以外、どこも似てなかったのに、そのスナップ、まるで兄弟だ。妙に似ちまってる。不思議なもんだな」

「うん、似てる」

「その写真一枚で一瞬であの頃に戻る。火薬、泥水、バイクの排ガス、ガソリンの匂いまで蘇ってくるよ。しんどかったけど、充実してた。お前の言うように瑞絵さんも含めて、俺たちの青春時代だったんだな」

「俺の原点だ」

「その原点を捨てようとしやがって」

「馬鹿、だった」

「やっと分かったのか。本当にお前はアホだ」

「そう、だな」

「でも気づいたんだ。直也、怪我しても病気してもいいから現場にいてくれ。さっきは出すっぱりはごめんだと言ったけど、生きていてくれれば俺がコスチュームを着て踏ん張れる」

「毛利、俺もそのつもりだ」

「よし、約束しろ」毛利は雑誌を瑞絵の手から、鵜飼の膝に移して再び手をつながせた。二人の手の甲に自分の分厚い手を覆う。「現場に戻ってこい、いいな」

「必ず」鵜飼は目を閉じた。

「直也」

「まだ、くたばらないよ」再び目を開く。

「当たり前だ」

「瑞絵、美奈は元気か」鵜飼の眼球が瑞絵を捉える。一瞬、すぐ近くの瑞絵の顔を探して彷徨ったように見えた。

「ええ、結婚したい人がいるそうよ」瑞絵は泣くまいと顔を強ばらせている。

「早すぎる」

「何言ってるの。私たちが知り合った歳を抜いちゃってるんだから」瑞絵がぎこちない笑顔をつくる。

「もう、そんな歳か」

「そう、美奈もときどき女優として仕事の声がかかるの。端役ばかりなんだけど、上手く行かないって苦しんでるわ」

「何がよくてどこが悪いのか、分からなくなるから。俺たちもそうだったもんな」

「私はアルバイトだったから、そこまで悩んだことないし、忠士さん、アドバイスしてやって」

鵜飼がうなずいた。

そのとき病室のドアが開き、霧島が入ってくるなり言った。「そろそろ時間です」毛利と瑞絵を下がらせ、霧島は鵜飼の顔を覗き込む。「かなり疲れてきてるんで、ここまでにしましょうか」

三人はカンファレンスルームで待つように言われた。

「先生、直也の容態はどうなんです？」毛利がカンファレンスルームに姿を見せたばかりの霧島に訊いた。

「まずは椅子に」と霧島が壁に立てかけてあるパイプ椅子に目をやる。

昌司が慌てて三人分の椅子を、霧島が座ったデスクに向けて並べた。

「直也というのは？」三人が椅子に座るのを確かめて霧島が毛利に尋ねた。

「昔、大宮司直也という芸名を使ってました。いくつかあるんですが、私は直也しか知りません」

「ここでは鵜飼さんと呼びます。木下さんにもお話ししましたが、普通の病院なら九ヵ月前に亡くなってます。本来なら食欲もなく、血圧の維持もままならず、何より人と話せる意識レベルではなくなっているはずなんですが……」言葉を切った霧島がデスクに向かってパソコンのマウスに触れた。パスワードを入力し、表示された電子カルテからCTの写真を呼び出した。瑞絵に説明したことの繰り返しになるがと前置きして続ける。「肝内転移で増えたがんが進行して、本来転移しにくい肝細胞がんですが、当院にきたときすでに肺、腎臓や副腎、胃、脾臓に転移してました。とにかく肝臓にできたがんのうち大きなものから叩こうと、がん細胞に栄養を補給している肝動脈をゼラチンで蓋しました。分かりやすく言えば、兵糧攻めにしたんです。この肝動脈塞栓療法という方法で少しでも小さくしておいて手術しました。肝臓の約四割を残したんですが、そこにも小さながんがある。少し黒い部分、これががんなんだけど、正常細胞が二割程度しか残ってないでしょう?」霧島は画面を切り替える。「これは肺。こっちは白く映ってる方ががんで、これも取れるだけがんは取りました」ダ・ヴィンチ手術という最新のロボット支援手術によって呼吸器領域を確保したのだと言った。「その状態で肺には新薬による化学療法と放射線、肝臓にはさっき言った肝動脈塞栓療法を継続中です。転移箇所が多いんで、本当は免疫療法もやりたかったが、肺がんの新薬との相性がよくないんで、様子を見ている状態です」

昌司はCT画像などじっくり見たことはないけれど、霧島が指し示した異質な部分が鵜飼の臓器を蝕んでいることはよく分かった。そしてそれを食い止めようとしている霧島の努力も伝わってくる。

「でも先生、あいつは話せるし、手も動かしていた」毛利にしては弱々しい声だった。

「こんな患者は初めてです」コンピューター画面をいくつか呼び出し、それを眺めながら霧島が吐き出すように言った。「不思議な患者さんだ」

「不思議というのは、先生の余命予測を裏切ったからですか」言うつもりはないのに、言葉が出てしまった。

「ほう、噂が外部の方の耳にも入ってるようですね。私が患者の命で賭けまでしてるって」と真顔を昌司に向けてきた。

「いや、そこまでは」とお茶を濁したのは、瑞絵と毛利には聞かせたくないことだったからだ。身内が重篤な状況で、主治医への信頼を損なうのはけっしていいことではない。

「賭けって、どういうことです？」毛利が険しい目で、霧島ではなく昌司を見る。

「私の勘違いかもしれないんで、変なことではないですよ。変なことを言ってしまってすみません」

「小山田さん、変なことではないですよ。事実ですから」霧島は平然と言ってのけた。

「じゃあ、先生に伺います。先生は患者の命で賭けをしていらっしゃるんですか」毛利の言葉は詰問口調だった。

「命を賭けの対象にしているのではありません。余命予測がどこまで正確かを競っています」

「競うということは勝ち負けを決めるということでしょう？」

「当然です。さすがに金銭のやり取りはしませんが、食事やドリンク剤を賭けることもあります。ただし遊びではない。医師に課せられた最大の仕事は患者の寿命を見極めることだと、私は信じています。すべての知識や経験、非科学的だが第六感も総動員して全身全霊ではじき出しているんですから」霧島は持論を話すときも、感情を込めないようだ。

それに対して毛利の方は眼光鋭く、怒りの感情がこもった表情だ。「真剣だからいいってことはない！　人間の命をなんだと思ってるんだ」

「勘違いしないでもらいたい。命を軽視しているのではなく、生きる時間を重視しているんです。残された時間を有効に使うための期限を割り出している。その責任も知っています。私の出す余命はそこらの医師のする当て物とはまったく違う。こちらも医師として命懸けだ」と霧島が髪をかき上げ、大きく息を吐く。「それだけに、鵜飼さんには困っている」

「先生の思惑通りにならなかったから？」

「元々身体が丈夫だとか、頑丈だというのとも違う。手術が功を奏したとか化学療法や放射線療法がマッチしているからだと言い切れるものでもない。それらは余命を割り出す際に織り込み済みですから。正直言って、こんなに困惑するのは初めてなんです」と、また小さくため息をついた。

「懸命に生きようとしていることが、先生の困惑の原因だなんて患者の友人として許せない」

「困惑なんだから仕方がない。私が未熟なら延命の原因がたくさんあるでしょう。しかし、いまは鵜飼さんに関して何も思いつかない。さっきも、抗がん剤の副作用と肝機能障害から何度も嘔吐した。吐くものなど何もないのにね。にもかかわらず、おもゆを食べようとする。

無理にでも口に入れるんだ。あんな状態では水も飲めないはずなんです。分からない、本当に分からない患者だ」

「瑞絵さんが面会にくると直也は知っていたんでしょう」

「昨日、それは伝えました」

「なら当然じゃないですか。あいつ、かっこつけたかったんだ。瑞絵さんに元気な姿を見せようとしてるんですよ」

「そんなことで改善できる病状ではないんですよ、鵜飼さんは。常識外れも甚だしいことなんだ」

「嬉しかったんですよ、瑞絵さんに会えるのが」昌司が口走った。

「ですから、そんな安っぽい精神論でどうにかなるほど、鵜飼さんの体内で起こっていることは、生やさしいものではないと申し上げているんです。生命の維持は、すでに……終わっているはずだった」

「それこそ私たちは信じられない。いま私はヤツの手を握ったんです。そうしたらきっちり握り返してきましたよ。強くはないけど、力は伝わってきた。そうでしょう？　瑞絵さん」

毛利が瑞絵の手を見る。

「ええ、ちゃんと握り返してくれました」

「意識レベル、ベッドに座っていること、みなさんと意思の疎通ができたこと、何もかも分からないことだらけです。だから、あなた方にきちんとした余命をお伝えできない。私はそれが一番辛いし本当の意味で情けないんです」霧島はこめかみを右手で摑んだ。

その言葉に昌司だけでなく、毛利も瑞絵も反応できなかったようだ。霧島が自分のためでも、患者だけのためでもなく、残された家族の側に立って余命を算出していたことが伝わってきたからだ。

しばらくして毛利が口を開いた。「いまのあいつの容態から、どれだけ生きられるのか分からないんですね」

「申しわけない」霧島が頭を下げた。

形だけ頭を下げたのではないことが分かるほど、霧島が小さく見えた。

「ということは、いまの状態が続くかもしれないってことですね」ピンチのとき悪い方に考えても何もいいことはない、と昌司は野球部の先輩に言われたことを思い出した。

「ええ。ただその逆も」

「いえ先生、私が言いたいのは、いよいよいけないときは、先生にもその判断はつくはずです。いま鵜飼さんの余命が分からないということは、少なくとも急にどうこうなることはないと」

「そ、そういうことかもしれません。私も諦めたときは、面会を制限したりしない」

「木下さん、毛利さん、私たちは鵜飼さんのサポーターとして、彼が病に負けないと信じきりませんか」

「直也のサポーター、か」

「ええ。絶対に裏切らない応援団です。負けることなど一パーセントも考えない最強のサポーターとなりましょう。もちろん私も、うちの店の人間たちも信じ切ることを誓います」

「弱気じゃ、とてもサポーターになれないってことだな」毛利の表情が少し明るくなったように見える。

「いかがです？　木下さん」昌司はずっとハンカチで口元を押さえている瑞絵に言った。

「頭では分かるんです。いえ、励まさないといけないと思えるんですが、すぐに最悪のことが頭によぎって……」

「鵜飼さんを知る人間、鵜飼さんと少しでも接触する人間すべてが、最高のサポーターにならないといけないんですよ」不安な気持ちは他人にも伝播する。面会者の一挙手一投足に敏感になっている患者にそれが伝わらないはずはない。例えばあと三ヵ月でお別れだ、と悲しむ面会者が発する諦めの感情が患者を支配し、なぜかその通りに衰弱していくと聞いたことがある。そう昌司は霧島を気にしながら言った。

「小山田さん、反論させて欲しい」霧島の低い声が昌司に向けられる。「あなたは患者を鋳型に嵌める医師たちのことをおっしゃっているんだと思います。それは失礼な言い方だが、並の医者がやっている悪弊だ」

「霧島先生は違うと？」

「患者を余命という鋳型に嵌めるという意味では同じです」

「やっぱり」

「ただ、ベクトルがまったく異なる」

「鋳型に嵌めること自体は変わらないんでしょう？」

「私は、本来なら半年だと診断される余命を不可能だと言われるところまで延ばし、二年、三年という鋳型に嵌める。それを患者やその家族に信じ込ませてきた。分かりますか、口にした以上はどんな手を使っても鋳型に嵌めてきた。私が余命宣告の正しさにこだわってきたのは、誤解をおそれず言えば医師生命を賭けた、はったりを現実のものにするためなんです」

「……医師生命、はったり」昌司は言葉を繰り返す。

「はったりを超えたのが直也だったってことか」毛利がつぶやいた。

「そういうことになります」

「やるじゃねえか、直也」

「霧島先生」昌司が声をかける。「私が誤解していたようです。いい意味の鋳型があっただなんて……。どうもすみません」形振《なりふ》り構わず腰を折る。

「やめてください。分かってもらえればいいだけです。それに、ほとんどの医師は理解していないんで、誤解を解くこともとうに諦めていますから」

「そんな……。そうだ霧島先生は、鵜飼さんがもうダメだというときお身内に話をされますよね」

「もちろん」

「なら、それまでは鵜飼さんを全力で応援し続けていいですね」昌司は、鵜飼の生きる力を本当に信じ始めていた。鵜飼が生きていること、そして生きていくことは奇跡でも起こらない限りありえないことだと理解はできた。しかし、霧島をも混乱させる鵜飼という人間の力に心の底からエールを送りたくなった。

「いま、みなさんと会った鵜飼さんを見ていたら、私からは何も言えません」霧島が一拍おいて漏らした。「あの雑誌がそんなに刺激になるとは」

「バルカンです、先生。あいつはいまもヒーローとして闘ってるんですよ」毛利が涙声で叫んだ。

その言葉に昌司は、バルカンとして敵に対峙し、変身ポーズを決める写真を思い浮かべていた。

9

それから三日後、娘の美奈が鵜飼に面会した。

その際、彼女は闘病中の大宮司直也のブログ「バルカンの闘い、永遠《とわ》へ」を立ち上げることを提案した。その気になった鵜飼は、霧島と相談し、院内での写真撮影などの承諾を得たという。

ただ鵜飼は肺に水が溜まって息切れが激しく、ベッドに座って話せるのはせいぜい三十分ほどが限界だった。それでも写真と文章に加えて三十秒ほどの動画をアップするのだけれど、笑顔も自然に出るし滑舌も悪くない。長いブランクだったが、暇を見つけては発声やアクションの練習を怠らなかったと動画で語った。

鶏飼はバルカンが打ち切られた後、ヒーローからの脱却をめざし数多くのオーディションを受けまくったそうだ。

「すべて落ちたんだ。脇役なら使ってもいいというプロデューサーもいたが、プライドの高かった俺は、そんなものに出られるかって断った」

大宮司直也は演技派でありながらアクションもこなせるマルチな俳優だから、それなりの舞台を用意しろと高飛車な態度をとり続けた。

「頭を下げることができなかった。バルカンが代表作なのに、そのイメージを払拭したいってんだから虫がよすぎるよな」

そのうち貯金を使い果たした。だからといってバルカン以前にやっていた居酒屋のアルバイトはできない。面が割れていたし、落ちぶれた姿を大衆にさらしたくなかったからだ。収入のない鶏飼を支えたのが妻の瑞絵だった。子育てをしながらも瑞絵は懸命に働いて家計を支えた。

さすがに何とかしなければと焦るが、天狗になって礼を欠いていた鶏飼を使ってくれるほど芸能界は甘くない。

鶏飼はヒモのような暮らしに耐えきれず、瑞絵と別れる決心をした。

「面倒ばかりかけられない。独り身ならどんなことをしても食っていける。そのうち俺の才能に気づく監督やプロデューサーから声がかかるって踏んでいた」

とりあえず生活のために働かなければならない。正体を知られないように深夜の警備、古紙回収、解体業で食いつなぐ暮らしが五年あまり続いたある日——。

古紙回収中に車にはねられ生死を彷徨うことになる。一命は取り留めたが顔面の損傷が激しく整形を繰り返したのだった。

「俳優が顔を失った。それは命を失ったに等しい。みんなも俺があのバルカンの片桐右京役だった人間だって分からなかっただろう？　変わり果てちまった」

その後、ますます人目を避けて警備と清掃員、事故の相手からの保険金や慰謝料で暮らしてきた。「全財産っていったってたいしたことないが、そのすべてを今回の治療で使い果たしたよ」と画面に向かって笑った鵜飼には、どこか味があった。

毛利がアクション映画の現場で、彼のことを多くの映像関係者に伝えた。それに応えて、往年の特撮ヒーロー俳優たちがSNSを通じてこぞって宣伝してくれた。そこに特撮マニアが食いついたこともあって、ブログは瞬く間に評判となった。アクセス数もどんどん増えて一日七百件、まれに千件を超えることもある。

ブログ開始から半月経ち、十二月も十日が過ぎようとしていたが鵜飼の体調は小康状態を保っている。むしろ元気になっているのではないか、というブログを見たファンの感想も多い。

昌司や緑、アルバイトの茉麻の意見も同じで、どんどん目に力が増している印象を持った。それはブログに寄せられるメールでも明らかで、ある日を境にがんで闘病中の方からの、勇気をもらっている、という声が急増した。

それを知った鵜飼がとんでもないことを言い出したと、ブログ制作をしていた美奈が昌司を訪ねてきたのは、一週間後のクリスマスに向けて院内店でどう盛り上げていくかに頭を悩ませていたときだった。

「末期がんと闘う自分の姿を、直接見せたいって言い出したんです」美奈が、肩に掛かる髪を軽く後ろに払うしぐさをして言った。そのしぐさから顔立ちまで、瑞絵によく似ていた。

「直接ってどういうことです？」

「医者の余命宣告に負けない気持ちを確認する舞台を、用意してほしいんだそうです」

「舞台ということは、講演会か何かをやるってことですか」俳優が舞台といえば演劇なのだろうが、いまの鵜飼にそれは無理だ。しかし、動画撮影のときと同じように椅子に座って三十分程度なら話すことはできる。

「父にはアイデアがあるみたいで、それを小山田さんに相談したいって言うんです。聞いてやってもらえますか」美奈が訊いても、直接昌司に打ち明けたいと笑うだけなのだそうだ。

「私でできることでしたら」

「よかった。ではすみませんが、今日の午後にでも」安堵したような表情を浮かべた美奈は、鵜飼の体調などが整ったら昌司の携帯に連絡すると言って、店を出て行った。

立ち去る美奈の姿は、初めて会ったときとは別人のように軽やかに見える。命の期限を言い渡され、すでにその時期も過ぎている鵜飼を元気づけようと周りがしてきたが、いまはむしろ彼の生きる力に元気づけられている。絶望の淵にいるような患者の気持ちを前向きにさせる。いまの鵜飼忠士には、そんなパワーがある。

「店長、ちょっと」緑が背後から声をかけてきた。平の言うことを、すんなり受け入れなくなってからだろうか、緑が昌司を〝店長〟と呼ぶようになった。

「どうしたんだい？」緑のひそめた声が気になった。

「ファサードの分別ゴミ箱がいっぱいだったんで、掃除しに行ったんです。そこに佐賀先生がいらして」

「佐賀先生って、産科の？」昌司は、以前サッカー少年の庄内海斗くんの件で話をしたときの佐賀千明の顔を思い浮かべた。

「霧島先生と同じメーカーのドリンク剤の愛飲者ですので、いつものようにそれを買って表に出て行かれたのは知ってたんです。私がゴミ箱に近づくとその陰にしゃがんでおられて」千明は慌てて立ち上がり、ドリンク剤の空き瓶をゴミ箱に放り込んだ。「……私、見てしまったんです」

「分別しなかったとか」昌司は緑に軽口をたたけるようになっていた。

「それが、先生、泣いておられたようなんです」

「あの先生が」昌司が声を上げた。

「だから驚いてしまって」

「先生は何か言ったんですか」

「涙を隠すように白衣の袖で拭いて、何も言わず立ち去られました」

「まあ、いろいろあるでしょう」明るい性格といっても、辛いことや悲しいことがあれば泣きたいときもあるだろう。

「実は一階のトイレでも泣き腫らした顔を見てるんです、石毛さんが」外来診察室がある一階の、いくつかあるトイレの中で店に一番近いところを、キャメルマートの女性スタッフも化粧直しをするときは使うらしい。洗面所が広く使いやすいからだ。「石毛さんが見たのは、五日程前だったって。話題にするのは悪いと思って彼女は黙っていたんです。私が見たことを話したんで、話してくれました。つまり六日間もへこんでるってことになりますよね。大丈夫かなって思いまして」

「長い気がするけど、本人に確かめるわけにもいかないからな」

「前に、病院の中で産科だけは前向きになれる分野だっておっしゃってたから、気になってしまって」新しい命の誕生という希望に満ちた場所だ、とも語っていたという。

「死産だったりとか、母胎に何かあったりもする」

「いまさっき、産科の顔見知りに訊いたんですよ。そしたら、この一週間は出産ラッシュみたいで、無事元気な赤ちゃんが誕生しているそうです」

「プライベートでの問題なら余計なお世話だし」

「そうですね。仮にですが、私がそれとなく尋ねてもいいでしょうか」

「構わないけど」

「心配です、きちんと食べてないんじゃないかと思って」このところ菓子パンと栄養ドリンクとの組み合わせで買うことが多いからだと緑は根拠を述べた。

「奇妙な取り合わせだね。まさに医者の不養生、偏った食事だ」

「食事の偏りをドリンク剤で解消しようとしても無理なことくらいお医者さんなら分かるはずなんですけれど。肌荒れも、目立ってたんで、寝不足も続いているかもしれません」

「私もそれとなく気にしておくよ」

「そうだ、鵜飼さん、体調いいようですね」と話題を鵜飼に変えた。

「聞こえてたんだ、講演会って話」

「ええ、ちらっと。やりましたね」緑が小さなガッツポーズを見せた。

「すみません、小山田さん」病室を訪ねると、鵜飼はベッドに座っていたが腕は点滴につながれていた。帽子は付けていない。顎には少し延びた無精髭が目立っている。

「体調いいようですね」

「……まあ。とにかくいまのうちにやりたいんで、サイン会」

「舞台っていうのはサイン会のことだったんですか」

「ただサインをするものがないんです。本を書く時間はないし」

時間がない、その言葉がちくりと胸に突き刺さり、昌司は自分の顔が強ばっていないかが気になった。

「何かアイデアがあるとか？」

「ええ、小山田さんはライダースナックというのをご存知ないですか」

「直接は知りませんが、ついこの間、そう鵜飼さんから『月刊特撮時代』が欲しいと注文を受けたときにその話題が出ました」昌司は、若松から聞いた話をした。

「なら話が早い。そのカードを作ろうと思うんです。もちろんバルカンで」と鵜飼は咳き込んだ。

「大丈夫ですか」

「大丈夫、です」絞り出すように言った。「カードを作りますんで、それをお店に置いてもらいたいんです」

「カードにサインをされるんですね。分かりましたレジ横に置かせてもらいます」

「まずはこの病院でサイン会をやりたい。以前ここでアンプティサッカーの講演会をされたと聞きました」

「あんな感じでなら、できるかもしれません。ですが病院側への説得材料が」がん患者を励ますというのでは難しいだろう。それにがん患者と、バルカンを知る特撮ファンとが重なるかどうか分からない。

アンプティサッカー選手の講演会は、片足を失った海斗少年を励ますために企画したイベントではあったが、定期的に行っていた「健康体操教室」の活性化など京洛病院のメリットがあった。キャメルマートとしても「やること手帳」という商品のプロモーションを兼ねることができた。

「健康体操教室でもいいので、とにかく病院に話してもらえませんか」前例がある方が話が通りやすいのではないか、と鵜飼は言った。

「カードは一種の入場券という扱いでいいですか」

「はい」うなずくのも辛そうに見えた。

「なんとか病院に掛け合ってみます」そう言うしかなかった。

10

毛利は、バルカンの制作関係者に著作権などの話をつけるために奔走した。キャラクターデザインを担当した漫画家やテレビ局のプロデューサー、制作会社ともに営利目的でないことで権利関係はクリアされる見込みだと昌司に告げたのだった。

「何しろ時間がないですから」毛利は額ににじんだ汗をおしぼりで拭いながら言った。

院内の喫茶店は暖房が効いていて、少し暑いのは確かだけれど毛利の汗はそれだけが原因ではなさそうだ。「そちらの方はいかがです」とグラスの水を飲んだ。

「前回やった講演会同様、企画書を上げて欲しいと事務長から言われて、いま作成中です」

事務長は好意的だった。健康体操教室への参加者が増えて、そのまま減ることがなかったからだ。またリハビリテーション科から「やること手帳」の効果が報告されていて、昌司の企画力には信頼を置いているとも言われた。

ただ今回は末期のがん患者を引っ張り出すことへのリスクと、鵜飼忠士やバルカンそのものに知名度がないことに懸念を示した。

「なかなか手厳しいですね」毛利の前に注文したホットチョコレートが置かれた。甘い香りが昌司の鼻にも届く。疲れているときはこれに限ると言って、毛利は目を細めて啜る。「バルカンファンだけなら集まると思うんですが」

ブログのアクセス数は依然として伸びているそうだ。

カカオの香りに刺激され、昌司は普段使わない砂糖と多めのミルクをホットコーヒーに入れた。それをスプーンでかき混ぜながら、白い波紋に目を落とす。「病院にとってのメリットが見当たらないんですよ。どうせならキャメルマートもバックアップできるような企画がいいんですが」

「健康体操教室って感じじゃないですね。子供向けなら、MACの連中を使ってアクションを披露するって手もありますが。がん患者さんを励ますことに繋がるかどうか」毛利は渋い顔でカップに口をつける。

「子どもたちはバルカンを知らなくても喜ぶでしょうけど、病人は厳しいです」

「うーん、難しい問題が残ってましたね。カードの方は雑誌の写真を取り込んで上手く行きそうです。ブログでリサーチかけたら、すでに千枚ほど欲しいって言ってきてますからいい反応なんですが」

「鵜飼さんの励ましたいという気持ちと、ファンの懐かしいという感情をどうやったら結びつけられるか」

「小山田さん、何とかしてやってください。あいつ文字通り命懸けなんですよ」

昌司は、毛利と別れてからさらに気持ちが重くなった。事務所に戻ると、クリスマス用の菓子類の段ボール箱が届いているとバイトの男の子から報告があった。急いでエプロンを着けてバックヤードに向かう。

すでに茉麻と緑が箱を開いて、検品作業に入っていた。

「お疲れさんです」昌司に気づいた二人が同時に言った。

「去年の三割増しにしました。産科と小児病棟、それに戸叶先生のところへのワゴン販売分です」昌司はクリスマス商戦のうち、イブとクリスマス当日はワゴンを中心に行うことにした。

入院患者がクリスマスの雰囲気に煽られて店頭に足を運んでくれる数はそれほど多くないと、昨年のPOSデータから導き出した。それよりも簡単な飾り付けを施した多目的ルームに、サンタ風の格好をした緑と茉麻がワゴンを押して現れる方が商品は動くと予測した。そのことは先週末の定例会議で話してある。

「本部から届いたサンタ帽はともかく、衣装の方は少し派手過ぎる気がするんですけど」緑が納品チェックシートに記入しながら言った。

「去年は、店内だけで着たんだよね」

「院内では、ちょっと」

「それほど浮かれた気分にもなれないか、やっぱり」

「多目的ルームに入ってしまうと、それほどでもないですけど、ね」緑が同意を求めるように茉麻を見た。

「看護師のみなさんも歓迎してくださるんで、恥ずかしさもあまり感じないですし」茉麻が照れ笑いを浮かべた。

「そこに行くまでが、浮いちゃうんです」と緑が昌司の前に食玩を積み上げて言った。「おまけ、女の子向けの方がカラフルで、なんだかテンションあがるわ」

「いまの食玩は凄いね。私の子供の頃は、なんといってもグリコのおまけが楽しみだった」

昌司は男の子向けの食玩を手に取った。車がロボットに変体する玩具がついているものだ。グリコのおまけの箱、六つ分くらいの大きさがある。「そういえば息子もこんなの集めてた時期があった」

「おまけって、どうしてこんなに嬉しいんでしょう。だいたい中身が分かっていても、ドキドキしてしまう」茉麻は最近の女性誌は付録が何かで選ぶと言った。「それでも西野さんが言ったみたいにテンションが上がるんですよ」

「確かに不思議な魅力があるね、おまけには」ライダースナックはコレクションする喜びもあっただろうが、おまけという魅力が大きく影響したと思う。「食玩、か」

「店長、自分が欲しいんでしょう」緑が笑った。

おまけ——何かひらめきそうな気がする。

検品を終えた食玩を持って、昌司はバックヤードから店内に戻り、レジ前のエンドゴンドラに陳列されている食玩と入れ替える。

ゴンドラの最下段を除いて食玩で埋められた。緑が言ったように女の子向けのショッキングピンク系の箱は華やかさを増してくれる。レジ前にクリスマスのムードが漂った。

それからしばらく店内を見て回ると、ちょうどバイトの男の子とレジを交代する時間だった。男子学生のバイトは、夜までのシフトだったけれど、卒論ゼミがあると聞いたので勉強を優先させるよう昌司が帰らせたのだ。

午後三時を過ぎると、入院している人たちが退屈しのぎに書籍やマンガ、雑誌を立ち読みしたり、小腹を満たすためにおやつを求める時間帯となる。院内店としてはランチ時に次ぐ賑わいで、レジもそれなりに混雑していた。

四十分ほどで、それも一段落する。この時間を利用して加温器に肉まん、フライヤーにフライドチキン、フランクフルトの補充をした。

次の山は病院の夕飯時間が終わった七時だ。それまで昌司はレジ周りの整理をしながら、サイレントクレーマー対策のチェック表に目を通す。

サイレントクレーマーは実際には文句を訴えないがお店に対して不満を抱いている客のことで、実はほとんどの人がこちらに属すると言われている。一旦不満が噴出し始めると、もはや収拾がつかなくなってしまう危険性があった。

それを未然に防ぐためにキャメルではチェック表を配布していた。時間があるときに店長がそれを見ながら五点満点で点数をつけていく。

チェック項目は接客、クリーンネス、品揃え、鮮度管理の四つ。鮮度管理と品揃えはいま済ませたし、クリーンネスは緑が徹底してくれている。接客に関しては先月よりバイトの責任者を任せた茉麻が上手く指導してくれていた。いまのところサイレントクレーマーが生まれる隙はなさそうだ。

そのとき、歳末助け合いの募金箱に誰かが誤って放り込んだレシート用紙が目に入った。

昌司は募金箱からレシートをつまみ出す。一枚かと思ったが三枚混ざっていた。不要レシートを入れる容器との距離が近すぎるせいで、こちらが悪いのだ。それがキャメルマートの方針であり、サイレントクレーマーを少しでも減らすことに繋がる、とスーパーバイザーとして指導してきた。

不要レシートの容器をレジスターに近づけ、できるだけ募金箱から遠ざけた。

箱を見ていた昌司は、その中の五百円硬貨に目が行った。まだまだ日本も捨てたもんじゃないなと思っていると、それが食玩と結びついた。急いでエプロンから携帯を取り出し、奥にいるもう一人の学生バイトにレジを頼んで店の外へ出た。

「もしもし紀田さん、またまた相談があるんですが、いまいいですか」

「私、都合が悪いときは電話に出ないんです。それにこの間みたいに面白い話なら乗りますよ」

「かつて仮面ライダースナックっていうのがあって」昌司は、自分の知っていることを早口で話した。「味は、ほんのり甘かったそうです」

「小山田さんがそれを私に言うってことは、キャメルのPB商品にスナック菓子をと考えているんですね」嬉しそうな声で麻里は言った。

「子供向けではなく、かつて子供だった大人向けの味にしたいなと。しかも健康志向で」

「でもスナック菓子は豆かお芋、トウモロコシの粉を油で揚げたものですから、どうしてもヘルシーっていうイメージではないですね。大人向けとなれば、ビールのおつまみって感じになっちゃいますから」

「そこを、何とか」

「どうしてもスナック菓子で？　あっ、ライダースナックってのが鍵なんですね」

麻里はやはり察しがいい。

「ええ」昌司は長くなってもいいかと断り、鵜飼がヒーローとして病と戦い続けていることを語った。

「わあ、負けない人、私、好きです」麻里は予想通りの反応をした。

「自分が苦しいのに、他の人を励ましたいって言うんです。そのために変わってしまった顔をさらけ出して。応援したいんですよ」

「うーん、さっきおっしゃったライダーカードみたいなことで応援、と言われてもよく分かりません。バルカンっていうのも」

「マニアックだって言うんでしょう？」

「私の心の声が聞こえました？　仮面ライダーなら私も知ってます。その続篇がイケメン俳優でずっと作られてますから。けれどそのバルカンっていうのは、かなり間口が狭い気がするんですけど」

「そこなんです、ウイークポイントは。でも逆に、だからこそできることがあると私は考えています」バッターの一番得意なコースのボール半分ずらせば、ほとんどバッターは打ち損じるとコーチに教えられた。言い換えればウイークポイントの近くこそ、ストロングポイントだということになる。バルカンも鵜飼忠士も知名度は低い。しかしコアになるマニアは一定数存在する。そこを利用して、むしろ手垢に汚れたものではなく、新味のある企画に思わせる方法があるはずだ。

「弱みを強みに、ですね。そういう言葉に、私弱いんです。よくご存知だなあ、小山田店長」

「上手く行くか、どうか。そのために力を貸してください」

「ヘルシーなスナック菓子ね。野菜チップスくらいですかね、さっと思いつくのって」麻里は考えを巡らせはじめている言い方だ。「三日ください。大人のスナック菓子を提案してみせますから」

「三日、三日でいいんですか」驚いた。

「だらだら考えても一緒です」麻里はバルカンの写真をメールで送って欲しい、と言った。

「カードを入れるんですよね」念を押す。

「そうです、しかもサイン入り」

「もういい加減、思いついているアイデア教えてもらえません？」

昌司は麻里にだけ、自分の考えを伝えた。

「店長、やりますね」さらに明るい麻里の声が弾んでいた。

11

大晦日の午後三時、地元のローカルテレビ局の撮影クルーが、京洛病院外科病棟五階の特別個室に入った。クルーといってもカメラマンと女性レポーターと音声スタッフ、ディレクターの四名だけだ。

ベッドに座る今日の鵜飼の出で立ちは、バルカンへ変身する前に着ていた当時の衣装姿だった。傍らにはコンバットスーツが西洋の鎧のように立ち姿のままで飾ってある。

昌司と瑞絵、毛利が部屋の入り口、カメラマンの背後に立って撮影を見守っていた。開け放たれたドアの外には霧島と看護師の海里の姿もある。

女性レポーターが病室の淡いクリーム色の壁を背にカメラの前に立つ。

――ここは、京洛病院の特別個室です。本日の「京一番」のゲストは往年の特撮ヒーロー、大宮司直也さんです。大宮司さんは現在、全身に転移したがんとの闘病中で、病室でのインタビューとなりました。大宮司さん、今日は病室までお邪魔して申しわけございません。よろしくお願いします。

カメラが鵜飼へ向けられた。

「オッス、大宮司直也です。久しぶりのカメラ、柄にもなく緊張してます」

息づかいが荒く、声が掠れて聞き取りにくい。ただ表情は辛そうでも暗くもなかった。むしろ昨日の打ち合わせのときより色つやはいいように思う。

――聞くところによりますと、大変伺いにくいことなんですが、医師から余命宣告をされたんだそうですね。

「この病院にくる前には匙を投げられた。余命はひと月なかった。それがここでは九ヵ月さ」

――余命は九ヵ月。延命されたとはいえ、それはそれで短いですね。

「短い、短すぎる。でもその余命をふた月近く過ぎて、俺は生きている」

――ちょっと待ってください。最初の余命宣告からすでに一年が経とうとしているということでよろしいんでしょうか。

「昔の俺、つまりバルカンの片桐右京を知る人も、事故で変わり果てた俺を見てびっくりしてると思う。三十年前だろうがなんだろうが、当時の子供たちのヒーローだった俺が、簡単に病気に負けられないじゃないか。いままで俺は死について真剣に考えたことはなかった。だから気楽に死にそうだとか、もう死んじゃうとか軽く口に出してきた。だけど実際に命の残り時間を突きつけられて頭をハンマーで殴られたような衝撃を受けたから……」鵜飼は言葉を切って、大きく息を吸った。胸の掛け布団が大きく上下し始めた。

海里が昌司やカメラマンの横をすり抜けるようにベッドサイドへ急ぐ。

その様子を見てディレクターが一旦カメラを止めるよう指示し、すぐに休憩に入った。

「鵜飼さん、無理なら」海里は痰を吸引しながら尋ねた。

「いや、大丈夫。やり遂げ、させてください」

「酸素は？」

「休憩の間だけ」

茉麻は馴れた手つきで酸素マスクを用意して鵜飼の鼻と口にかけてやった。

十分ほどして鵜飼が酸素マスクを外し、海里を見た。

海里が鵜飼の口元に耳を近づける。二、三度うなずいて、ディレクターに言った。「撮影を始めたいそうです」

海里が元の位置に戻ると、撮影が再開された。

――余命ひと月と言われてから、こちら京洛病院に転院。現在約一年が経とうとしています。

いまどんな心境なんでしょうか。

「死と隣り合わせの撮影をしてきたけれど、本当に死ぬなんて思ってない。人間はいつか死ぬって分かりきっているのに、あと何日で終わりだって言われると慌てちまう。おかしな言い方だけど生きた心地がしなかった。そんな俺の支えとなったのがこいつ」鵜飼は震える左手でバルカンの真っ赤なコンバットスーツを指し示した。

――三十年前にオンエアされた特撮ヒーロー、仮面の戦士バルカン、ですね。

ディレクターがここでテロップ、バルカンの説明が入ると言って、バルカンスーツをカメラが舐めていく。そしてレポーターに合図を送ってインタビューを続けさせた。

――バルカンが支えてくれた？

「青春時代の思い出がいっぱい詰まっている。どんな辛いことでも必ず克服できると信じ切っていた。勝てないかもしれないが負けたくない。どうせがんに殺されるなら、あいつらの細胞の一つでもいいから倒してやるって思えた。寝ても覚めても俺の体内にいるがん細胞をバルカンレーザーで破壊するイメージを頭に抱き続けてきた。いまも、やっつけてる」

――イメージトレーニングみたいなものですか。

「執念だ。どうせ人間は死ぬ。死ぬことが負けじゃない。闘いを諦めることが敗北なんだって言い聞かせている。そしてその気持ち、がん患者を抱える家族、友人、治療に当たる医者、看護師みんなに持ってほしいから、俺はがん細胞殲滅のためのバルカン基金を設置したい。よろしく、な」

──バルカン基金に寄付される方は、京都市内のキャメルマートの店頭で、新年一月三十日から販売される健康スナック『バルカンスナック』をお買い求めください。バルカンスナックの売り上げの一部がバルカン基金から公益財団法人公益推進協会を通じてがんの先進治療を行う病院へ寄付されます。スナックの中にはバルカンカードがもれなく同梱、カードはすべて大宮司さん手書きによるサイン入りだということです。

小麦粉と大豆粉との混合粉にニンジンとほうれん草、一億個の乳酸菌を配合して腸内環境を改善するスナックを麻里は三日で開発した。試作品はすぐに本部での販売会議にかけられ、地域限定販売商品として売り出すことが異例の速さで決定した。キャメルマートの担う社会的責任、という昌司の企画意図が役員の気持ちを動かしたのでは、と麻里は言ってくれた。それも多少はあっただろうが、大人のスナック菓子としての栄養価と味の良さが功を奏したと昌司は思っている。そこに余命宣告と闘う鵜飼の存在がうまくマッチしたのだろう。

ベッドのオーバーテーブルでカードにサインをする鵜飼の姿にカメラが寄る。サインをしながら鵜飼はカメラ目線で拳を固め、ガッツポーズを決めた。

撮影が終わり、ささやかな打ち上げを病室内で行うことになった。むろんアルコールではない。栄養ドリンクでの乾杯だ。

三十分ほど仮眠を取った鵜飼が酸素マスクを自力で外した。「サイン会がこんな形になるなんて、思ってもなかった。小山田さんありがとう。毛利、瑞絵、美奈本当に感謝してる」

「お疲れさん、よかったよ」毛利が手を上げて言った。

「みんなのお陰だ。何より霧島先生」鵜飼が少し離れた場所に佇む霧島に顔を向けた。「先生には心底、感謝してます。本来なら去年の今頃に、俺はあの世だ。サインなんてできなかった」

「私は自分の仕事をしただけ。鵜飼さんがバルカンを一所懸命に演じたのと変わらない。小山田さんがバルカンスナックをプライベートブランドとして発案し、販売するのと同じです」霧島は、抑揚のない話し方でいつも通り無表情だった。

その代わりに海里が口を開く。「闘うヒーローのバルカンを知らない世代も、健康の切り口なら購入するかもしれない。いま流行の腸内環境に着目したのもよかったんじゃないですか。でもおまけのカードがサイン入りで、赤い羽根共同募金みたいなものだというのは驚きました」

「昔、ライダーカード欲しさにスナックをたくさん買い、食べきれなくて捨てたなんて話を聞いたものですから、その世代の人なら心のどこかにその記憶が残っていて、『今度はちゃんと食べなきゃいけない』って思ってくれる気がしたんです。しかも募金できていいことしてるんだって感じてくれないかと」昌司の正直な気持ちだった。

「俺も、スナック食べなかったよ」鵜飼が苦笑いした。

「直也もか」毛利も味の記憶はあまりない、と笑った。「バルカンスナックはちゃんと食べますよ。私も最近いろいろな数値が気になりだしてるんです」

「試作品、食べてみてください」昌司が試作品の箱を二つ開き、毛利と霧島に渡す。

毛利はコイン型のスナックを一枚手に取り、箱を瑞絵へ差し出した。

「旨い、旨いですよ、これ」毛利が歓声を上げ、鵜飼に訊く。「お前も食うか」

「後でいただくよ」

「そうか。いけるぞ。これで健康にもいいなら、買うよ。お前のサインも欲しいからな」

「ほんと、美味しい」瑞絵と美奈が顔を見あわせて言った。

昌司は霧島に目を向ける。彼も口にスナックを運んでくれていたからだ。「先生、ご感想をお聞かせください」

「不味くはない」とドリンク剤で喉を鳴らした。「みなさんに一言。サポーターは最後の最後まで応援するだけでは足りないと言っておきたい」

「足りないってどういうことですか」昌司が訊いた。

「それはみなさんそれぞれに考えて欲しい。今日はこの辺にしましょう。鵜飼さんにかなり疲労の色が見える」

「分かりました」昌司は霧島の言葉の意味が分からなかったけれど、明らかに憔悴した鵜飼の顔を見て引き下がった。「それでは鵜飼さん、体調と相談しながらサインの方をお願いします」

鵜飼は手を小さく上げて返事した。

瑞絵と美奈とが、鵜飼の耳元で何かを話し、毛利は、じゃあなと敬礼をした。みんな鵜飼と海里に礼を述べて病室を後にした。

12

テレビの反響はそれほどでもなかった。ローカルテレビの視聴率を考えれば当然の結果で、昌司も期待はしていない。それよりもコアなバルカンファンと特撮マニアのネットでの拡散の方が凄かったようだ。

昌司がその事実を知ったのは元日の午後一時、キャメルマートの公式ホームページへの問い合わせメールが殺到していると、本部から連絡を受けたからだった。

問い合わせが日ごとに増し、いよいよバルカンスナック販売という一月末日、本部から四月より全国販売するという話が舞い込んできたのだ。

そうなると手書きサインは無理だ。カードに代わる新たなおまけを企画するようにとの通達があった。二月中に全店に告知ポスターを配布したいから、少なくともバレンタインデーには試作品の準備ができるまでに煮詰めておかなければならない。

節分用商品の準備が終わって、まさにバレンタインデー商戦へとシフトしている時期だけに頭が痛い。節分の恵方巻きについて、平は厳しい売り上げ目標を要求してきた。その数値目標を達成するためには、アルバイトも含めて一人当たり五十本は売らないと達成できない。昌司は病院内であることを無視した目標設定だと抗議したが、彼は冷たく店長の評価にかかわるだけだ、と言い放った。それでも昌司は、若松店長時代同様に今年もノルマを課すことはしなかった。

「現金なもんですね、本部も」二月に入った朝七時、店内の清掃を終えてレジに戻ってきた緑が、ふと漏らした。

「確かに。手書きサインだから値打ちがあるのに」

「分かってないですよ。鵜飼さんが文字通り命を削る思いで一枚一枚書いておられるのを。あっ佐賀先生」緑が急に声をひそめた。

自動ドアが開いて千明が薄いピンクのドクターウエアに濃紺のカーディガン姿で入店してきた。

「おはようございます。今日も寒いですね」ショートヘアで透き通るように白い肌が紅潮して、ウエア同様淡いピンクに染まった顔に白い歯が覗く。どこからみても健康的で明るい女性にしか見えない。

「おはようございます。昨夜も遅かったんですか」昌司も笑顔で言った。

彼女が人知れず涙するのを、その後も何度か緑たちは目撃しているというのだが、目の前の千明を見ていると信じがたい。千明を悩ませている原因は何なんだろう。

「今朝方、無事出産。できるだけ自然分娩を心がけてるから時間がかかりました。赤ちゃんにはこちらの事情なんて通用しないですからね」

「お疲れ様です」

「私のルーティーン、いつものあれでチャージさせていただきます」千明は、屈託のない笑みでドリンクコーナーへ向かう。いつもの栄養補給ドリンクを二本、手にしてレジに戻ってくる。その際も笑顔は絶やさない。

「食事は摂らないんですか」おつりを揃えながら緑が訊いた。

「徹夜明けは、栄養満点のこの液体だけで済ませます。その方が午後、眠くならないから。でも夕食は大食い選手なみに食べちゃうんですよ」

「それでも肥えない体質なんですね。うらやましい」

「私も油断するとダメですよ。だから運動しないといけないんですけど、時間がね」千明はアヒルのくちばしのような口になる。

「大変ですね。先生人気あるから」京洛病院の産婦人科のドクターは六名いるが女性は二名。どうしても女医に診てほしいという患者が増えていて、千明たちはフル稼働せざるを得ないことを緑は知っている。「そうそう、佐賀先生。うちの新商品『愛菜弁当』を食べてみてください。野菜中心でヘルシーなんですよ」

「また新しく出たんですね。次々と凄い」千明は節分商品に混じって、フェイスアップされているバルカンスナックに目をやった。「それにしても、霧島先生がよく許可されましたね」両眉を上げて言った。

「ドクターの評判はいかがです？」昌司は小声になった。

「それは驚いてますよ、みんな。霧島先生の余命告知が外れたことを公共の電波を使って暴露したようなもんですもの」あれほど重篤な患者の病室に身内以外の人間を入れることなど考えられないと、千明は真顔を見せた。「ましてや治療以外のことをさせるなんてあり得ないですから」

「そうですよね。その霧島先生が、我々にこんなことを言ったんです」昌司はできるだけ忠実に霧島の言葉を千明に伝えた。

「サポーターは最後の最後まで応援するだけでは足りない、ですか。まず霧島先生からサポーターとか、応援って言葉が出たことが驚きです。そういったことに関心があるなんて」個人的に話をしたこともあったけれど、治療に必要なのは医師の知識と想像力でありそれ以外のものに頼るな、という考え方だったそうだ。

「はじめは鵜飼さんが欲しがる雑誌すらお届けできない雰囲気だったんです。でも鵜飼さんの昔からの友人、元奥さんと娘さんが面会したときの鵜飼さんの様子を見て変わられたんだと思うんですが、今度は応援するだけでは足りないって、何だか捨て台詞みたいで困惑してます」

「捨て台詞はよかったわ。その方がイメージに合いますね」千明は破顔した。

「すみません、お疲れなのにお引き留めしてしまって」

「いえ。これ飲んで疲れを吹っ飛ばします」千明はいつものようにレジの片隅でドリンク剤を二本立て続けに飲む。猫形の銀色のイヤリングが揺れた。分娩が無事終わるとアクセサリーを付けるのもルーティーンだと聞いたことがある。

昌司は空き瓶を受け取って礼を言うと、千明が「先生の言葉の意味、思いついたらご報告しますね」と手を振って店を出て行った。
「あんなに明るいのにな」
「そのギャップが、気になるんですよね」緑がもう一つのレジの前に移動しながらつぶやいた。

13

バルカンスナックは京都市内のキャメルマート八店舗の売り上げよりも、本部運営の通販サイトでの注文数が飛躍的に伸び出した。そのためサインがまったく追いつかない。

連日、おまけ企画の進捗状況を報告せよと本部企画室から突つかれていた。もちろん企画室からもアイデアを出してくる。しかし鵜飼本人を知らない者たちによる発想は、特撮ものなら、他のブロマイドでもいいのではないかとか、合体するフィギュアやソフトビニール人形など血が通っていないと思うものが多かった。中には何人かで手分けしてサインを真似るという不誠実な企画もあがってきていた。

店内が節分の恵方巻き商戦を乗り越え、いよいよバレンタインデー関連商品やキャンペーンで慌ただしくなると、昌司の胃薬を飲む回数が増えていた。

休憩中の緑も茉麻もめっきり口数が減っている。黙ったまま雑誌に目を通してアイデアを絞りだそうとしているのが、昌司にも分かった。それぞれが悩んでいる空気は重く、アルバイトスタッフもどことなく覇気がなかった。

けっしていい店の雰囲気ではない。とくにバレンタインのキャンペーンは「ラブラブ占いプレゼント」で、期待感を演出しなければならなかった。対象商品を買った人にスクラッチくじを引いてもらい、当たるとベストパートナーである商品がその場でもらえるというものだ。例えばサンドイッチを買ってくじに当たれば店内で淹れるプレミアムブレンドコーヒーが飲めるといった特典がある。

病院内であってもバレンタインデーくらいは少し浮かれた気分になってもらおうとしているのに、スタッフが暗い顔では盛り上がりに欠ける。

早く悩みから解放してあげないとと昌司も気が急いていた。カードへの直筆サインほどのインパクトがあって、なおかつ基金のシンボルとして成立するおまけが、そう簡単に思いつけるはずはない。時間は容赦なくどんどん過ぎていく。

夕方、新しいアルバイトへのレクチャーを終えて茉麻が事務所に戻り、真っ先に昌司のデスクへやってきた。

いいアイデアでも浮かんだのかと期待して茉麻の顔を見る。

「店長、今日からシフトに入った岩佐《いわさ》さんが、女子トイレでこれを拾ったんだそうです」茉麻の手のひらに銀色のイヤリングがあった。

「これは」

「ですよね」茉麻も大きくうなずく。

「今朝、見たばかりだから間違いない、佐賀先生のですよ」ドリンクを飲む千明の姿を思い出す。十中八九彼女のものにちがいない。

「それが、ちょっと変なんです」

「やっぱり泣いていたんですか」昌司は茉麻に目の前の椅子に座るよう促した。

「泣いていたかどうかは岩佐さんも見てないんですけど、このイヤリングを落としていったピンクのケーシー姿の女性が涙目で苦しそうだったんですって」

「苦しそう？」

「岩佐さんが入ったとき、手の甲の、この辺りに絆創膏を貼ってたそうです」茉麻は自分の手の甲をさする。

「怪我でもしたのかな」

「いいえ、私の友人もほぼ同じ場所をいつも何かで隠してたんで、ピンときました」

「何なんですか、それは」

「吐きだこだと思います」茉麻がこぼれ落ちそうな目を昌司に向けてきた。

「吐くって、もどしていたんですか、先生が」たこができるほど、繰り返し自分の意志で吐いていたということか。

「どうしても歯が当たるみたいで、私の友人も皮膚が赤く盛り上がってました」茉麻は、また手をさすった。

「それは痩せたいからですか」太りたくないからと食べては吐く、まるで自傷行為のようなことを繰り返していた女性をテレビで観たことがある。見た目はむしろガリガリで折れそうな首や腕が痛々しかった。

「うーん、痩せたいだけだったのかどうか。ただ太りたくない一心だったんだとは思うんですが。何だか自分でも分からなかったんじゃないですかね」

「いま、その子はどうされてるんですか」

「症状は出てないです。心療内科を受診してよくなったようです」

「ダイエットというのではなく、病気だったんですね」

「ええ摂食障害だと」

「摂食障害か。まあ佐賀先生はお医者さんですから、医学的な知識はおありでしょう。石毛さんのお友達は、どんな治療をされたか聞いてます？　例えばお薬を飲んでいたとか」

「お薬は最初だけで、後はカウンセリングを週に一度受けてました」そう言ってから慌てて「と、思います」と付け加えた。

有効な薬があるのなら、医師である千明はそれを入手しやすい立場にある。他の医師に処方箋を書いてもらい薬局へ行けばいいだけだ。しかし千明が泣いているのではないかと緑から聞いてから数ヵ月が経過しているところをみると、改善されていないのではないか。涙の理由が、吐きだこと関係がない、とはどうも思えない。

「とにかくイヤリングを返してあげないといけないですね」昌司はイヤリングをハトロン紙の封筒に入れた。

次の日のお昼、千明がお昼ご飯を買いにきた。ドリンク剤と愛菜弁当、おでんの卵、こんにゃく、牛すじ、ゴボウ天、ジャガイモを買い求めてレジを済ませた。

千明が来店したら教えて欲しいと頼んであったので、男子バイトが事務所に報告してくれた。それを受けて昌司は、イヤリングの入った封筒をエプロンのポケットにしまい店に移動する。

すでに中庭から対面の産科・小児病棟へと向から両手にレジ袋を持った千明の背中に声をかけた。

千明は立ち止まって、驚いたように振り向く。「あら、忘れ物でもしました？」

「忘れ物じゃなく、落とし物です」昌司が追いつく。

「落とし物って、イヤリングですか」昨夜気づき、探していたのだと言った。

「産科に電話を入れていたんですけど、先生を捕まえられなくて」

「誰かに言付けしてもらえばよかったのに」

「いえ、直接お返ししたかったんです」エプロンのポケットから封筒を取り出した。「先生の大切なものでしょう？」

昌司が手渡すと、千明はすぐに中身を確かめ目を細めた。「高いものじゃないですけど、気に入ってます。本当にありがとうございます」

「先生、いまちょっとだけいいですか」昌司が腕時計を見ながら訊いた。

「少しならいいですけど」

「ここ、寒いんで中に入りましょうか」

「じゃあ産科病棟の談話室に」

千明が歩き出すと、昌司はおでんを持ってやった。

産科・小児病棟の一階ロビーは他の病棟とは雰囲気がまったくちがっている。高級ホテルを思わせるような内装なのだが、温かさと親しみやすさも醸し出されていた。優しい木目調の壁に掛けられた風景画が心を和ませるし、子供の目の高さに配置されている動物のぬいぐるみは子供たちの恐怖心を紛らわせるにちがいない。

フロアの左側、壁に近い場所に応接セットが六脚設置されていた。威圧感のない背の低いパーティションで区切られていて、周りが気にならない工夫がされている。

「すみませんねお昼時に。お手間はとらせません、おでんが冷めないうちに終わります」昌司はテーブルの上におでんの入ったレジ袋をそっと置いた。

「さてなんでしょう？　このイヤリングに関係あることですか」千明は昌司から受け取った猫のイヤリングを、別のイヤリングを付けている耳の側で揺すってみせた。

右手の人差し指、第三関節に正方形のバンドエイドが張ってあった。

「その通りです。それを拾ったのはうちのアルバイト女性でした。問題は拾った場所です」

「その子にお礼しなければいけませんね。で、どこにあったんですか、私の猫ちゃん」

「外来病棟一階、うちの店に一番近い場所にある化粧室です」

「そうですか、そんなところに」どうりでロッカールームや仮眠室、スタッフステーションを探しても見つからないはずだと千明は微笑み、昌司の目を見る。「どうして化粧室が問題なんです？」

「化粧室で見つかったこと自体が問題なのではありません。その状況が気になるんです。数ヵ月前から、先生の様子がおかしいというんです」

「私が？　どういうことです、おかしいって」千明は笑顔だった。

「泣いておられたのではないかと」

「私が、ですか。どうして泣くことがあるんです。ない、ないですそんなこと。私は職場で泣くようなことしませんよ」笑顔のままで否定した。

「よほどのことがあったのではないかって……」

「ご心配、感謝しますけど、泣いてないんで、どう言ったらいいのか……」

「ご家族にご不幸があったとか」昌司は引き下がらなかった。おせっかいだと嫌われても、ここでうやむやにすれば、この件ではもう話ができなくなると思った。

「母は去年の初めに亡くなりましたが、父は兄夫婦と元気に暮らしています。姪も甥も元気すぎるくらい。私は独身だから家族はないし」

あっけらかんとした表情だ。

「ご自身のことでは、いかがですか」

「健康上の問題ってことですか。確かにきつい仕事なんで慢性的に疲労してますが、他の医師と違って命を落とす例は極めて少ないし、反対に新しい命と出会う喜びに溢れてます。疲れが吹っ飛ぶことの方が多いかな。もし泣いているように見られたとすれば、難産のすえに生まれた赤ちゃんの健気な頑張りに心を打たれたことがあったから、それかもしれません」

と早口で言った。

それを饒舌だと感じた昌司は、さらに突っ込んだ質問をした。

「先生、では意を決して伺います。その右手の絆創膏はどうされたのですか」

千明はさっと手を覆い、両手を膝の上に下ろす。同時に昌司の視線から目をそらした。

昌司は千明の言葉を待った。できるだけ圧迫感がないように壁の森の絵を眺める。

千明が口を開くのにそれほど間は空かなかった。「これは、近所の野良猫に掻かれたんです。そんなことが小山田さんと何の関係があるんですか」笑みは完全に消えていた。

「誤解しないでください。私は先生が心配なだけなんです。その絆創膏はもうひと月以上も貼ってますよね。別のアルバイトの女性が、涙目の先生について、こう推測したんです。泣いているのではなく……吐いたときの苦しさから出た涙ではないかと」

「吐く……どこからそんな話になるんです？」

口元だけ笑ったように見えた。

「そしてその絆創膏は、猫が掻いた傷ではなく、吐きだこではないか。そう思っているんですが、違いますか」

「そんなことを言うために？」

「そうです。むろんもし違っていたなら謝ります。先生は私が赴任してきたときから、明るく元気な女医さんでした。店のスタッフに言わせれば、パワフルさを見習いたいくらいだと言うでしょう。その先生と涙はまったく似合わない。だからみんなが気になって」

「お礼を言わないといけないんでしょうか」

「そんなこと」

「私、詮索されることが大嫌いなんです。では失礼します」レジ袋を荒々しく持つと、千明は席を立った。

14

「無理をしないでください」鵜飼からサイン入りカードを受け取り、汚れがないか検品しながら昌司は言った。

鵜飼は眠っている以外の時間、せっせとサインをしていた。それでも一日二百枚くらいが限度だった。

「生きがいになってるから」鵜飼は起こしたベッドに身を委ね、静かに言った。この十日くらいでさらに痩せたように思う。

「本部からせっつかれてるんですが、これに変わるおまけがなかなか思いつかなくて」昌司はバルカンカードを一枚手に取る。

「暗い顔はそのせい？」鵜飼がぎょろりとした目を向けてきた。

「まあ、そんなところです」

「他に悩み？」このところの鵜飼は、言葉が少なくなってきていた。

「悩みというか、心配事というか、やっぱり店長に向いてないんですかね」素直に愚痴を吐露していた。

最近気づくと鵜飼の病室に足が向いている。特別室の側を歩き、海里の姿を見つけると「起きてます？」と決まって訊くようになっていた。

容態が心配なのも当然あるけれど、鵜飼と会える時間が嬉しかった。

「ボクサーは小心者がチャンピオン」鵜飼は膝の上で拳をつくった。

「小心者でも勝てますかね」

「負けなきゃ勝利者」

「負けないようには、頑張ってますが」売り上げは微増だが、「買い物が楽だ」のらくだカードの利用率だけは伸びていた。それは院内ワゴンサービスを増やしたからだ。茉麻の功績によるところが大きく、彼女への依存度が高まれば高まるほどウイークポイントになりかねない。その下の人材育成が急務だった。

「サインには魂を注いでる」

「手書き以外に魂が伝わるものってないですよね」

「ないな」

こんな状態なのに突き進もうとしている鵜飼に比べて自分は――。

「あの、鵜飼さん、これはおせっかい中のおせっかいなんですが」身動きの取れない鵜飼に伝えてもどうなるものでもないのに、昌司は千明のことを話した。むろん名前や職業は伏せた。

「俺も、経験ある」

「えっ鵜飼さんが？」意外な答えに思わず声が出た。

「瑞絵だ」

「瑞絵さんがそんな風になった時期があるってことですか」

「訊いてみろ」鵜飼は掛け布団を胸まで引き上げた。疲れたから寝るという合図だ。

「じゃあ、確かに今日の分のサイン、いただいていきます。ありがとうございました」昌司は封筒を手提げ袋に入れて、特別室のドアへと向かった。

昌司の腕時計は午後四時を少し回っている。半時間ほど鵜飼と話していたことになる。

午後八時、面会時間を終了する院内放送が聞こえてきた。その直後、店に瑞絵が顔を出してくれた。

鵜飼とした会話の内容を瑞絵の携帯にメールしておいたのだった。瑞絵は今年に入ってから病院近くのウイークリーマンションを借りて住んでいた。美奈と交代で鵜飼の看病をするためだ。

昌司は時間があれば、少し助けてほしいことがあると、居酒屋「八起き」に誘った。当然、二人っきりはよくないと思い、あらかじめ茉麻に声をかけてある。

テーブル席に着き、ノンアルコールビールと串などの盛り合わせを注文すると、瑞絵がおしぼりで手を拭いながら口を開いた。「あの人、食欲が落ちてるようです」

「サインで疲れてるのかもしれません」申しわけなさそうに昌司はうつむく。二百枚はこなしてくれるので、助かっていると礼を述べた。

「疲れるのは確かですけど、本人がやりたいって言ってますし。それに書き始めると目がパチッと開くみたいで、それを見てるとさせてあげたい気持ちになるんです」

「命を削るっていうのはあんな感じなんですね」

「私、最悪の事態をつい想像してしまって……毎日、毎日霧島先生からの呼び出しがありそうで、怖くて怖くて。でも、あの人の前では大丈夫だって信じ切るふりをしないと」

「今日、鵜飼さんが、負けなきゃ勝利者だって言ってました。鵜飼さんはまだまだ頑張る気でおられますから、大丈夫です」

昌司も自分を奮い立たせていた。「ご心配なときに、すみません。伺いたいことがあって、お呼びだてしました」

「いえ、いいんです。妙なんですがお役に立ちたい気分なんです。人のために何かやってる方が余計なことを考えずに済む気がして」

ある女性の体を心配している。その女性が、手に絆創膏を貼って隠しているのは吐きだこではないかと気づいたのが彼女、石毛さんです、と昌司は、何度か店では顔を合わせているだろうがと前置きして、改めて茉麻を紹介した。「画家志望なんで店の飾り付けやPOPはほとんど彼女にやってもらってます」最近事務的な仕事が増えた緑が、店内の飾り付けや商品POPなどは茉麻に任せていた。

「素敵ですね、夢があるのは」瑞絵は向かいに座っている茉麻を優しい目で見た。

「絵描きさんになれるかどうかは分からないですけど、挑戦し続けようって思ってます」と茉麻は照れくさそうに笑う。

「彼女がワゴンサービスに出ると商品が動くんです。当店のホープですよ」とくに年配の患者に受けがよく、一割ほど売り上げに差が出る。昌司は正社員になってほしいくらいだと笑った。

茉麻はありがたい話だけれど、コンクール前には何日も休まないといけないからと、このままアルバイトでいさせてほしいと言った。

それからしばらくは串揚げに舌鼓を打ち、昌司は千明の話題に戻した。「失礼ですが、木下さんも摂食障害になられたことがあるんですか」

「鵜飼と暮らし始めたきっかけが、吐きだこなんです」

エキストラとして長野県のある場所で行われる撮影現場に行ったときのことだ。「怪人に襲われて逃げ惑い、そのうち捕まって操り人形のようになってしまう女子大生の役でした。そんなに演技が必要な場面じゃないって、はじめはいい加減にキャーッと叫んで逃げたんです」ところが何度やってもOKの声がかからなかった。「怪人を怖がっていないと監督から叱られるんですが、自分では最大限の恐怖を演じているつもりなんです。どこが悪いのか分からないから直しようもありません」そのうちレギュラーの女優が文句を言い出し、瑞絵はその役を降ろされることになる。

「その夜、安い民宿に戻って食べ物が喉を通らなくなったのがきっかけでした」

「役を外された精神的ダメージが大きかったんですね」

「私もある意味、仕方ないなと思ったんです。気持ちを切り替えて明くる日の撮影に臨みました。襲われて操り人形にされる役なら、台詞もあったし顔が大写しになることもあったんですが、ただ騒ぐだけのその他大勢です」

二泊三日の撮影日程を終了して東京に戻っても、食欲が湧かなかった。

「お腹が減らなかったんですか」

「いいえ、減ることは減るんです。ですが食べようとすると口に入れることができない。気持ち悪くなって」

「辛いですね」

「それが案外平気で、ちょうどいい、これを機にダイエットができるなって深刻に受け止めなかったんです」

「その気持ち分かります」と声を上げたのは茉麻だ。「二日ほど徹夜で作品に没頭してたらげっそりやつれて、これをキープすればスリムになれるって思ってもう一食抜いたり。あれって何なんでしょうね」

「頭がどうにかなっちゃってるんだわ、きっと。一週間ほど飲みものだけで過ごしました。頬が痩けてきて、偶然スタジオで会った鵜飼が心配して夕飯に誘ってくれたんです。嬉しかった。だって主役男優はあこがれの人ですから」

主役とはいえ鵜飼も貧乏役者だった。彼が連れて行ったのはスタジオ近くの定食屋。そこの日替わり定食を食べることになった。

「鯖の味噌煮定食でした。一口目は無理やりに押し込んだという感じだったんです。でも味噌味が気持ちをほっとさせて」

「食べられたんですね」昌司が確かめるように訊いた。

「あっという間に全部たべちゃいました」その夜、アパートに帰る途中でお菓子を大量に買った。そして朝まで食べ続けたという。

「反動ですか」

「食べても食べても満腹にならないんです。気持ちが悪くなって手が止まる。でも少し時間が経つと、また食べるんです。その繰り返しで挙げ句の果てにもどして」

鵜飼とは、その後も何度か食事をする。鵜飼は世間が騒ぐほどの売れっ子ではなかったけれど、子供の目を気にし変装して二人は会った。

心配されまいとたくさん食べるところを見せて、帰宅後に吐くということが三ヵ月ほど続いたある日、左手の吐きだこを隠す絆創膏を鵜飼に指摘された。「あの人、よく食べるのに痩けた頬が回復しないことに疑問を持っていたんだそうです」鵜飼は、拒食症の役をやった女優から、吐きだこのことを聞いていたのだと言った。

「事実を知った鵜飼さんはどうしたんです？」

「すぐに病院へ連れて行かれました。そのクリニックで摂食障害だと診断されたんです」医師からは、摂食障害といっても「拒食症」、「過食症」そして「過食嘔吐」、さらにそれらのいずれにも当てはまらない「特定不能の摂食障害」があり、その上で脳の食欲中枢が上手く機能していない点においては同じだと説明された。「だから病気であって、一時的なダイエットが原因じゃないと。幸い私は軽度だったのと、あの人が愛情を注いでくれたお陰で回復できました。ただ、はっきりしているのは、私の場合も、また多くの摂食障害を発症した女性のこころの奥底に……」瑞絵が黙った。

「母親との関係で何か問題を抱えている」茉麻が棒読みの台詞のように言った。

「もしかして、石毛さんも？」瑞絵は茉麻に視線を注ぐ。

「いえ、友人も心療内科でそう言われたんです」

「そう、ですか。私の場合もそう言われ、心当たりがないかと訊かれました」

「すみません」昌司が瑞絵に話しかける。「お母さんとの関係って、どういうことですか」

二人の話がよく飲み込めなかった。

「食べ物、お乳をくれる母親への信頼感は絶対です。だからその信頼感が揺らぐような体験がのちに食べるという行為に影響を与えるんです」

「信頼関係が崩れることがあったってことですね」

「それが、私の場合はこれだというものを見つけられなかったんです」瑞絵は子供時代の日記やアルバム、残してあった手紙、授業ノートまでひっくり返して過去に戻ろうと試みた。

「それで、これかもしれないというのを見つけたんです」

それは瑞絵が小学校五年生の頃のことだ。自分の誕生日に友達数人を招いて食事会をした。そのとき仲良しの女の子を見た母親が「あの子は美人さんになる」と言った。

「色が白くて、華奢な感じの女の子でした。その日の日記にこのようなことを書いてたんです。『お母さんは沙和《さわ》ちゃんみたいな子が好きなんだ』って。そのときの私、ソフトボールをやってたから日に焼けて真っ黒けだったし、とても華奢って感じでもなかったから、傷ついたんだと思うんです」

「傷ついたとおっしゃるけれど、そのことは忘れていたんですよね」

「日記を見るまで思い出したこともありませんでした」

「なのに、ずいぶん経ってから身体に影響が出たってことですか」

「十年以上経ってますね。でも日記に骸骨の絵を描いているのを見たとき、吐いたんです。だからこれじゃないかって思いました」

「しかし、お母さんの言葉、それほどひどいとは思わないんですが」自分の友達を悪く言われるよりもいいとさえ、昌司は思った。

「先生は、こう推測されたんです。母親の望む娘であろうとしていた子供が、他の子供との比較の中で、母親の理想の子供を想像し、具体像を創り出してしまったのではないかと」

「どういうことですか」

「母の好みは自分ではなく、沙和ちゃんのような華奢な女の子だと知らされた。そう思い込んでしまったのではないかと」

そう思った瞬間に信頼関係が崩れさる。何があっても自分の味方だと信じていた母親像が崩壊した。「ここで食べるものを供給してくれる人が、つまり自分の命を握る人が好きなのは、華奢な身体だという種が蒔かれてしまった。その種が大きくなって咲いた花には棘があった」

「それこそ深いところに蒔かれた種だったんですね」

「先生が、単に嫌な思い出と、心の傷は別物だからっておっしゃったのをいまも忘れません」

「嫌な思い出が、そのままトラウマになるんじゃないのか」昌司は言葉を咀嚼するようにつぶやいた。嫌な気持ちになった体験や怖い思い出は、傷の一因ではあっても、傷そのものではないとは衝撃的だ。

「むしろ悪しき思い出だったら、ああ あれだって原因が分かりますよね。ならその思い出を忘れようと努力できます。原因が見えないのは、怖いです」茉麻がうなずきながら昌司を見た。

「育つ過程で深い……傷か。確かその方の母親は、去年の初めに亡くなってます」母親が亡くなって、父親は兄夫婦と同居していると言っていた。

「亡くなったんですか。もっときついかも」

「原因の母親がいなくなっているのに？」

「死人にはどう足掻いても勝てないから」

「関係修復もできないってことですね。どうすればいいんです？」

「少なくとも私の友人と木下さんには、心療内科医のカウンセリングが有効だったということですね」と茉麻がストローでウーロン茶を吸った。

「彼女はその方面の知識もあるはずだね」いくら専門外でも精神医学の知識は一般人よりはある。

「店長はそう思われているでしょうけど、案外そうでもないかも。クリニックによっては解釈がちがうし、治療法も異なるんです。専門のお医者さんでもバラバラなんですから……」

「そうなんですか」昌司は、事実を確かめる意味で瑞絵に視線を送った。

「治療がうまくいかないことも少なくないと聞いたことがあります。かえって悪化したりすることもあるそうですよ」

「専門家でもそうだったら、どうすればいいのか分からないのかもしれないですね。いくら知識がある人でも」

「その方とは親しいんですか」

「いえ、お店のお客さんです。石毛さんやその他のスタッフからいろいろ聞いて、辛いだろうな、と思いまして。普段の明るい様子からはまったく想像できない。それだけに何とかしてあげられないかと」

「直接話をされたんですか」

「詮索されたくないと言われてしまいました。そうだ、お弁当の他におでんを五品、その方にすれば多すぎる」

「本当に過食嘔吐かもしれません。詮索嫌いなのは摂食障害患者の特徴の一つです」

「放っておくともっと大変になるんですよね」

「重症化してしまうとうつ病や内臓疾患になることもあると言われました」

「専門家に診せないといけないってことか……」自分たちだけでは手に負えないが、千明に心療内科を受診しろと言っても素直に受け入れるとは到底思えない。

そこまで傷ついているなんて——

15

「うちには優秀な医師が揃ってますよ」来店した戸叶に、カウンセリングのうまい精神科医を紹介してほしいと頼むと、そんな答えが返ってきた。「まあその前に、一杯飲んで僕に悩みを打ち明けてみてよ。おごってもいい」と厚い胸板を叩く。

「それが私ではないんです。ある女性が摂食障害になってしまって」昌司はタブレットの検品リストを一旦終了して小脇に抱えた。

「あっちゃ、単身赴任の悲劇、やっぱり起こってしまったか。いや、かねがね心配してたんです、仕事ができて、男盛り、どこでどう間違いが起こるか分からないって。まあ小山田さんも生身の人間だから、魔が差すってこともあるでしょう」

「何か勘違いされてるようですね」

「浮気ではなく、本気だった?」戸叶が声をひそめて、昌司の袖を引っ張り冷蔵庫の前まで誘導した。

「ですからそういうことではなく、お客さんなんです」

「それはダメだ。余計にいけませんね。いつの間にそんなこと」

「あの先生、そっち方面の話から一度離れてくれませんか」

「何や、艶っぽい話とちがうんですか」

「当然です。私は妻を愛してますから」昌司は、ここでも名前を伏せて、瑞絵から聞いた摂食障害の話を交えながら千明のことを語った。

「認知症を抱えるご家族の相談に乗ってもらってる、長部《おさべ》という心療内科の先生がいいかもしれませんね」戸叶は太く短い指で頬を撫でる。三十代の男性医師で、親子関係が原因のうつ症状に詳しいと言った。「ちょっと待ってください。紹介しますさかい」と素早く携帯を取り出し、店の外へと出た。

昌司もレジの男性アルバイトに目配せして戸叶の後を追う。

少しせっかちすぎるところもあるけれど、戸叶の対応はいつも早い。月に二度しか、物忘れ外来にこない長部と会う約束を取り付けてくれた。

その日の夜、来店した長部と昌司は待合室の長椅子で話すことになった。外来の受付時間が過ぎて、節電のために少し照明が落とされ薄暗い中、二脚の長椅子に向き合って座る。そう指示したのは長部だ。

彼は白衣ではなく濃紺の背広姿だ。髪型は今どき珍しい七三分けで一昔前の銀行マンのように見えた。

時折、スタッフや入院患者がキャメルマートの方へ向かって行く。その姿を横目で見ながら、昌司の相談は始まった。緑や茉麻が目撃したこと、自分が会って話した千明の様子を話し、何とかしてやりたい気持ちを打ち明けた。

言葉に熱が籠もったせいで、それほど効かせていない暖房なのに昌司はうっすら汗をかいた。

「その方の職業は分かりますか」長部は静かな口調で言った。彼は中肉中背で色が白く、細い目が微笑んでいるように見える。

「ええ、まあ」

「小山田さん、摂食障害の原因は人それぞれです。確かに母子関係に起因することが多いのも事実ですが、すべてそうだとは言い切れません。過去の経験が、あなたが言ったように種になっていることも否定はしませんが、いまの環境が影響している場合もある。仕事のストレス、職場の人間関係、パートナーとのトラブルなどがないかを知る必要があるんです」

「それは、そうですね」

「たぶんその方のプライバシーを気にして、情報を制限されているのだと思いますが、私もプロです。秘密は守ります」

「プライバシーもそうなんですが、まったく余計なお世話をしているという負い目もあって」

「つまり小山田さんはそれほど、その人のことを知らない」

昌司はうなずく。

「さらに自分でも摂食障害だと認めているわけじゃない？」

「知識はあるでしょうが」

「となればカウンセリングの必要性を認めない可能性があるんですね」

「立腹される確率の方が高い、です」怒るのはむしろ長部の方だろう。相談としても、まるで要領を得てない。「すみません」

「不思議な人ですね、小山田さんは。コンビニのお客さんってだけでそこまで？」

「気持ち悪いでしょうか。自分でもこんな人間じゃなかったと思ってたんですけど」POSデータを解析し、いまユーザーが何を求めているのかを割り出す。それを提供すれば自ずと売り上げは伸びると指導してきた。むしろ個人の経験則は非効率な浅知恵に過ぎない、と言い切ったことすらある。感情の介入を制限するマーケティングを推奨してきたのだ。

会社でデータ人間になることは苦痛ではない。ただ咲美や晃昌との触れあいまで機械的になることは辛い。そう思っていたのに、日常を蔑ろにしていたことを京都にきて気づかされた。晃昌とろくに言葉を交わしていない。校長賞のことをよくやったと褒めることさえ躊躇しているのだ。

高校時代はこんな人間じゃなかった。控えでもチームのために熱くなれた――。足を失ったサッカー少年や、猫の供出を未だに罪だと悩む高齢者、そして余命宣告と懸命に闘うかつてのヒーロー、そんな人々と出会い、それぞれの家族や友人や世話をする看護師、治療する医師の姿が昌司にあの頃を思い出させてくれた。

誰かのために一所懸命になっているみんなの姿に思惑も計算もなかった。その人のために時間を費やすこと、それが生きている証明のように見えた。

非効率の価値、それが人間らしい営みだと思えてきたのだった。

「僕は感心しているんです。戸叶先生から伺ってますが、素晴らしい商品を企画されてますね。今度も新商品の企画のために、なんでしょう？」

「そ、そうです、もちろん」長部に誘導された感じがした。

「院内店のお客さんで、職業をご存知なのに戸叶先生にも僕にも隠そうとされた。それはこの病院に関係ある人間だからでしょう？　たぶん僕たちの同業者ですね」

「どうして、そう思われるんですか」

「特に親しくなく、ただのお客さんなら職業を知っているはずありません。ただし、院内店で常連さんなら看護師か医師、事務職員かは服装で分かります。なおかつ女医は少ないので、同業者である僕や戸叶先生に言えば、特定される可能性が高い。僕はほとんどこないですが、戸叶先生は毎朝コーヒーを飲みに来店されてるから、もしかするとその女医さんと鉢合わせしているかもと思うと、うかつなことは言えない」

「参りました。先生、お察しの通りです」

「推測通りだ」長部は微笑んだ。

「実は、産科の佐賀先生です」

「ほう、佐賀先生が」長部の細い目が鋭くなった。

「ご存知なんですか」

「ええ。個人的な交流はないのですけど、佐賀先生が担当された分娩予定者が、ひどいマタニティーブルーになったことがあったんで、そのときお会いしました。とにかく明るく聡明な女性だったのを覚えています。診察してないので軽はずみなことは言えないですが、小山田さんの話を聞くかぎり過食嘔吐ですね。院内で嘔吐していたのであれば、仕事に関係するストレスが引き金になっている可能性が高い」

「はじめは泣いているんだと思ったんで、出産の現場で何かあったのかと考えました」

「泣いていたというのも間違いではないかもしれないですよ。嘔吐したことを後悔する。あるいはそれ自体に嫌悪して泣かれる患者さんもいます。すみません話の腰を折って。引き金になるようなことが出産現場であったと？」

「安産が続いていたんだそうです。新しい命の誕生をむしろ喜んでおられました」

「興味深いですね」メモ帳を胸ポケットから取り出した。

「やること手帳」

「ええ、戸叶先生から勧められて。これいいですね。達成シールを貼ると本当にやり遂げた気分になれる」長部はシールで厚みを帯びた手帳を持ち上げた。

「ありがとうございます」昌司がスタンプに次いで売り出した達成シールも、好評だった。

「つまり産科医が分娩に立ち会ってうまくいったあとにもかかわらず、泣く、もしくは嘔吐していたということになりますね」

「そういう口ぶりでした」

「本来ならこのシールを貼りたい気分のはずですよ」またやること手帳に目を落とす。そして何度も唸ったまま、何も言わなくなった。

その間も、病院スタッフが二人の座った椅子の横を行き交う。何人かの知った顔と目が合い、昌司はばつが悪そうに目礼した。

「あのう」

「いや、さっき小山田さんと佐賀先生との話の中にヒントがないかと考えていたんです。僕が、先生とお会いした方がよさそうです。このままだとよくないですよ」

「どういう風に会われるんですか」

「ご心配なく。小山田さんから頼まれたなんて言いませんから」

「何か分かったんですね」

「分かったというより、まったくのあて推量です。たぶん佐賀先生もこのままではいけないと思っていらっしゃるはずですから」

「だといいんですが」

「まかせてください。そうだ、バルカンスナック旨かったです。おまけもいいことをした気分になれて。僕はバルカンを知りませんが、かっこいいヒーローだと率直に思えました。だからこそ直筆サインに力を感じます。お守りみたいなもんかな」手帳に挟んだカードを引き出した。

分厚かったのはシールだけではなかった。

「手書きサインがしんどくなってきてるんです」昌司は好評で注文が殺到し、全国展開をすることになり、手書きに代わるおまけを考えている最中なのだと言った。

「そうでしたか。それは難題だな」

二人の会話はそれで終わり、礼を言って別れた。受付の上の壁にある大きな時計は午後十時を指していた。

長い時間、座っていたんだな、と改めて思った。

しかしなぜ、長部はこんなところで話をしたかったんだろう。

16

疲れが溜まっていて不眠が続いていた。その日も分厚いカーテンを閉めて日の光を遮り午後五時の出勤に合わせて眠るつもりだったのに、少しも微睡《まどろ》むことはなかった。梅酒を飲んで、少し眠気がしたと思ったら携帯の呼び出し音が鳴った。

スーパーバイザーの平からだった。

枕元にあるペットボトルのお茶で口を湿らせて電話に出た。「お疲れ様です」

「いま小山田さんは何をされてるんですか」いつも通り低く棘のある言い方だ。

「春の行楽商戦の準備ですが？」バレンタイン商戦を終え昨夜集計を提出したばかりだった。前年度比一割増で終えたのは三年ぶりだ。

「私が調べた結果によると、本部への企画書も滞っているのに、何やら店の運営に関係ないことで動いているようですね」

調べているという言葉で、顔の知らない調査員を投入したらしいと分かった。昌司もスーパーバイザーとして使う手だ。客もしくはバイトとして店に差し向け、店員の動向をつぶさに報告させる。

それはあらかじめ計算された損益率を上回る損失を出した店に対して行った。品物や売上金が盗まれたときに内部犯である可能性を消去するためにも必要な措置ではあるけれど、あまり気持ちのいいものではなかった。

「運営に関係なくはありません。というより新たな企画立案のプロセスなんです」一昨日、長部が誘導してくれたせいですんなりと言葉にできた。

「食玩のおまけが終わってないのに？」

「……いま考えている企画も、バルカンスナックとは切り離せないものでして」口から出任せとは、まさにこういうことだ。

「本当に？」

「ええ、嘘ではありません」

「それはそれとして、この間提出された売り上げ目標ですが、若松さんに毛が生えたようなものだ。これでは小山田さんが、わざわざこられた意味がない」

「いや、精一杯やってるつもりです」全体の売り上げが増加している分だけ、目標値はおのずと下がると説明した。

「当たり前でしょう？　これまでが他店に比べて伸び悩んでたんですから」

「院内の特殊性からすれば……」

「言いわけ、ですか。それなら若松さんと同じだ」露骨に息を吐く音がした。「あのね小山田さん、あなたはPOSを重視するスーパーバイザーだと聞いてましたが、そうですか」

「データを重んじて指導してきたつもりです」

「なら数値目標の意義も理解してますよね。単なる努力目標じゃないって」

「積み上げたデータに基づく、達成可能なハードルだと、FC店の店長に言ってきました。

つまり、次のハードルを越えるための通過点だと」

「そうです、通過点を示したに過ぎない。なのにそこにも、達することができないなんて、精一杯に取り組んでいるとは思えない」

「いや、本当にスタッフも頑張ってます」

「これが限界だと？」平の鼻息が聞こえた。

「私も含めて、持てる力を振り絞って……」

「なるほど、それが小山田さんのスタッフに対する査定ってわけか」平は、独り言のような、突き放した言い方をした。「スタッフが可哀想だ」

「ちょっと待ってください。査定ってどういうことです。まさか現状を社員の評価に反映させるんじゃないでしょうね」評価は、昇級や給料に響く。

「当然反映します。でも、可哀想だと言ったのは、スタッフが自分の可能性を信じてもらっていないことに対してです。あなたはデータを使うんではなく、使われている。拘泥されているんですよ」

「POSがどうのと言い出したのは平さんの方じゃないですか。なのに今度は拘泥って……意味がわかりません」声を荒らげてしまった。

「あなたは1＋1＝2だと思い過ぎているんです。そんなこと算数の世界だけで成り立っているきまりだ。私たちが生きてる現実社会は、単純じゃないですよ。どれだけデータを積みあげたところで、明日のお天気すら分からない。そうじゃないですか」

「それを言ってしまっては……」昌司は驚いていた。平は自分よりも数字を重視していると思っていたからだ。

「私は陸上をしてました。だから分かるんです、駅伝でも、リレーでも、一人一人の成績を足しただけでは計れないってことが。文字通り1＋1＝2が3にも場合によっては5になることさえあるんです。そうでないと、面白くない。計算を、データを超えなけりゃ、努力のし甲斐がないでしょう」

「努力のし甲斐……」

「そうです。努力する楽しみを教えるのが、小山田さん、あなたなんです」

「だから努力する楽しみがわく？　データだけでは決まらないってことですか」

「データだって統計だ。統計は過去のものでしかない。過去は変えられないが、いまの取り組みようで、未来は変えられる、と私は信じている。だから嫌なことも言い続けるし、嫌われてもいい。店長は、スタッフと一丸となるために、私を悪者にすればいいんです」また電話に息がかかり、今度は平が笑ったように思った。

「平さん……。分かりました。いい知らせができるよう頑張ってみます」

「それは楽しみですね。本部にそう報告していいですか」

「もちろん」昌司は脇の下に汗がにじむのを感じた。

結局、眠れないまま出勤した。

顔色が優れないですね、と緑が気遣ってドリンク剤を勧めてくれた。自分でドリンク剤をレジに持って行き精算をして、一気に飲み干す。それがどれほど効果があるのか分からないけれど、清涼感ですっきりして、元気になった気がした。

ルーティンワークをこなしながら、やっぱり頭の中はバルカンスナックのおまけのことだ。その上新しい企画などどう考えても無理に決まっている。

強打者に対して、もう投げる球がない窮状だ。

とにかく目の前の仕事をかたづけていくしかないと、本部から届いた春の行楽弁当の内容を吟味していた。大きく北海道・東北方面用と関東、関西、九州とに味付けは変えてある。それでも院内で売り出すには改善が必要だ。そもそも、若松が店長だったときから、病院で行楽弁当というのは扱い方が難しかった。

基本メニューをベースに、コストを考えて院内に適した弁当にしていかなければならない。今後院内店を増やし、かつ充実していくには避けて通ることができない作業だ。

京洛店への期待は、本部はもちろん地方に展開されつつある直営店からも寄せられていた。それは基金への問い合わせメールと共に、バルカンスナックの注文数を見ても明らかだった。

午後七時を少し回った頃、レジに昌司を訪ねる客がいると男性アルバイトが伝えにきた。

昌司がレジに出ると、見知らぬ看護師の中年女性が立っていた。

「店長の小山田です」挨拶をする。

「私、産科の看護師長、鹿沼《かぬま》と言います。ちょっとお時間いいでしょうか」かなりのショートカットの頭を下げた。

「はい、何でしょう？」

「できれば通りを挟んだ喫茶店に」鹿沼が指定したのは斜め向かいにある『メイプル』というケーキ専門店だった。

昌司は緑に店を頼んで、鹿沼と一緒に横断歩道を渡って『メイプル』に入った。

昌司と鹿沼は空いていそうな中二階へ行き、窓際の席に着く。

「お呼び立てしたのは佐賀先生のことです」

「佐賀先生？」用件が分からないといったふうにとぼけてみた。

「今朝、精神科医の長部先生が私を訪ねてこられました。以前に先生に相談したことがあって、それからお世話になっています。もうお分かりですね？」優しそうな目で昌司を見る。

「先生は何をおっしゃったんです」

「佐賀先生のことを大変心配している方と話したと」

「それが私だと？」

「長部先生はおっしゃいませんが、一昨日待合室で何人かのスタッフが小山田さんと先生が深刻な様子で話しているのを見ていますから」院内ではいい意味で目配りをする習慣がついているという。時間外に医師が話している相手が誰かということには常に神経を注いでいるそうだ。「患者の家族のことが多いのでね。時間外に話さねばならないことがらは、深刻さを物語っていますから」

「そうでしたか」何人もの病院関係者が自分たちを見ていたのは、ただの好奇心ではなかったということか。それも長部の狙いだったのかもしれない。

「佐賀先生のことを話されたのは小山田さんで間違いないですね」改めて鹿沼は念を押す。

「はい、その通りです」

「実は私も気にしてました。長部先生は慎重な方ですから、小山田さんがどんなことをおっしゃったかは言われませんが、最近の仕事の様子に変化はないか、指の第三関節に貼られた絆創膏はいつからか、と訊かれてピンときました」と鹿沼は一拍おいて続けた。「去年の一月頃から、食事が激変したんです」

「変わったってどういう風にですか」

「量が増えたんです。分娩が終わるともの凄い量の食事を摂られます。ここにもよくこられてケーキをいくつも。病院の少し上、北側に定食屋さんがあるんですが、そこでも大食いで通ってるほどといいます」

「この間もうちでおでんなどたくさん買っていただきました。これまでのところ、うちではそれほど目立つような買い方はされていなかったようですけど」

「それだけ食べても、スタイルが変わらないし他の看護師からうらやましがられてたんです。でもおかしいですよね。長部先生に絆創膏のこと訊かれて、思い出したんですが、私がそれに気づいたのは春くらいでした。看護師長として本当にお恥ずかしい。小山田さんはどのようにして佐賀先生の異変に気づかれたんですか」

「私ではありません。気づいたのは、うちの女性スタッフです」昌司は長部に相談するまでのいきさつを簡単に話した。

「驚きです。鵜飼さんの基金のことでもそうですが、ただ商品を販売されているだけではなかったんですね」

「それだけではこの業界の過当競争では生き残れないんで」

「でも、よく分かりました。小山田さんが佐賀先生の摂食障害のことを気遣っておられたってことを」

「長部先生が、このままではよくないっておっしゃってました」

「佐賀先生、明るいから人気があって指名される妊婦さんはどんどん増えてます。今後ますますストレスが強まっていくかもしれません」

「分娩が上手くいくと嘔吐されていたようですしね」

「私どもが知る先生は、元気な赤ちゃんが生まれるとお祝い気分で大食いになるって感じです。まるで逆です」

「食べて吐くパターンなんですよ、きっと」

「……分かりました、私がカウンセリングを受けるよう説得します」眉を寄せた表情に決心が見えた。千明は、人気のある産科医というだけではなく京洛病院になくてはならない人材であることが、鹿沼の様子で分かる。

鹿沼と一緒にメイプルを出た昌司は、中庭で彼女と別れて店に戻る。デスクに着いてまた行楽弁当の内容検討を始めた。

しばらくすると麻里からメールが届いた。〈お疲れ様、ミスター小山田。バルカンスナックのおまけは思いつきましたか？　本部でも商品開発会議で議題に上ってました。つい私も考えてしまって本来の仕事がおろそかになっております。そんな中、おまけは思いつかないのですがスナックにカレー味と抹茶塩味を追加してみてはと考えました。三種類あると味わってみたいから購買意欲を高めるでしょう？　では味見本、送ります〉

バリエーションがあると展開もしやすい。麻里は開発だけではなく営業面も念頭に置いてくれている。実に理想的な開発者だ。

キャメルマートに入社以来、いまほど人材こそが宝だと思ったことはない。これまでは、何名のスタッフという捉え方しかできなかった。ここでは緑や茉麻と具体的に名前と顔、性格などを思い浮かべて運営指導を行うことの重要性が身に染みてきている。

平に抱く憤りは、かつて自分がFC店に抱かせていたものだ。彼も正しいと思うことをやっている人材の一人だ。拒絶だけでは何も解決できない。

それは鵜飼の最近の変化を見ていても感じることだ。彼は命を削ってサインに打ち込んでいる。その過程で死を拒絶するのではなく、徐々に受け入れているように思えた。

「バルカンは終わっていなかった」鵜飼はサインをじっと睨んでつぶやいたことがあった。また「俺は、死なないのかもしれない」と窓の外を見ていたこともあった。さらに「ずっと、ここにいるぜ」とバルカンカードのヒーローに声をかけていたのを目撃したことがある。

あれはカードに、またサインに生きていた証を、足跡を遺そうとしていたのではないか。逆説的に言えば、死を覚悟しているということだ。

そう思っていた頃、鵜飼の表情から悲壮感がなくなってきていると、緑が言った。身体はきつそうだけれど、顔が柔和になっているからと。

17

三月に入ってもなかなか暖かくならなかった。それでも花粉は飛散していて、京都の町を行き交う人のマスク姿が目立つ。

昌司も、二月の終わりに入って急に花粉症の症状に悩まされていた。前もって薬を飲まなかったツケと、寝不足による疲労のせいだと戸叶は言った。

戸叶に紹介された耳鼻咽喉科の医師から、飲み薬と点鼻薬とを処方された。症状が現れてからの薬の効き目は劇的とは言えなかった。一回くしゃみをすると、終日ハンカチを手にしなければならない。ずっと涙目で、その涙が鼻水へと変わるからだ。

麻里が送ってくれたカレー味と抹茶塩味はおおむね好評だった。茉麻が醬油バター味も加えて欲しいと言ったのを受けて、麻里はすぐに対応した。本部は四種類での展開も面白いが、懸案のおまけをどうするのかで全体像も変わってくると、さらなるプレッシャーをかけてきていた。

花粉症と疲労とで熱っぽく怠い。

午後三時頃、急にやってきて「気分を変えるために、付き合ってもらえませんか」と昌司を鴨川に誘ったのは、千明だった。

有無を言わせない迫力が漂っていて、昌司は千明の言葉に従った。

病院の裏手、東側の出口から鴨川の河川敷までは歩いて五分もかからない。花粉用の白いジャケットを羽織って、帽子とマスクを付けた昌司と、ピンク色の院内着の上にカーディガンの千明が鴨川の土手を歩く姿は、患者と付き添いの看護師みたいに映るだろう。

千明は北、鴨川の上流へ向かう。遠くには賀茂大橋が霞んで見えた。鴨川が賀茂川へと表記が変わる、と緑から聞いたことがある。いまは春霞とは言いがたいほど川風はまだ冷たかった。

整備された河川道を疾走する自転車が、二人の横をスピードを緩めることなく追い抜いていく。

出過ぎた真似をした昌司に対して、気分を害し抗議するために呼び出したのだろうか。チラチラと千明の顔を窺うけれど、うつむき加減の横顔からでは分からない。

川面に近づくとユキヤナギやセイヨウカラシナが群生しているのがよく見えた。一面が菜の花畑になっているのを写真で見たことがある。それにはほど遠いが、春は確実に近づいているようだ。

風景に目を取られている昌司に前を向いたままの千明がようやく口を開く。「先週から、長部先生に診てもらっています」

「そうですか」としか言えなかった。

「小山田さんに、お礼を言うべきなんでしょうね」千明に歩みを止める気配はなかった。

「いえ、そんなこと……余計なおせっかいをしただけですから」

「本当におせっかいです」

「すみません」

「鹿沼看護師長から泣きつかれました」

「看護師長が」

「外堀を埋めたんですね」

「申しわけありません」

「でも、受診してよかったと思ってます。改善はされてませんが、気が楽になりましたから」怒っているような声ではなかった。

「よかったです」

また千明は黙った。

賀茂大橋がはっきりと見えてきたとき、少し歩く速度が遅くなった。

寒いのに川辺に近づく若いカップルのはしゃぎ声が聞こえ、千明が立ち止まった。そのカップルの方を眺めながら「原因は分かっていたんです」と千明が言った。

「摂食障害だと自覚してらっしゃったんですね」

「これでも医者ですから。だから何とかできると自分の力を過信してたんです」

過食する自分も、嘔吐を繰り返す自分も客観的に捉えるもう一人の自分が存在したと千明は言った。「きちんと自己分析して、頭ではちゃんと分かっているつもりだった。でもどうすることもできなかったんです」

「辛かったんですね」

「こう見えて、プライドの固まりみたいな性格なんです。誰にも弱みを見せたくない。だからいっぱいいっぱい鎧を着けてた。にもかかわらず小山田さんは」

「無神経だったと反省しています。でも釈明させてください。うちのスタッフは自分のことのように心を砕いてました。彼女たちの真心だけは分かってやってほしい」

「真心も、時には毒になるんです。……私、ひどいこと言ってますね」

返事ができない。

強い風にカーディガンの前を合わせた千明が二、三歩川へ近づく。「母が去年の一月に亡くなったって言いましたよね」

何も言わず、昌司も千明の横へ身を移す。草の匂いが混ざった水の香りは、もう春のものだった。

「私、一度も母に褒められたことがないんです」

「一度も……先生が覚えてないだけじゃないんですか」

「記憶にないってことは、なかったも同然なんです。常に三つちがいの兄が優先の家庭。女の子にはありがちな境遇だと思ってるでしょう？」

「ええ、まあ」昌司は瑞絵のことに触れた。

「可哀想ですね、その方も。細胞に刻み込まれたんですよ。おっしゃる通り、記憶よりも深いところに傷ができちゃったんだわ」

「こんなこと素人が訊いていいか分かりませんが、先生の場合も何か傷つくことがあったってことですよね」

「ええ。写真もほとんどが兄のもの。とくに赤ん坊のときの写真なんて、兄のばっかり何十枚もあって、私のは数枚しかないことに疑問を持ったことがあります。それも悲しかったし、何かがちがうって感じました」

幼稚園の頃から抱いていた違和感。

それは——自分は望まれた子供ではないんだということ。

はっきりしたのは小学六年生のときだった。兄が有名進学高校への受験勉強をしていた夏休み、母からこんなことを言われた。「せめてお兄ちゃんの邪魔だけはしないで」

邪魔をする気などない。しかし母の目には、ただ兄の受験勉強を妨げるだけの存在に映っている。千明は、数少ない自分の写真を見つめて泣いたという。

「すべてが繋がった感じがしました。写真がないのも褒められないのも母から疎まれているからだって。それは自分が可愛くないからだ、兄より勉強が劣っているからだと考えて、どうしたと思います？」

「好かれようと、した？」自分を嫌う野球部のコーチに認めてもらおうと、懸命に投げ込んだ自分と重ねていた。

「当たりです。悲しく空しい努力……」千明が大きく息を吐き、水遊びに飽きたカップルが移動するのを目で追った。

中学生の一群が教師に引率されて上流から歩いてくる。写生の授業なのだろう、それぞれの手に画板があった。思い思いの会話がさざ波のように通過していくと、水鳥が一斉に川面から上空へと羽ばたいた。

「空しい、ですか」

「猛勉強も自分のためじゃない。ただ褒められたい一心だったんですよ。もし一言でも褒められたら、空しく感じることはなかったかもしれません」

勉強をすることで、いい成績であることで、そして医師免許を取得することで褒めてもらおうとした。「兄は医師の道を諦め、医療関連商品の営業マンとなり、母の期待通りの進路へはいかなかった。小児科医の父を継いだのは、出来の悪い妹の私。当然褒められると期待した私が馬鹿でした」

「お医者さんになったのに」

「実家の医院は、私はどうせ嫁ぐのだからお父さんの代で終わりねって言ったんです。私の帰る家はないって言われたような気がして」

「考え過ぎではないですか。結婚して幸せになれという意味では？」

「とても小山田さんのような解釈はできません。だって生まれてからずっと軽視されてきたんですよ」鴨川の流れに目をやったままだ。

陽光にオレンジ色が混ざるようになると、さらに川風は頬に冷たく感じる。二人の影もどんどん川面へと伸びていた。

「私の知る人が、お母さんが亡くなったことで余計に辛くなったんではないか、と言ってたんですが」

「その通りです。とうとう褒めてくれなかったと思うと、未だに引きずっている自分がいて。もう情けなくて、どうしようもなくなったんです。何より、少しは娘を褒めたらどうなのって、文句の一つも言えない……そんなの卑怯ですよ」千明は少し先のベンチに向かって歩き出し、さっさと腰掛けた。

また昌司は追いかけて隣に座り、訊いた。「急にたくさん食べるようになったのは、どうしてですか」

「母が亡くなって葬儀を終えて仕事復帰したとき、あまり歓迎されない赤ちゃんが生まれた。何だか不憫で他人だけど無事に生まれてきてくれたことのお祝いをしようと思いついたんです。そうしたらいくら食べても満腹感がなかった」

その後は、祝福されている赤ちゃんが生まれても、お祝いの意味を込めて食事をするようになった。食べ過ぎた明くる日、身体が重く気分がよくない。「消化剤や下剤でなんとかしていたんですけど、それでもすっきりしません」

「それで嘔吐を」

「今日はやめよう、絶対に食べ過ぎないでおこうと思ったんですけど。赤ちゃんが生まれてその幸せそうな笑顔を見ると、食べてしまって、気持ち悪くなって吐くことを繰り返すんです。そうなると医師なのに情けないって自己嫌悪に陥る毎日」一口を食べる瞬間までは自分で制御できると信じ込んでいるが、それを飲み込むともう自分の意志では止めることができなくなるのだと強い口調で千明は言った。

「そこまで分かっていてもやっぱり難しいんですね」

「自分なんて母にとっては邪魔で、いらない子と思い込んでいるんです。長部先生は長い時間をかけて自殺しようとしているのだと、おっしゃいました」千明の声が詰まった。

「先生、大丈夫ですか」

「ごめんなさい。小山田さん、いろいろあなたに悪態をつきましたけれど、実はお礼を言うためにここにきてもらったんです」

「私にですか」

千明はうなずいてから続ける。「先生にこう言われました。『お母さんとの関係において消せない傷になっているんだと思います。幼少期にできた傷です、そう簡単に治りません。ただ傷はあっても痛まなければいいんです。忘れているようだが、あなたを自分のことのように心配し、何より大切に思っている人が何人も存在することを忘れてはいけません。そんな人たちと一緒に、あなたの心の傷に向かい合いましょう。ひとりでは無理でも、みんなの力を借りれば、必ず楽しく満足できる食事が取れるようになります』と。小山田さんたちのことをおっしゃっているとすぐに分かりました。それで昔の傷に向かい合う気持ちになれたんです」

「お役に立てたのなら、嬉しいです。怒られるのかと、内心ヒヤヒヤしてたんですよ」昌司は千明の顔を見て微笑んだ。

「そうですね。幸い私の場合、まだ症状が出てから一年と少しですから、軽度でした。小山田さんとキャメルマートのスタッフのお陰です」

「みんなにもこのことを話して安心させたいです。どこまでなら、みんなに喋ってもいいですか」

「私は、小山田さんにしか打ち明けられません。でも小山田さんの口からなら、伝えてもらっていいです」

太陽は傾き出すと早い。

「冷えてきましたが、大丈夫ですか」

「ええ。大学生の頃、よくここにきたんです」千明は京都で過ごした医大時代、嫌なことは全部ここから川へ流していたんだと言った。

「京の都ですから、大昔からみんなそうしてきたんじゃないですか」

「平安時代の人も鴨川を見つめてたんでしょうね」

「そうですね」昌司は朱色にきらめきながら流れる水に目を懲らす。どことなく雅な感じがしてくるから人の心は不思議だ。ただこの辺りが平安時代どんな景色だったのか、想像もつかなかった。

「上流に下鴨神社ってあるでしょう。そこの神職の家に生まれた鴨長明が書いた方丈記の一節が好きだったんです」千明が賀茂大橋の方を向き、目を懲らす。

「方丈記ですか、懐かしい。学校で暗唱させられましたよ」

「行く川のながれは絶えずして、しかも本の水にあらず。よどみに浮ぶうたかたは、かつ消えかつ結びて久しくとゞまることなし。世の中にある人とすみかと、またかくの如し」千明はよどみなく諳んじた。

「よく、さっと出てきますね」

「鴨川を見ながら、確かにみんな流れて行っちゃうんだなって。世の中の人も住まい、つまり世界も生まれては消えて留まることはないということを鴨長明は言ってるけど、方丈記はちゃんと残ってる。そんなことをぼんやりと考えるのが好きでした」

「本当ですね。平安時代に生きていた人間の書いたものを、平成の世に生きる私たちがしゃべってるんだ。久しく留まって消えてない」気づかなかった視点だった。

「書いたものって残るってことでしょうか」

「書いたものは……残る」

「どこかで誰かが書いたものを持っていれば、そこで生き残るじゃないですか。たとえ生々流転しても。私、変なこと言ってます?」

「いいえ、どうしてですか」

「小山田さんの目が大きく開いたままだから」

「すみません、先生の発想が面白いなって思ったんです。紙でもCDでもDVDでもいいんですが、そこに記録されたら、無常っていう概念も変わるような気がしてしまって」

「たぶん古代ギリシャから何かに書き記したのは、無常への抵抗かも。何千年もの時を経て、解読されることを願ってた。いいえ、祈ってたのかもしれません」

「壮大なことを考えていると、くよくよ悩むのが馬鹿らしく思えてきます」と言ったとき、夕暮れ間近の鴨川の流れが昌司に新たな企画の糸口をもたらした。

「そうでしょう？　だから学生の私はここで鴨川を眺めてたんです。何年ぶりかで方丈記を思い出しました。またまた小山田さんにお礼言わないといけませんね」

「いいえ、こちらこそお礼をしなくちゃいけなくなりそうです」

不思議そうに見返す千明の顔を見ながら、「そろそろもどりましょう」と昌司は言った。

〝過去は変えられないが、いまの取り組みようで、未来は変えられる〟と言った平の言葉をかみしめながら、昌司は歩き出した。

18

次の日の昼過ぎ、思いついたバルカンスナックの新たなおまけの方向性をまとめ、本部にメールで送った。その返事を待つ間に、鵜飼と打ち合わせをしようと、彼の病室へ向かう。

外科病棟に足を踏み入れた瞬間、棟の奥へ小走りに移動する看護師たちの背中が見えた。その慌ただしい空気に胸騒ぎを感じ、急いで階段を駆け上る。

廊下を急ぐと特別室の前に男女の看護師が二人、部屋の様子を窺っていた。

「鵜飼さんに何か？」小走りの昌司が叫んだ。

顔見知りの女性看護師がこちらを向いた。「小山田さん、いま霧島先生が診察中です」

「鵜飼さん、どうしたんですか」

「意識を失われました」

「…………」

動けないでいると、中から霧島の冷静な声が聞こえた。「処置室へお願いします」

看護師たちが部屋に入った。

間もなく口にチューブが挿管され、幾つもの電極につながれストレッチャーに載せられた鵜飼の姿が廊下に現れた。

傍らに海里が付き添い、その後ろに霧島がいた。

「先生、鵜飼さんは」と駆け寄る。

「ああ、小山田さん。先ほど木下さんと毛利さんに連絡しました。こちらに向かっておられます。見えたら二階の処置室の前にいるよう伝えてもらえますか。危篤状態であることは伝えてあるんですが」

「分かりました。で、鵜飼さんの容態は」霧島の顔を見る。

「厳しいとしか言えません。ですが鵜飼さんの応援団が全員揃うまで、私が責任を持ちます」と霧島がストレッチャーを追いかけた。

昌司は、鵜飼を載せたストレッチャーと共に消えていく霧島の白衣の背中を呆然と眺めていた。

「大丈夫ですか」

背後からまた別の看護師に声をかけられ、我に返った。

「あ、はい」昌司は手に持った書類を胸に抱く。

絶対にこの企画を実現してみせる。そのためにはバルカンが必要だ。鵜飼忠士が生きていてくれないといけないのだ。

瑞絵は、外科病棟のエントランスで昌司の顔を見た瞬間、目から大粒の涙を流した。

昌司は泣くまいとこらえて、瑞絵の手を取った。瑞絵がその場にしゃがみ込みそうになったからだ。

「小山田さん……どうしよう」瑞絵は昌司の腕にしがみつく。

「鵜飼さんは、いま処置室です。その前で待つようにと」

「毛利さんは？」

「いま連絡がつきました。滋賀県の湖北の現場から、こちらに向かっています。ただ道が混んでいて到着時間が読めないようです」

「そうですか」

　昌司は瑞絵を支えつつ、ゆっくりと歩き出した。

　緑が昌司のところへ駆け寄ってきた。温かいほうじ茶のペットボトルを、瑞絵に差し出した。

「ありがとうございます」

　昌司も受け取り、礼を言った。

「温かい飲み物、気分が落ち着きますから」緑が、店は心配いらないと告げると立ち去った。

　緑の気配りはありがたかった。

　処置室の前に八畳ほどのガラス張りの控え室が設けてある。同じ階に三つの手術室とその奥にＩＣＵがあった。

　手術室は三つとも、手術中を示す電光表示板が点灯していた。そして目の前の処置室も朱色のランプが妙に鮮やかに光っている。

　控え室には長椅子が三脚あるが、処置室が正面に見える場所に二人は座った。

　壁掛け時計が目に入る。午後二時半を回り、鵜飼が処置室へ運ばれてから一時間以上が経過していた。

　自分の鼓動と壁掛け時計の運針の音が耳につく。

「あの人、もう……」

「木下さん、最後まで信じましょう」空々しい言葉だと自分が一番感じていた。しかし他に瑞絵にかける言葉も見つからない。

「サポーターですものね、私たち」泣き腫らした目からまた涙がこぼれた。

「そうです、応援するためにここに集まるんです。美奈さんには？」

「新幹線に乗ってるはずです。たぶん五時過ぎには」

「その時分には毛利さんも到着してるから、みんな揃います」

「それまで」

「弱気はダメです。鵜飼さんの闘う気持ちを信じなければ」ミットを叩くように、拳を左の手のひらに打ち込む。そんな単調な動作を繰り返す以外に、祈る言葉を持っていない昌司にできることは何もなかった。

闘え、バルカン、負けるな鵜飼忠士。

傍らに置いていた封筒が目に入った。

「これを鵜飼さんに見せようと思っていたんです」昌司は隣で身をかがめて座る瑞絵に示した。「バルカンスナックの新たなおまけです」

「おっしゃっていたものですね」瑞絵は封筒を手に取った。

「ええ。バルカンスナックは味を増やして四種類になります。そのそれぞれにおまけを付けることになったんですが、これまでのような手書きサインでは鵜飼さんの負担が大きすぎる。でもカードを持っている人、すべてががん撲滅基金の寄付者になるコンセプトは変えたくありません。それでそんな内容にしようと思いついたんです。これには木下さんの摂食障害の体験談も大いに参考になりました」昌司は処置室を気にしながら、千明と鴨川で話したことを伝えた。やはり原因のひとつに母親からの一言があった。「言葉って身体の奥の奥の方を傷つけることがあるんですね」

「だと思います。たぶん考えられないほど深い場所に」

「なら、逆もあるんじゃないかって」こんなときに話すことではない。それは重々分かっている。昌司は霧島の腕を信じていたし、美奈が到着するまで鵜飼に急変はあり得ないとも思っていた。だからこそ瑞絵に話しておきたかったのだ。企画の継続は、鵜飼が生きていることが前提だからだ。

「傷つける、の逆って？」瑞絵が顔を上げてきた。

「褒める、励ます言葉です。ただ毒を含んでないし、尖ってもいないからどこまで深い場所に届くのかは分かりません。ひょっとしたらまったくダメかもしれない。でも一縷の望みがあるのなら、言葉の力を信じてみたいんです」

「それは鵜飼が、カードを見た人に対してという意味ですよね」

「そうです、バルカンスナックを買ってくれた方に贈る言葉です。その四つの言葉を印刷しようと思っています。四つ揃えて写メを送ると基金への名入り寄付証明書を発行します」

「これをカードに印刷……」封筒から企画書を取り出し、それに目を通し始めたとき処置室の掲示板の明かりが消えた。

瑞絵は書類を昌司に返し、立ち上がった。

処置室からグリーンの手術着姿の霧島が出てきた。ゴーグルを上げ、マスクを顎にずらすと待合室に入ってきた。

「先生、どうなんですか」瑞絵の悲痛な声が響く。

肝不全を起こし、かなり危険な状態に陥りましたが、血漿交換法で最悪の状態を回避しようとしています。一旦血液を抜き、きれいにして戻すのですが、その交換には約二時間かかります。まずは経過を見ましょう」

「あの先生、娘が五時過ぎにここに着きます」

「大丈夫、私が見守ります。毛利さんは？」

「彼はこっちに向かっている最中で、そんなにはかからないと思います」昌司が答えた。

「分かりました。前に私が言ったこと覚えてますか」

「はっきり覚えてます。『サポーターは最後の最後まで応援するだけでは足りない』」と昌司は気色ばむつもりはないのに、力が入った口調になった。

「意味は分かりました？」

「いえ」首を振って瑞絵を見た。彼女も首をかしげている。

「では言います。みなさんが生きてる限り、鵜飼さんを応援し続けてほしいんです」

「どういうことですか」

「人は必ず亡くなる。亡くなってもサポーターとして生きてください、と申し上げたんですよ」

「忠士さんはやっぱり」泣き声で瑞絵が反応した。

「何ですか、応援団が泣いてどうするんですか。もうサポーターをお辞めになる？」霧島が鼻で笑う。「私は、自分の信じる方法で応援していきますよ」

「私だって……」瑞絵が涙を手で拭き歯を食いしばるのが分かった。

「結構。では、娘さんが見えたら知らせてください」霧島がマスクを上げて、その位置を調節した。手を軽く上げ、処置室に戻るドアの前で立ち止まった。

廊下の奥に目をやり、霧島は眉間に皺を寄せ海里を呼んだ。彼女の耳元で何やら話すと、ドアの向こうへ消えた。

19

バルカンスナックの全国販売が実施されたのは、ふた月近くが経過したゴールデンウィークの初日だった。

同時展開のGWキャンペーンとして女性向け「一手間ヘルシー弁当」も販売することになった。これも京洛病院店が企画したものだ。

この二つの企画は、異例のヒットとなり、昌司には八月一日付けで、本部商品開発部部長補佐の辞令が出された。単身赴任もこれで終わりになる。

咲美は戻ってくる前に京都旅行がしたい、と言い出した。これまでほったらかした罪滅ぼしを要求されたかたちだ。承知しないわけにはいかないだろう。

晃昌が夏休みに入ったらすぐに市内観光と府内の海へ出かける。その後引っ越し準備をして、七月中に有給休暇を使い切る予定だ。

そして七月も半ばにさしかかった。

緑と茉麻が発起人となって、送別会を企画してくれた。会場はいつもの居酒屋ではなく、近くの中華料理店の一室を借りてくれた。

「こんなこと、いいんですかね」長年スーパーバイザーをしてきたが、店長の交代にこんなに大々的な送別会が開かれたなどと聞いたことがない。

「特別でいいじゃないですか。何といってもスポンサーがね」緑が茉麻と顔を見合わせる。

茉麻は、送別会の間の三時間、店を任せるアルバイトの指導を終えて、出席者表を確認していた。

「MACでしょう」

「だけじゃないですよ。戸叶先生もかなり奮発してくださってます。例の事業が上手く回り出してるんだって」緑が言ったのは、ペットショップと獣医師を巻き込んだ犬猫レンタル事業のことだ。

「それはよかった」

戸叶は物忘れ外来の患者や認知症の入院患者の中でペットセラピーが適合する人に、ペットの貸し出しを始めた。それは中高年のペットロス症候群の患者たちの間で評判になった。新しいペットを飼いたいが、自分の年齢を考えると最後まで面倒を見ることができないと二の足を踏んでいる人にレンタルして、飼い主に何かあった場合はペットショップが責任を持って引き取るというものだ。

ペットショップとしても売れない猫や犬をレンタルに回せるし、ペットフードや玩具などの売り上げに繋がる。獣医師にとっても、ペットが大事にされればされるほど患者件数が増えることになる。

戸叶は、医師としてアニマルセラピーで患者の認知機能アップの実績を出している。そしてキャメルのPB商品である高級ペットフードも好成績を上げていた。

「考えてみれば、店長がこの店にこられて、たった一年なんですよね」緑が感慨深く言った。

「怒濤の一年だった。けど楽しかったし、勉強させてもらいました。西野さんと石毛さんには、心からお礼を言います」

「お礼はこちらが言わなくちゃ。それは今夜の本番にとっておきますけど」緑と茉麻が笑った。「それじゃ私たち準備がありますので先に会場に行ってますね」

「お疲れさま」

二人を見送って、昌司はすでに整理したデスクの上の荷物を小ぶりの段ボールにつめる。

箱はすぐにいっぱいになり、最後に残った封筒を一番上に載せた。

封筒には『言葉でねぎらう食玩と一手間弁当企画』と下手な文字で書かれていた。

バルカンカードの四つの言葉。

「生きろ、生きてりゃそのうち傷は癒やせる」

「命令は一つ、勝てなくてもいいから負けるな」

「流されても、溺れなければ負けじゃない」

「転んでみて分かること、それが次に生きる」

頭文字を集めると「生命流転」となり、みんな命の連鎖の一部だという思いを込めた。言葉にすればどこかで生き続ける。それこそが不老不死のヒーローバルカンそのものだ、と印象づけた。がん撲滅に関心のある人たちが、言葉を揃えるために四種類の味を購入してくれた。

往年のバルカンファンと特撮の愛好者を核としていたのを不安視していたが、機能性食品表示を施し、健康を気にする中高年を上手く取り込めた。病院内コンビニから生まれた逸話もすんなりと購入者に受け入れられた要因になったと本部は分析している。

一方、一手間弁当の考え方もバルカンカードと大差はない。こちらも弁当購入者に言葉を贈る。問題はその贈り方だ。

購入したときその場で、ご飯の上に海苔で文字を書く。あらかじめ型抜きした文字をご飯に載せるだけだが、言葉は買い手によって分ける。ただし蓋をした状態では見えない。お弁当の蓋を開くとき、はじめて目に飛び込み、言葉と共に味わう。

こちらの言葉も四種類。

「大好きです、あなたのこと」

「切ない気持ち、分かるよ」

「なにもかも、背負わないで」

「君はもうよく頑張った」

頭文字は「大切な君」となり、自分を大事にしてほしいという気持ちをお弁当に込めた。自分のために一手間かけてくれる、それがたとえ赤の他人のコンビニスタッフであったとしても、温かみを加味できると踏んだ。

発想は、千明に向けて発したメッセージだ。母親が言ってくれなかった言葉を、人間にとってもっとも大事な食事と一緒に贈りたかった。言葉で傷つき摂食障害を発症したのなら、言葉で癒やし食べることの楽しさを思い出してほしい。

「お弁当美味しいです。一手間だけなのに」感想を求めたときの千明の言葉だ。一手間だけなのに、と言ったとき白い歯を見せた。昌司にはそれだけで充分だった。彼女は、弁当に込めた願いを分かってくれていると確信できた。

「デザートもほしいですね」

千明の要求に応えるため、既存のゼリーとプリンを併売することにした。ただ同時に売り出すだけでは、とってつけたような感じになり、印象が薄い。

昌司は徹夜で考えたがいいアイデアが浮かばなかった。いま、褒めてあげる、そのことがきっと未来のあなたを励ましてくれる、というコンセプトを麻里に伝えた。

「じゃあ健康志向のケーキのパッケージをそれ用に変更しませんか？」と麻里が提案してきた。

「全体をくるネーミングがあれば……そうだ、こんなのどうです」

麻里が言ったネーミングは〝ほめチャオ（ｃｉａｏ）シリーズ〟だ。

麻里は、ロゴマークとピンクを基調としたパッケージ、展開用のＰＯＰをあっという間に仕上げた。

それらが届いた日、千明に見せた。

「ピンクって子宮内の色だって言われてます。目が見ないから赤ちゃんが見ていたとは思えないんですが、ピンクを目にするとセロトニンが増えるんですよ」

「セロトニンって」

「幸せホルモンと呼ばれるもののひとつです。心身の安定をもたらしたり、不安を解消する働きがあると言われてます。だからこのパッケージもコーナーもピンクは正解かも」

「幸せホルモンですか。みんな幸せになるために生きるんですからね」と千明と笑ったのを思い出す。

昌司は段ボールの蓋を閉め、ガムテープで封をした。

一旦マンションに戻る。

少し伸びた髭を剃ろうと洗面所の鏡に映った自分の顔を見た。寝不足で目も充血している。だけどくたびれてはいない。まだまだやれる、と左手をグラブに見立て右手には見えないボールを握って、強打者に投げる鋭い視線を自分に向けた。

携帯を手にして、自宅に電話をする。

「荷作りも終わった。いまから送別会だ」

「お疲れさま。じゃあ週末には戻れるのね」

「ああ。できるだけ早く」

「今夜、飲み過ぎないでね。気が緩んでるだろうから」

「まあ今夜くらいは、大目にみてくれよ。それより晃昌、いる？」

「代わる？」

「うん」

晃昌、パパ、と咲美の声が聞こえる。

「なに、パパ」

「ずっと言おうと思って言いそびれてたんだ。いまさら遅いけど……校長賞、よかったな。おめでとう。パパ、嬉しかった」

「うん……」

「あのな、今度の日曜、一度そっちへ戻るんだ」

「そう」

「それで、久しぶりにキャッチボール、しないか」返事を待った。

「肩、治ったの？」

「いや、まだだけど、左でも投げられるさ」

「ノーコン、やだよ」晃昌が笑った。

「大丈夫だ。左でもコントロールは負けないから」と言ったとき、もう電話口に晃昌はいなかったようだ。

「負け惜しみ言わないの」

「なんだお前か。男同士の話に首突っ込むなよ」

「はい、はい。きっとあの子も、明日からグラブを持ち出すわ。じゃあ気をつけてね」

「ありがとう……」切った電話に、「咲美」と名を呼んだ。

昌司は背広に袖を通して、マンションを出た。

エピローグ

司会を務める緑に促され、乾杯の発声のために戸叶は巨体を揺らして立ち上がった。

円卓に着いた全員の手にある枡に、日本酒が注がれる。京都が有数の日本酒の産地であることをうけて、平成二十五年から施行された「京都市清酒の普及の促進に関する条例」により、乾杯をビールではなく、日本酒で行うところが多い。

「お酒は行き渡りましたでしょうか」と戸叶が会場を大げさに見渡す格好をした。

甘い酒の香りが漂い、全員が枡を持って立ち上がる。

「では僭越ながら、ご指名ですので乾杯の音頭を取らせていただきます。暑い時分に京都にやってきて、また猛暑のいまここを去って行かれる小山田さん。思えば不思議な方です。北白川にある『安らぎ苑』という高齢者施設から救急搬送された竹谷伸子さんが、高級な猫缶をほしいと言った、その言葉に応えようと奔走し、実は伊豆の施設の岩﨑倫子という名の人だったことを執念で突き止められた。そしてあのプレミアムフード缶・トロイメライシリーズを開発してしまうんですから。また僕の夢だった認知症予防にアニマルセラピーを取り入れる事業の実現にも尽力していただいた。おそらく今後もコンビニエンスストアの枠を超え、その新たな可能性を見出していかれることでしょう。では小山田さんの活躍とキャメルマートのますますの発展、ここにお集まりのみなさんの健康と幸福を念願して、乾杯!」

一斉に枡を掲げ、一口飲むと拍手をした。

冷やされた升酒が心地よく口中に香り、特有の刺激が喉を通って胃に落ちた。

食事と歓談の時間が始まる。

会場を見渡すと、そこにある顔に長年の友のような親しみが湧いてくる。毛利と笑って話す若松。戸叶が太い腕で料理をサービスし、それを見守る瑞絵と千明。どうやら千明は好き嫌いなのか、量の増減なのか、あれこれと注文を付けているようだ。食と向き合えている様子に胸を撫で下ろす。

茉麻の隣にはアンプティサッカー選手の真木祐が、熱心に身振り手振りで話をしていた。手の動きから察するにサッカーの試合を解説しているにちがいない。その二人の会話に笑顔で入るのは、涼しげなブラウスでめかしこみ清掃時の制服姿とはまったくイメージがちがう村瀬だった。

その他、理学療法士やアニマルセラピーに携わる獣医師とペットショップなどの代表者が参加してくれ、十六名の宴席となった。

中でも一番嬉しかったのは、緑の提案を受け入れ、霧島と海里が鵜飼の外出許可を出してくれたことだった。

「あり得ない」と霧島が人間の生命力が生んだ奇跡を、驚愕をもって認めた瞬間のことを海里は語ってくれた。

がんが消えたわけではなく、生きているのが不思議なぎりぎりの肝臓や肺、腎臓機能で鵜飼は命を保っていた。それどころか貪欲に食事を摂り、息が上がり多くを話すことはできないが会話を楽しんでいる。ブログでは多くのがん患者の相談もこなす日々を過ごしている。

霧島と海里が見守り、隣には娘の美奈が寄り添っている。鼻には酸素チューブが付けられているけれど、上手そうに食べていた。いま鵜飼の頭に帽子はない。完全に抜け落ちていた髪の毛が、春くらいから生えてきて、高校球児なみの坊主頭になっていた。

肩の筋肉は落ちていたが、顔だけ見ると若いアクションスターのような精悍さが漂っている。バルカンスナックの利益の中から、鵜飼の治療費も支払うことができ、特別室が彼の仕事場となっているようなものだ。

「ではここで、小山田さんからひとことお願いしたいと思います」緑が昌司に目配せした。

昌司は素早く立ち上がった。

「コンビニエンスストアは、とにかく利便性が大事です。お客さんがいつきても、ほしい物、ほしいサービスが店にないといけません。そのための有効なるデータがPOS、〝Point of sale system 販売時点情報管理〟です。いつ、どんな人が、何を買ったか。その季節、時間、性別、年齢等々。このシステムに集約された情報を基にして、店舗の売り場面積に見合う、可能な限りの商品を展開する以外に、効率的な運営はあり得ない。そう思って、毎日POSデータの分析に力を注いでまいりました」

昌司はここで言葉を切って、みんなの顔を見渡した。コンビニに直接関係がある人もそうでない人も、真剣に耳を傾けてくれていると感じた。

「人は嘘をつくが、データは、数字は嘘をつかないと思うからです」そしてまた続けて話す。「確かに……確かに数字は嘘をつきません。しかしそれはあくまでも結果に過ぎず、言うなれば過去の出来事を数値化したものでしかないこともまた事実でした。多くの人のニーズを的確に知るのには大変有効な方法ですが、それをお客さんの総意だと考えることはできても、個々人が満足に至っているわけではありません。すべての人の欲求に応えられないのは当たり前だと、切り捨てていいものか。大多数のニーズに応えると同時に、たった一人の欲求にも眼を向けることをやめてはならないと、私はここで学びました。私はキャメルマート京洛病院店でPOSのとらえ方を変えました。〝Point of Satisfaction 販売時点満足度〟すなわち数値では測れない心に届く商品を提供することだと。これからもキャメルマートは人の気持ちに寄り添います」

一瞬、静まりかえり、微かな拍手の音が聞こえた。鵜飼が震える手と手を懸命に打ち鳴らしていた。それを見た霧島が大きな音で拍手をして、それがさざ波のように出席者の間に広がった。

その様子を確かめ、緑が言った。「ありがとうございました。では花束の贈呈に移らせていただきます。若松店長こちらに」

「私が？」

「そうです。ここにきてください」と昌司が手招きする。

昌司と若松が並び、それぞれの前に緑と茉麻が花束を持って立った。

「小山田さん、お疲れ様でした」と緑が花束を渡してくれた。

「ありがとうございます、西野さん、そしてみなさん」昌司は花束を列席者に高く示す。

次に茉麻が花束を、若松に差し出した。

「私に、ですか」困惑した表情の若松は落ち着きなく、昌司を見る。

「石毛さん」と昌司が促すと、茉麻が言った。

「お帰りなさい、若松店長」

「えっ、どういうことですか」

「辞令は来月になると思いますが、私と入れ違いで院内店に戻ってもらうことが決まったんです」

「そ、そうなんですか」

「意に添わない場合は、その旨を一週間以内に申し立ててください。まだ変更がききますから」

「そんなはずないじゃありませんか。小山田さんありがとうございます」

「院内店の特殊性、ようやく本部も理解しはじめているようです」そう言うと、昌司は若松と握手し、左手で抱き寄せた。「若松さん、勉強になりました。ありがとうございます」細い身体だったけれど、いまは頼もしい。

「記念写真を撮りましょう」戸叶が、昌司と若松の周りにみんなを集めた。

昌司は、鵜飼を自分の前に誘った。そして顔を突き出して、彼の耳元で言った。「本当に今日はありがとうございます。疲れてませんか」

「大丈夫。きたかったんだ」

「嬉しいです、鵜飼さん」

「あんたのお陰だ。復縁した」鵜飼は目だけで瑞絵を指した。

「それはおめでたいです。よかった」

「うん」鵜飼が静かにうなずく。「小山田さんに言いたい」

「えっ」

「もっと真ん中に寄って」戸叶の言葉でかき消された。戸叶は三脚にカメラを設置して「じゃあ十秒タイマーでいきます」とスイッチを入れ、大きな身体を揺らしながら、列一番後方へと走った。

カメラが明滅して、フラッシュが光った。

その閃光のわずかな間に――。

あんたのサポート、俺の命がガッチリ受け止めたぜ。

鵜飼の掠れた声が、確かに昌司の耳に届いた。

「いい直球《たま》だ！」と駆け寄ってきたキャッチャーの白い歯を、なぜか思い出した。

本書は書き下ろし作品です。

著者略歴　1961年京都市生，作家　著書『エンドロール』（早川書房刊）『東京ダモイ』『思い出探偵』『時限』『白砂』『京都西陣シェアハウス』他多数

HM=Hayakawa Mystery
SF=Science Fiction
JA=Japanese Author
NV=Novel
NF=Nonfiction
FT=Fantasy

P・O・S
キャメルマート京洛病院《きょうらくびょういん》店《てん》の四季《しき》

〈JA1276〉

二〇一七年五月二十五日　発行
二〇一七年六月　十五日　二刷

（定価はカバーに表示してあります）

著者　鏑《かぶら》木《ぎ》　蓮《れん》
発行者　早川　浩
印刷者　草刈明代
発行所　株式会社　早川書房
郵便番号　一〇一 - 〇〇四六
東京都千代田区神田多町二ノ二
電話　〇三 - 三二五二 - 三一一一（大代表）
振替　〇〇一六〇 - 三 - 四七七九九
http://www.hayakawa-online.co.jp

乱丁・落丁本は小社制作部宛お送り下さい。
送料小社負担にてお取りかえいたします。

印刷・中央精版印刷株式会社　製本・株式会社川島製本所

ISBN978-4-15-031276-3 C0193

本書は活字が大きく読みやすい〈トールサイズ〉です。